主　编　范付中
　　　　徐相锋
执行主编　李青松

黄河之约

绿水青山
三门峡

天津出版传媒集团
百花文艺出版社

图书在版编目（CIP）数据

黄河之约：绿水青山三门峡 / 范付中, 徐相锋主编;
李青松执行主编. -- 天津：百花文艺出版社, 2023.11
　ISBN 978-7-5306-8680-5

　Ⅰ. ①黄… Ⅱ. ①范… ②徐… ③李… Ⅲ. ①散文集
–中国–当代 Ⅳ. ①I267

中国国家版本馆 CIP 数据核字(2024)第 013388 号

黄河之约·绿水青山三门峡
HUANGHE ZHIYUE LVSHUI QINGSHAN SANMENXIA
范付中　徐相锋　主编

出　版　人：薛印胜
责任编辑：王　燕　徐　姗　封面设计：彭　泽
出版发行：百花文艺出版社
地址：天津市和平区西康路 35 号　邮编：300051
电话传真：+86-22-23332651（发行部）
　　　　　　+86-22-23332656（总编室）
　　　　　　+86-22-23332478（邮购部）
网址：http://www.baihuawenyi.com
印刷：山东临沂新华印刷物流集团有限责任公司
开本：787 毫米×1092 毫米　　1/16
字数：180 千字
印张：16.75
版次：2023 年 11 月第 1 版
印次：2023 年 11 月第 1 次印刷
定价：78.00 元

如有印装质量问题,请与山东临沂新华印刷物流集团有限
责任公司联系调换
地址:山东省临沂市高新技术产业开发区新华路 1 号
电话:(0539)2925886
邮编:276017

黄河之约·绿水青山三门峡
编委会

生态顾问　　周　建　柳忠勤

文学顾问　　梁　衡　李炳银　王必胜

主　　编　　范付中　徐相锋

执行主编　　李青松

编委会　　　万　芊　纪雨橦

序

"望三门，三门开，黄河之水天上来。"厚重的三门峡，生态的三门峡。一个活动、一本书，二十余万字，写满了三门峡的精彩。

三门峡之于我，既熟悉，又陌生。想当年，三门峡水库开始兴建，全国总动员，支援三门峡，家父作为公社团委书记，大会小会地讲、家里家外地说，刚刚踏进校门的我，耳濡目染，记住了三门峡这个名字。然而，时光溜走半个世纪，我从没有踏上三门峡半步，出差西安，几次路过，火车上匆匆一瞥，并没有留下什么印象。有关三门峡，有关三门峡水利枢纽工程，都是在书本里电视上看到的，故而，我熟悉三门峡，我陌生三门峡。

直到几年前，美丽中国深呼吸小城落户三门峡卢氏县，才有机会和全国五十多个县的领导一起，来到三门峡，会聚卢氏，组织了一场气势恢宏的深呼吸活动，也就那一次，晓得了三门峡还有一个美丽的称号：白天鹅之城。

天鹅是流动的环球生态检测仪，是季节转换的符号，也是爱与美的象征。上万只白天鹅聚集三门峡，一年又一年，为三门峡的美平添了几多神秘的色彩，吸引无数游客追随白天鹅来到三门峡。一年四季，白皮肤、黑皮肤、黄皮肤，来客无不寻解：对越冬环境要求极为苛刻的白天鹅，为何对三门峡情有独钟？作家刘慧娟的《飞向三门峡》给出了答案：独特的库区生态，浅水、沼泽、湿地，清澈的水面、广阔的水域，还有这里丰富的吃食儿。

三门峡之美，天鹅只是点睛之笔，文化之美、生态之美才是三门峡的灵魂：老一辈无产阶级革命家、共和国前国家主席刘少奇的《论共产党修养》在这里写就；道法自然、上善若水、紫气东来，道教经典五千言《道德经》在此产生；鲁迅先生挚友、著名文学翻译家、散文家、教育家曹靖华居住三门峡，十年间，这里的红枣、猴头（猴头菇）和小米不断由此寄往上海，被鲁迅先生视为珍品佳肴，赞不绝口；"一个小城市能首开中国大江大河的工程治理，能遥望远古而丈量历史，能俯瞰全球而感知生态，还有比这更让人自豪的吗？"著名作家梁衡在《坐标之城三门峡》中如是说。

拙作《灵宝苹果香》有幸收入本书。采访过程中，与市、县、乡、镇及至果农都有过亲密交流，作为三门峡人，他们对共和国这片国土，对自己家乡的那份挚爱，尤其是对家乡特产的那份钟情，着实让人感动：为了便于采访，灵宝宣传部的同志专门为我建了一个微信群；寺河山的镇长按照我的要求帮助联系推荐果农；五位接受采访的果农，一搭腔就透着激情。北国江南、边陲校园、线上线下、城市田间，到处都有他们的身影，到处都有他们的呐喊，热爱、敬业、智慧、守恒，推动灵宝苹果从三门峡走向全国，走向世界。

山河披锦绣，盛世写华章。时光正好的季节，今日国土生态文学委员会邀请梁衡、李炳银、王必胜、李青松、彭程等一群文学名家采风三门峡。白天黑夜、黑夜白天，三门峡生态之美、文化之美，撼动了作家心灵，拓展了作家认知，融入了作家笔端，一篇篇激扬文字跃上《人民日报》《光明日报》等主流媒体报端，紧随其后，《黄河之约·绿水青山三门峡》图文并茂即将面世。纵览本书，美美的文采，美美的情思，浓浓的烟火气在书中升腾，人类与自然和谐共生的画卷尽在书中展现。

往昔已展千重锦，明朝更进百尺竿。祝福三门峡，明朝更好看！

是为序。

柳忠勤

二〇二三年十二月二日

目 录

坐标之城三门峡

梁衡

    水不在深，有龙则灵；城不在大，有个性则名。如果它的某些个性竟能成为中国历史和国土上的坐标点，这个城市就更令人刮目相看了。

    二〇二三年四月在三门峡参加了一场生态文学会。会场就设在三门峡水库上游的黄河边上。让人吃惊的是，浊浪滚滚的黄河在这里竟出现了季节性的清凌凌的碧波。这得力于中华人民共和国成立七十多年来锲而不舍地治黄。主人说再过一个月将在这里举办数千人的横渡黄河比赛，一场壮观的水上马拉松。黄河是中华民族的母亲河，但历史上屡屡泛滥，桀骜不驯，也成了我们民族的一块心病。看着眼前这平静的河面，不禁想起著名民主人士、中华人民共和国成立后曾任全国政协委员的张钫先生关于民国时黄河发大水抢时急报的情景："黄河上游涨水，须通知下游赶快设防，由潼关起到开封（河务总督住地）止一千两百里路，要一天半才能将信送到。沿途十几县驿站要准备快马多匹，专为水报之用。水报马进城时，县衙门高鸣云板，县官立刻升坐大堂，驿马到大堂后，县官当堂在水报上写好时刻，立刻交付马排子缚好，送之上马。衙役高声传呼市上开道让路。马排子在街上也是飞驰而过，踏死撞伤人盖无罪过。沿途经过，县县如此，一直到开封府河道总督衙门。在飞送到开封时，可以赢得比黄河水流快三天的时间。"这就是当年河

坐标之城三门峡

汛逼人的情景，可见人们是怎样地提心吊胆，而飞马通过的正是现在我们脚下的三门峡这一段路程。黄河的真正开始根治是修建三门峡大坝，这是中华人民共和国成立以来的第一个大型水利工程，其时挟开国之威"展我治黄万里图，先扎黄河腰中带"。因为是第一次，我们也吃过亏，交了学费，得了教训。但正是因为有了三门峡建坝迈出的第一步，才逐渐积累了经验，才有了现在黄河上的调沙排沙工程，才有了对长江三峡大坝长时间的审慎论证，才有了那场著名的在一九五八年南宁会议上关于长江三峡大坝的辩论。有了三门峡大坝这第一块摸着石头过河的石头，才继而有了黄河上的刘家峡、李家峡、龙羊峡、小浪底；又有长江上的葛洲坝、三峡坝、向家坝、白鹤滩等水库。峡峡出平湖，坝坝涌清波。从这个意义上讲，是先有此三峡后有彼三峡。三门峡水库是中华人民共和国治水人吃的第一只螃蟹，三门峡市也成了中华人民共和国水利史和治黄史上的一个大坐标。此是其一。

中国的省份，山东山西皆有据，河南河北都有因，而绝大部分人不知道陕西的"陕"在哪里？原来当年周朝立国后，两个辅政大臣周公、召公就在今三门峡的"陕塬"上立石为界，两人分治东西之地，陕塬之西是为陕西，沿用至今。这块"分陕石"现还存在博物馆里。当年周、召二公绝没有想到这块石头不但分出了一时的行政版图，还分出了以后数千年西北与中原的人文版图。黄河造就了中华文明，而三门峡正当黄河上下游的拐点，东西部文化由此而分，灿烂的古代文化就在其两边跳跃闪烁。西安、洛阳都号称是十朝左右的古都，一部盛唐史几乎就在这两个城市间来回搬演。人们记住了这两大名城，却忽视了东西长一百五十公里的三门峡正是挑着这两大文化名城的一根扁担。它地分东西，域接晋、豫、陕三省，是史海中的一根定海神针。前些年出土的三门峡古驿道，车辙半尺深，芳草连天去。李格非写过一篇《洛阳名园记后》，哀叹长安的官宦怎样一窝蜂地到洛阳来造私家园林，又怎样地一个一个衰败而去。安史之乱让大唐盛极而衰，直到民国、抗日时期，

庙底沟博物馆彩陶文化

黄河三门峡　美丽天鹅城

这里一直烽烟不绝。

　　如果我们再站三门峡遥望远古，发现中国新石器时期的坐标点竟也在这里。国人大都知道湖南有一座韶山，而不知这里也有一座同名的韶山。一百年前的一九二一年，受聘于北洋政府的瑞典矿业专家安特生，在韶山下的仰韶村见到一些有远古文化遗存的碎片，便带领中国同行开始了连续挖掘。不想竟挖出了一个大宝贝——中国的新石器时期，遂被命为"仰韶文化"，由于出土了彩陶器皿又名为"彩陶文化"。要知道在这以前，西方一直认为中国没有彩陶，那是由西域诸国传播而来的。这个发现也是中国田野考古事业的起点，前年举办了中国考古百年庆典。前几年我来过挖掘现场，曾感慨"仰望仰韶，躬耕未来"，这次又去参观"三门峡庙底沟彩陶博物馆"，那些出土彩陶美得让你不敢喘气。其实七千年前的生产力还很低下，石器时期嘛，就是只能用石头、石片打猎或者简单地农作，果腹御寒而已。但这毫不影响先人对美的追求，陶器上的彩绘几乎涵盖了目之所及的物什，被抽象成了鱼纹、鸟纹、绳纹、眼纹等各种图案。原来与生产力发展并行的还有一条审美的延长线，我们在这头，而制作彩陶的先祖艺术家们在那一头。三门峡实在是一条历史的坐标轴，是一扇直通远古的大门。"望三门，三门开"，历史长河滚滚来。此为坐标之二。

一般在大宾馆开会时的茶歇，是众人优雅地端一杯茶或咖啡闲谈，而我们这个会的茶歇竟是在黄河边的绿荫下散步，欣赏水中的天鹅。中国人对天鹅的印象是儿时的启蒙诗："鹅鹅鹅，曲项向天歌。白毛浮绿水，红掌拨清波。"稍有书卷气的文人还知道王羲之养鹅学书。其实那不是天鹅，是不会高飞的乡土之鹅。眼前的天鹅是从西伯利亚飞来的大鹅，这是我第一次近距离地看天鹅，其翼展可达两米，伸长脖子有半人高。也不是"红掌"而是一双黑色的"铁拳"，浮在水上时藏在白羽之下。只有这身好筋骨，才可能像一架小飞机一样，背负青天千万里，往返半个地球。天鹅对越冬地的生态环境的要求很高，温度要不冷不热，正负十摄氏度之间，草要嫩，鱼要鲜，它就是一个流动的环球生态检测仪。地球上穿越中国南北的候鸟鸟道共有四条，三门峡居其一，这皆因三门峡水库的修建、湿地的出现。现在三门峡湿地公园已经是中国最大的天鹅越冬基地，在全球范围内也是屈指可数的。就是说我们转动地球仪，三门峡在全球也是一个生态的坐标点。此是其三。

当然，我们还可以再数出几个坐标点，但这就足够了。一个小城市能首开中国大江大河的工程治理，能遥望远古而丈量历史，能俯瞰全球而感知生态，还有比这更自豪的吗？

三门峡，中国版图上的一个坐标性的城市。

二〇二三年五月五日

梁衡，著名学者、新闻理论家、作家。《人民日报》副总编辑、全国人大代表。中国人民大学博士生导师、全国记协特邀理事、中国作家协会全委会委员、全国中小学语文教材总顾问。先后有《晋祠》《觅渡，觅渡，渡何处》《跨越百年的美丽》《壶口瀑布》《夏感》《青山不老》等六十多篇次的文章入选大、中、小学教材。

灵宝苹果香

柳忠勤

古庙东西辟广场，雪消齐露粉红墙。

风光谷雨尤奇丽，苹果花开雀舌香。

清代著名文学家洪亮吉的七言绝句把我们带进了一个美丽的春天。

也是一个春天，长林兄弟、金秀妹妹各携伴侣做客舍下，进入客厅不约而同连声惊呼：

"什么玩意儿？怎么这么香？"

妻诧异，带着问号的眼神儿瞄向了我。

我这个人向来对味觉反应迟钝，急忙耸耸鼻子，咦……果然一股果香钻进了鼻孔，扫了一眼客厅，目光停留在墙边凳子上放着的两个红彤彤的纸盒上。我走上前，低下头，浓浓的果香扑面而来。

原来，这是昨天从三门峡来的朋友送给我的两盒灵宝苹果。满屋弥漫的香气，就是从这里散发出来的！

我这个人，兴趣爱好广泛，尤其对于吃。好多朋友都知道，在这个世界上，没有我不能吃的东西，没有我不爱吃的东西。好东西之于我的标准，就是好长时间没有吃了，而不管是什么。不过，在吃的世界里，我尤爱水果，水果世界里，又特别钟情于苹果。因此，苹果对于我，不可或缺。

我的家乡豫东，千里沃野，一马平川，盛产桃、李、杏等诸多水果，但是当年唯独不产苹果。因此，童年的我，对苹果并没有什么印象。唯有一次，应该是在我初中毕业的那一年夏天，堂叔柳正新从灵宝回来，到家里看望我的父亲母亲，送给了我一件当年很稀罕的的确良衬衫，同时，送来几个青青的、圆圆的，比鸡蛋大不了多少的果子，吃起来，酸酸甜甜，很有味道。叔叔说，这是苹果，灵宝那里有。应该说，知道苹果、知道灵宝，始于我的这位正新叔叔。

悠悠岁月，悄然溜走了半个世纪，从没有到过灵宝，也再没有吃过灵宝苹果。

二十世纪七十年代初，穿上军装到了北京，苹果就见得多了，先是青国光、黄香蕉，再是红富士，苹果品种越来越多，及至二〇〇四年，中央实施西部大开发政策，陕北甘泉成为学会的生态环境建设实验区，孙鸿烈院士带领包括多位部委司局长在内的考察团队赴甘泉考察。市委书记王侠在延安设宴款待，席间，王书记动了感情："陕北的生态环境建设太重要了，如果能把延安的十三个县都列入你们的实验区该有多好！"随之，王侠书记招呼延安西部开发办公室的领导同志："来来来，你们认识一下柳秘书长，今后咱们延安的绿色发展，需要他们的大力支持哦！"

自此以后，和延安西部办的同志打交道多了起来，那些年，来来往往，故而没少吃延安的苹果。由此，我爱上了陕北苹果，进而，满京城寻找陕北苹果的代表洛川苹果。

去年，三门峡市委宣传部的几位同志赴北京，应邀做客《今日国土》杂志社，交流三门峡宣传活动，带来了几盒灵宝苹果请我们品尝。看着眼前又红又大的苹果，我立刻来了精气神儿：

"哎呀老乡们（我是河南商丘的，论起来，都是河南老乡），论产量，山东栖霞全国第一；论质量，陕北洛川被誉为金苹果，不知道咱灵宝苹果贵在哪里？"

　　老乡们听了相视一笑："你说哩都不假，洛川苹果品质好是好，不过……"

"洛川苹果的娘家在灵宝！"

　　看着我疑惑并且瞪大的眼睛，老乡们开始给我讲故事："一九四七年，一个叫李新安的洛川县永乡镇阿寺村农民，赶着毛驴从灵宝驮回两

三门峡苹果名扬天下

百多棵苹果树苗，自此，才有了如今的洛川苹果。"

"那灵宝苹果又是从哪里来的呀？"

"灵宝苹果是从山东来的。一九二一年，灵宝县焦村村民李工生从山东青岛和烟台拉来了'国光''红星'等优质苹果树苗两百多棵，开创了灵宝栽种苹果的先河。"

"那么山东苹果又是从哪里来的呢？"我继续刨根问底。

"那应该感谢一个西方传教士啦！一八七一年，一位传教士从他的家乡纽约州带来了十几棵苹果树苗，数年后，结出了个儿大、皮儿薄、汁儿多、瓤儿脆，酸甜可口的果实。于是，通过栽培移植、枝条嫁接技术，没几年时间，苹果很快在烟台栖霞一带铺展开来。年复一年，苹果逐渐走向了祖国的天南地北。

论过苹果的前世今生，老乡顺手拿起一个红彤彤的大苹果，水果刀一切两半，我接过一半，咔嚓一口："咦……乖乖，咋恁好吃哩！"

汁甜肉脆、清爽可口，尤其是那股清新的香味，真的是满口流！

"好吃吧！"老乡们继续讲述苹果故事，"苹果在咱们中国，由东往西，越来越好吃；由西往东，越来越好看。那是因为，海拔、光照、温差三个重要因素的影响。山东海拔几百米，陕西海拔八百到一千二百米，新疆阿克苏海拔一千五百米，因此，新疆的'冰糖心'驰名中外；可是论美丽度，则以山东苹果为上，自东向西渐差。而我们灵宝，地处河南、陕西交界区域，秦岭以东，气候湿润，故而灵宝苹果拥有着可以与山东苹果相媲美的品相，且海拔在八百到一千三百米之间，全年平均昼夜温差十八摄氏度，极有利于苹果中糖分的凝结，口感较新疆苹果毫不逊色，并且可溶性固形物含量更高。所以说，灵宝苹果融东西地域的优点，为中华苹果之翘楚，被誉为'中华名果'，尤其是我们灵宝的寺河山，还被农业部评为亚洲第一高山果园！

"在我们灵宝，口口相传一个美丽的故事： 上帝创造了四个苹果，一个遗失在伊甸园，被亚当和夏娃偷吃，进而诞生了人类；一个砸醒了在苹果树下熟睡的牛顿，进而发现了万有引力；一个咬一口送给了乔布斯，他们的自制电脑则被顺理成章地追认为'苹果一号'，并且产生了一个伟大的理念：只有不完美才能促使进步去追求完美。最后一个苹果送给了灵宝，于是，有了我们寺河山的SOD。可见，父老乡亲是多么钟爱我们的苹果，钟爱我们的SOD。"

SOD？怎么这么耳熟呢？陡然想起曾经陪了我十几年的"大宝SOD蜜"："保护皮肤的SOD怎么能和苹果扯上关系呢？"

看着我一脸狐疑，老乡们说："看来您对我们灵宝苹果真有兴趣，那就给您介绍几位我们寺河山的苹果高手儿，您采访一下他们吧！"

第一位：曾经和国家领导人视频对话的王成义 ——
"记下领导嘱托，用心经营苹果！"

寺河乡窝头村成义苹果专业合作社社长王成义，曾因和国务院副总理视频对话，受到副总理表扬而出名。

说起这件事儿，至今王成义还在激动："你说咱一农民，能够直接和国务院副总理对上话，还能受到省委书记的接见，这是一生的荣誉呀，咱能不感动吗？咱能不好好干？能不用心经营咱的苹果，报答领导的关心爱护吗？

"就说苹果管理吧，你真得下功夫。首先是品种。现在，市场上流行的苹果品种很多，但都是一些传统品牌，没有什么新意。我就在想，当今社会已经进入绿色发展新时代，健康养生是一个都在谈论的大话题。既然如此，我们何不在品种上作文章，培育养生苹果呢？

"于是，就有了我们的精品苹果SOD。

　　"SOD又叫超氧化物歧化酶，是一种源于生命体的活性物质，能消除生物体在新陈代谢过程中产生的有害物质，人体不断地补充 SOD 具有抗衰老的特殊效果。于是我们就在生长期给苹果喷洒SOD酶制剂，使苹果果实内富含SOD，进而增加苹果的养生健体效果。

　　"再就是让大家吃上安全苹果。吃苹果怕中毒几乎是所有苹果爱好者难以治愈的心病。谨此借您的大笔，我可以拍着胸脯告诉大家：我们寺河山的苹果是安全苹果。为什么呢？套袋！早在二十世纪九十年代初，我们就在全国首倡并开始运用套袋技术。因为套袋既能防止病虫害，又能让果面颜色美观，延长果实的贮藏期。春天给苹果套袋，初秋给苹果摘袋。这样才能达到红富士苹果的色香味效果。

　　"再说苹果销售。有一年腊月，大雪封山，客商大都待在家里准备过年，谁也不愿上山冒险。可是对于我们来说，苹果若年前卖不掉，过完年就更困难了。于是，我带着村里几个乡亲用三轮车把苹果转到山下，再装车到江苏常州闯市场。谁知道我们几个乡下人围着一车苹果，大街上人来人往却无人问津。眼看着苹果发灰，果面一天不如一天，我们那个急呀！一天，摊儿前来了一位曾经在河南省委工作过的女同志，一听是河南灵宝的苹果，她说听说过灵宝苹果好，我就像看见了救星，连忙擦了擦苹果递过去。女同志尝了一口说：'就是好吃。'这下我们开窍了，苹果好吃，面相不好看怎么办？就先送人家尝尝呗，俗话说，'先尝后买，知道好歹'呀！于是，看到摩托车、自行车前面的菜篓，我们就忙活着给每个菜篓里放几个苹果，送大家免费吃。同时不停地说：'回家洗洗好吃了吃，不好吃还拿来我们扔喽。'眼看就要烂掉的一车苹果三下五除二分发出去。结果，第二天来了好多人要买苹果。于是，我就再发一车……那一年，我们的苹果卖出去六十多万斤，乡亲们过了一个得劲的好年!

"要说富,那我们窝头村的乡亲们日子过得真比过去好多啦:

"王庆胜,去年二十亩果园收入三十五万余元。靠种苹果,他家在村里依山傍水盖起了小洋楼,还买了三辆小汽车,孩子两辆,他自己开一辆。

"康随宾,去年种的三十五亩苹果收了四万斤果子,卖了二十多万元。今年准备在城里给儿子买套房,小儿子当兵回来帮助爹爹种苹果,说什么也不愿出去打工,说是出去打工还不如在家种苹果收入高呢!

"周西胜家的十三亩苹果,去年卖了十七万元,乐得合不拢嘴,近些年两个儿子结婚,家里买车、盖房子,老两口到国外旅游,都靠种苹果。

"窝头村的村民都说,是苹果,让我们过上了好日子。"

第二位:全国劳动模范刘天送 ——
"天天忙哩给烧火哩样,心里痛快!"

刘天送和我是商丘老乡,一搭腔,透着亲切。

"天送哥,忙不忙啊?"

"咦——忙,俺儿在洛阳安家,托习主席的福,最近又添一个孙儿,你嫂子到洛阳看孙儿去啦,我一个人在家,里里外外,天天忙哩给烧火哩样,可是心里痛快!"

刘天送的老家在我们商丘夏邑,小时候随父母来到灵宝寺河乡。一九六八年,刘天送初中毕业后,开始从事果树管理工作。从那时起,刘天送便和苹果结下了不解之缘。一九九四年,刘天送被授予河南省劳动模范称号;一九九五年,被中共河南省委授予全省优秀共产党员称号,同年被国务院授予全国劳动模范称号。说起苹果的种植和经营,话里话外，刘天送透着感慨："当年，我们果农最焦心有两件事儿：

"先说桃小食心虫。一九七五年，我担任姚院村果树技术员，那时的寺河山果树桃小食心虫危害猖獗，严重时果实危害率达到百分之八十以上，许多果实根本不能吃，更别说卖啦。乡亲们为此都非常着急。作为技术员，我担着责任呢，急得更是吃不下饭、睡不好觉。那些日子，我一天到晚钻在果园里，仔细观察食心虫的生活史，尤其是虫蛹出土的关键时期，每天都要筛土调查食心虫的出土数量，筛土筛得膀子又红又痛，终于摸清了桃小食心虫的发生规律，并研究出了防治办法。那一年，我们姚院大队五百亩试验果园防治效果好果率达到百分之九十以上，结束了寺河果园桃小食心虫危害的历史。我的这项成果还获得了洛阳地区科技进步一等奖。

"再说说窑洞加气调贮藏苹果。一九七八年，果品市场放开以后，国家不再统一收购苹果，下树早中熟品种跌到五分到七分钱一斤，晚熟品种跌到一角二分到一角五分钱一斤。群众多数没有贮藏设施，也不知道怎么保存苹果。有苹果时没价钱，有价钱时没苹果，群众收入急剧下降。当时，山西土窑洞加气调贮藏苹果效益特别好，领导就让我到山西农科院果树研究所学习土窑洞加气调贮藏苹果技术，年底学习回来后，我就组织群众开展土窑洞大会战，来年春，淹里组开挖八个，姚院组四个，西岭口组三个，全村共建设土窑洞十五个，每个四十到五十米长，可贮存七十多万斤苹果。第二年，苹果收购价一毛多钱一斤，贮存后卖到五毛多一斤，群众劳动工值从多年来的七八毛一天一下子涨到两块五一天，家家户户都分到了好几千块钱。乡亲们高兴，我也高兴。为此，省里还给我发了科技成果二等奖。

"有了钱，我还把心思用在教育上，支持村里的孩子上大学。俺们姚院村三十六户，三十三户都有大学生，而且绝大多数都是两个，老大考上了大学，老二就挂劲，往往老二也能考上。

"咱做了点贡献，领导都记着呢！二〇二〇年腊月二十八，灵宝市长贺军带领一大帮领导来给俺家挂匾，把俺感动得不能行！要在过去，得了状元县太爷才给挂匾呢，咱也没做啥呀，领导给咱那么大荣誉。咱没有啥说的，继续经营好咱的苹果。全国劳模不仅是一份荣誉，更是激励我钻研技术、努力为群众服务的动力。只要我还能干得动，就会一直干下去。"

第三位：开启电商销售苹果先河的周大陆——
"在寺河，我是第一个通过电商销售苹果的人！"

"您是柳老师，刚才沈诚乡长已经给我说了您要采访我。"

三十五岁的"八〇后"周大陆，话里透着爽快。

"您是大陆，不是大路！"我调侃一下，进入正题，"听说在寺河山，您是第一个靠电商销售苹果的人，而且很有成绩？"

"是的，我从二〇一二年冬天开始通过电商销售苹果，至今已经是十一个年头。每年的销售量都不低于二十万斤，销售收入不低于四十万元。不但销售我自己种的苹果，而且还帮助乡亲们销售，成绩都不错。"

"那么当年你怎么想起使用电商卖苹果的呢？"

"说来话长，当年，是我帮了人家一个小忙，人家帮了我一个大忙！

"那年冬天，我们这里下大雪，天阴路滑，三门峡一位姓席的先生开车来寺河办事儿，路上车轮打滑，爆了车胎，困在路上，焦急的席先生步行到寺河街求助。正好遇到了我，二话不说，我立刻骑车到现场帮助卸了轮胎，又回家找来工具帮助补胎、充气，最后给轿车装上轮胎。席先生十分感动，在了解我的苹果销售由于交通不畅遇到困难时，席先生建议我试试用电商销售苹果。那时候，大家都还没有电商销售意识，我按照席先生的指点，开始做起了电商销售。当年，寺河还没有快递业务，我接到订单，就把苹果一车一车地拉到灵宝，走快递，发往全国各地，十来年的实践证明，线上销售的效果远远超过线下销售。现在，我们两口子一边忙果园，一边经营电商，足不出户，就能卖掉自家果园的十万斤苹果，还帮助乡亲们年销售苹果二十多万斤。乡亲们送来的核桃、蜂蜜等农产品，我也销售到了省内外。还有就是，我家就住在寺河大街上，距离果园骑车也就是十来分钟的路，打理果园、销售苹果、照顾家小，都不耽误，一年当中，再忙再累，也就是那四十来天，但收入能达到四十万元，比外出打工强多啦！更重要的是，一家人能团聚在一起，也不耽误照顾老人和小孩。回到刚才的话，我帮了席先生一个小忙，人家席先生帮了我一个大忙。因此这人呀，还得做好事儿，做好事儿有好报呀！"

行笔至此，意犹未尽。是日上午，我来到三门峡驻京联络处，说明来意，联络处的几位同志热情地围拢过来，几乎异口同声——

"灵宝苹果要上书，可不能没有李世平哦！"

"李世平是谁？"

"喏——"大家一指眼前的果盘，"咱们吃的苹果就是李世平的，确切地说，是李世平领导下的高山集团的。"

说起李世平，说起高山集团，大家赞不绝口："李世平可是我们灵宝苹果的领头羊啊！"

"这个领头羊可不是白说哦。首先，李世平在灵宝建起了第一个千亩苹果园，被誉为'亚洲第一高山果园'。为这果园，李世平的半条命差不多都搭进去了。春天深翻土层，夏天曝晒熟化，然后进行矮砧密植，高技术管理，生物防治病虫害，李世平都是亲力亲为。因此，这里生产的苹果口感甜脆、颜色喜人。别人的苹果都是按斤出售，这里的苹果是论个卖，一个可以卖出山下二三斤苹果的价格。而且产量高。李世平说他的苹果亩产超过一般苹果的一半儿。

"其次，李世平投资两个亿，创建了我们灵宝第一个'苹果小镇'。小镇里面啥都有：5G网络、研学基地、窑洞宾馆、农家乐、民宿……现在，他们还计划在苹果小镇到南洼果园之间，开通无人观光车，同时，用木栈道连接南洼和园艺场两个现代果业基地，打造高端苹果十里绿色长廊，发展集休闲观光养生度假于一体的乡村特色旅游产业，使之成为生态农业示范园、观光农业采摘园、绿色食品生产园、科普教育和文化传承示范园、生态休闲养生度假目的地，现在都喊文化旅游融合发展，啥叫文化旅游融合发展？到李世平的苹果小镇看一看你就知道了！

"李世平这个人爱念旧情，懂得感恩。他有两句挂在嘴边上的话：一句是：啥时候都不能忘了李工生，没有老前辈李工生这个开路先锋，就没有灵宝苹果的今天；二句是：啥时候都不能忘了胡耀邦的支持和鼓励。二十世纪八十年代，总书记胡耀邦来灵宝视察，临行前题词灵宝：'发展苹果和大枣，家家富裕生活好'，激励灵宝两大产业快速发展。为此，在上级单位的领导支持下，李世平在苹果小镇创建了苹果博物馆，馆区的'思园里'，矗立着'中国西北黄土高原苹果之父——李工生'的塑像，照壁墙上，镌刻着灵宝苹果发展历史和灵宝苹果获得的各种荣誉，述说着灵宝果业的百年历程。苹果小镇广场上，矗立着当年胡耀邦总书记视察灵宝时的题词。"

兴之所至，一位同志热情地拨通了李世平的电话，热聊几句，就把手机交给了我：

"你是商丘睢阳区嘞,我是商丘夏邑县嘞,咦——咱俩还是近路老乡嘞!"

"他们给你说嘞都不假,不过,咱做的这些都没有啥写嘞,真正要写嘞,那还是咱的党和政府,还是咱市县乡的各级领导,没有他们操心,组织咱们外出学习、宣传推动、铺路搭桥,光靠咱自己干,灵宝苹果不可能有今天的辉煌,咱灵宝果农也不会有今天的好日子过!

"听过灵宝苹果之歌吧:苹果是我们心中的太阳,带来了温暖,带来了希望……这才是如今咱灵宝老百姓的心里话!"

放下电话,就手抓起果盘里一个又大又圆又红的苹果,咔嚓一口……又一口,又一口,口感鲜脆,蜜汁爆满,清香四溢。

"哎呀各位老乡,咱们这篇文章的题目有了,就叫'灵宝苹果香'!"

柳忠勤,《今日国土》杂志社社长、今日国土生态文学委员会主任,长期从事新闻宣传工作,创办《新图报》《求职报》《国土报》并担任总编辑。几十年笔耕不辍,写新闻、写通讯、写诗歌、写散文,更多的是公文写作。代表作《亲情记忆》。

人类光明的关口
——函谷关与《道德经》

李炳银

一脉大山（后人称之为秦岭），自西浩茫东来。到了与大河（黄河）接近的地方，铺展成一片褶皱，形成了豫西山地。山虽不算高耸，可绵延伸展的范围十分广阔。

在这北临大河，南依大山的绵延的山间，有一条土路由东往西、由西向东，蜿蜒地匍匐在山谷间。在崤山西与潼关之间的细小狭窄处，有一关口，是为函谷关（在今天的河南省灵宝市西北境内）。

春秋末年，一个秋天的早上，函谷关的关令尹喜，早早地起床，上到关墙上活动筋骨。他放眼四顾，山依旧是此前的山，山色丰富秀丽，天空也十分清澈透明，又是一个令人神清气爽的好天气啊！

东方正在由暗变明，由暗渐红。这时，尹喜突然发现，在东方天空色彩变化的瞬间，有一片紫色出现在东方。这一发现，着实让尹喜感到震惊。紫气东来，天象有吉，难道有什么大事要发生吗？尹喜目不转睛地死盯着那一片移动着的紫色光影，生怕自己有一点点的疏忽，而误了大事。

这是一个平常的早晨，但必定不会是平常的一天！

紫色的光影越来越近。尹喜在将目光投向山间的光影的同时，也严密地注视着山间蜿蜒的土路。过了一阵，突然听到有"扑哧、扑哧"的声响由东而来，愈来愈强烈，愈来愈清晰。

这时，有几个关上的马弁也来到关墙上。看见尹喜惊讶的样子，也都会合到探知的行列。大家都瞪大了眼睛注视着山间弯曲的道路。突然，在远处道路上的拐弯处，出现了一团移动的尘雾，慢慢地向关口移动。这时，尘雾像一朵团花，不断地变幻着形状和色彩。太阳的红光照在这移动的尘雾上，似乎有土红和蓝色交融成紫色的行帐；又像漂动在水面的黄褐色船帆。在这清晨的山间和晨光薄雾中，非常的神奇和美妙！雾团忽忽悠悠，摇摇晃晃地由远而近，渐渐地清晰了起来！

不大的工夫，这个雾团终于被尹喜他们看得较为清楚了。这是一个须发灰白，穿着一身黄白色道袍的老者，骑着一头大青牛在行走。奇怪的是，这位老者，他竟然是倒骑在大青牛的宽大脊背上，似睡非睡，悠然自得的样子。待接近了关口，他这才仰头看了看关门上中央的三个大字：函谷关。但他仍然骑在大青牛背上没有下来，只是东西南北地看看周围的山间地势。这时，关门上有马弁的声音传来。

"干什么的，这么早来，还不到开关的时辰！"

大青牛上的老者并不搭话，依旧左右上下地在寻觅着什么似的。

"赶快打开关门。快！快——"这是关令尹喜急促的声音。只见他和两个马弁急急地从关楼上奔跑下去。

只听得一阵响动，吱呀呀的声音之后，沉重的关门被打开了。尹喜急急地跑到大青牛身边，对着牛背上的老者谨行拱手大礼，并口中念念有词："学生失礼了、失礼了！"

老者低头看看边上的来人，似乎面熟，只是记不起何人了，就"啊、啊——"地应对。

尹喜见此情景，立即说："老馆长，我是尹喜。此前曾到守藏馆查《税收精义》时拜访过您。时间长，您可能记不得了！"稍顿，又接着说，

"我现在在这里当关令，不知道先生您来，有失远迎啊！"

只听老者"啊哎"一声，就抬腿从大青牛背上下到地上，与尹喜拱手相见！

老者正是周朝守藏馆馆长李聃（也称李耳、老子）。

商朝末期，纣王当权。因为其荒淫无度，凶残暴戾，恶名远昭。西周文王九年，周武王用车子载着文王的木主（牌位），率师东进，观兵于孟津（今河南省洛阳市孟津区）。有八百多个诸侯和部落首领前来参

黄河之水滔滔东去

加。他们愿意接受武王指挥，一致要求渡河北上，讨伐商王纣。孟津之会后两年间，商纣王不仅未有收敛，反而变得更加暴虐。他杀死了王子比干。传说还狠毒地掏了比干的心，囚禁了亲兄弟箕子，连他的太师疵、少师彊都抱着祭器和乐器逃奔于周。这时，武王认为伐纣的时机成熟了，便下令出师，并遍告诸侯："殷有重罪，不可以不毕伐。"亲率戎车三百乘、虎贲三千人、甲士四万五千人，挥师北进，大举伐商。武王十一年正月甲子这天，伐商大军来到商郊牧野，这里距离商都朝歌只有七十里。经占卜，认为当天即可克服商纣。果然，誓师之后，大战即起。因为纣王昏庸残暴，已经丧失人心。双方刚一交手，拼凑起来的十七万军队，将士很快就掉转矛头，和周军联合反攻纣王。纣军顿时全线溃败，势如摧枯拉朽。无奈，商王纣逃回殷都，自焚而死。武王的大军迅速攻占朝歌，百姓给予欢迎。来到纣王自焚处，武王举箭连射三发，叫人用铜钺砍下纣王的头，悬挂在大白旗杆上示众。商王朝经牧野一战，寿终正寝。《诗经·大雅·大明》对牧野之战，有很精彩的描绘，诗曰：

牧野洋洋，
檀车煌煌，
驷騵彭彭。
维师尚父，
时维鹰扬。
凉彼武王，
肆伐大商，
会朝清明！

一九七六年，在陕西临潼县发现了一个西周初年的青铜器"利簋"。

上面的铭文记载，当时有个贵族有司利参加了这次牧野之战，并在战争中立功，武王赏赐他青铜，他便用这些青铜铸了铜簋以为纪念。"利簋"上的铭文明确地说，牧野之战是在"甲子朝"进行的，与文献的记载完全一致。

周灭商之后，但统治六百多年的东部地区，仍有一些叛周作乱的力量。武王病逝后成王继之。为了彻底安静天下，后再经周公旦东征，天下方才安静些。为了加强对东部的控制，派太保召公奭先到洛阳视察地形，最后确定在洛水和伊水的弯曲处，这个平原地带，曾是夏朝都邑，可南望三涂山，北望太行山，南临伊洛，北依黄河的地方新建都城。同年三月，由周公旦亲往营建。后经多年兴建，在瀍河东西两岸建成一座新的都城，人们将其总称为"雒邑"。

周朝大定天下之后，由于地域辽阔，决定东西分治。现有陕州（今三门峡市陕州区）周召分陕石为证。分陕石上书："公元前一〇四六年，武王克商而拥天下，是为周。成王幼时，周公与召公辅政，竖石丈余于陕州城外。二公约定，立柱为界分陕而治。自陕而东者周公主之，自陕而西者召公主之。后唐武后曾铭周召分陕石。

周东都雒邑在周公的精心营建和治理之下，不断发展扩大，成为西都镐京之后又一个政务中心。这里机构众多，门类齐全。

几十年后，几百年后，多少年之后。楚苦地（今河南鹿邑）人李聃，字伯阳，辗转来到了东都，在这个大天地里，开始探寻自己的人生和发展。再过了几年，他走进了周朝的守藏室，并进而成为守藏吏，即馆长。在这个收藏有大量历史典籍和文献书籍的地方，李聃如鱼得水，如虎归林，尽情地唤醒自己的见识与思考。因为他喜爱读各种的书籍，关心天地人生，非常博学和长于思考。故而，人们也称他为老子。

孔子曾两次上门拜访老子。初见老子，他只见一个好似呆木头的老者，坐在那里。孔子问老子：我研究诗书礼乐春秋，自以为时间很长，都熟悉了。可到处拜访了七十二位主子，却到处碰壁，可谁也不用啊！人真的难以说得明白，还是"道"的难以说明白？

老子听后，稍稍沉思了下说：你已经幸运了，如今还在求知！六经的这些内容，都是先王的行为说教，都是以往的陈迹。就像鞋子可以踏出迹痕，那迹痕就是鞋子吗？过了会儿又说：公虫在上风叫，雌虫在下风应而雌虫有孕。类是一身兼有雌雄的。所以自然有孕。性是不能改的，命是不能换的，时是不能留的，道是不能塞的。只要得了道，什么都行，可是，如果失掉了，那就什么都不行。

听了老子的话，孔子头上有细细的汗水沤出。自己也好像成了一根呆木头。然后起身告辞了！

过了三个多月，孔子又来问道。落座之后，孔子说：上次听了您的话以后，震动很大，我想了很久。现在明白了：我自己久不投在变化里，这怎么能够变化别人呢！……

老子微微地笑了，说："你想通了！"

两人再无多语就再拱手告别了。孔子表现出极恭敬的样子。孔子走后，老子对身边的童子说："看来我是需要离开这里了！"童子不解，问为什么？老子说："我们还是道不同。比如，同是一双鞋子，我的是走流沙，他的是上朝廷的。"

孔子在拜见老子之后，他的学生问老子是怎样一个人？孔子说："鸟，吾知其能飞；兽，吾知其能走；走者可以为罔，游者可以为纶，飞者可以为矢曾。至于龙，吾不能知其乘风云而上天。吾今日见老子，其犹龙邪！"

老子说自己要"走流沙"，可没有想到行动来得这么快！或许是老子看到周朝经近八百多年延续，如今也是朝纲松弛，诸侯离心，到处背叛，上情难伸的局面日甚，感到天下又要大乱，还不如趁大乱未到，早些离开。于是，就骑着大青牛奔西天流沙而来。今天来到了这东西间的要关——函谷关。

再经细看，老子好像记起了尹喜。嘿嘿地笑了，说想起来了。

尹喜赶紧招呼两个马弁牵牛入关，自己也陪着老师，慢慢地向关门走去。

到得关内，尹喜紧着给老师安排住处，收拾饮水饭食。高兴紧张得有点激动和忙乱。他兴奋地告诉老子："一大早就看见紫气东来，不知是何祥兆。真没有想到是老师您来了呢！你我师生能够在此再见面，实在想都不敢想，真是太出乎意料了。您一定在这里多住几天，给学生再开导开导，让我也能够再明白些天地事理。"

老子看着听着尹喜高兴的样子和说话的内容，脸上露出微微的笑容。没有想到，在很多人畏惧不安的地方，自己却遇旧识，竟然如此容易方便地入关了。就回应尹喜说："我也没有固定的行程，从雒邑出来几天，青牛也该稍作歇息。那我就住几天，和你聊聊。"当天，就成了老子的旅行假日，在关舍内安歇。

第二天上午，老子拂晓就起来，在关内游步观看，发现这里，虽为要津，东西大关，可人员并不很多，庭院干净，管理有序，并无闹嚷的情景。心想，这尹喜也是个有方成事的人啊！吃过早饭后，尹喜把老子请到关舍的一个大点的厅堂内，准备听老师讲学。为了不显冷清，尹喜还将关上十余名好奇爱学的人叫来一起听。

老子也不讲究，在大家静坐之后，就开言了：

"上德不德，是以有德。下德不失德，是以无德。上德无为而无以为也。

"昔之得一者，天得一以清，地得一以宁，神得一以灵，浴得一以盈，侯王得一以为天下正。上士闻道，堇能行之；中士闻道，若存若亡；下士闻道，大笑之，弗笑，不足以为道。"

老子在用心地讲着，可听讲的人除了尹喜等少数几个人，似懂非懂外，其余大部分人根本就不知所云，干瞪眼只看着老子滔滔不绝，完全弄不明白，不知所以然。渐渐地也就索然无味得无表情了。老子见此情形，就自己停歇，说今天就到此吧！但他并不生气。尹喜自然是明白一些，只是知道，老师讲的内容都非常重要，虽然感到很深邃难懂，依然兴趣浓厚。就告诉老师，太好了，明天再讲。

又一个上午。老子再次开讲。来的人自然是少了一些，但有兴趣者也还不少。老子并不在意听者人数多少，依旧兴趣盎然。开言道：

"道生一，一生二，二生三，三生万物。

"天下之至柔，驰骋乎天下之至坚。

"罪莫大于可欲，祸莫大于不知足。咎莫憯于欲，故知足之足，恒足矣。

"为学者日益，闻道者日损。损之又损，以至于无为，无为则无不为。

"治大国，若烹小鲜。

"合抱之木，生于毫末；九层之台，起于累土；百仞之高，始于足下。

"天下莫柔弱于水，而攻坚强者莫之能胜也，以其无以易之也。上善若水，水善利万物而不争。

"道，可道也，非恒道也。名，可名也，非恒名也。"

"天地不仁，以万物为刍狗。

"夫唯不争，故莫能与之争。

"人法地，地法天，天法道，道法自然。

"知人者知也，自知者明也。"

老子愈讲愈兴奋，热情高涨，全然不管听众的反应。尹喜等人也似乎被老子的讲述降服了，只是一个劲地点头。不管听懂还是没有听懂。这场讲座直至天到中午方才停歇。尹喜非常心疼老师，就对老子说："老师，您讲得太深刻精彩了，劳累您了！您讲的，我们也不能完全理解，可知道神奇美妙。但像这样您太累，听的人也有限。您干脆在这多住些日子，把您要讲的都写下来，供以后更多的人学习理解。"

老子听罢，先是一愣，少顷，回答说："这倒是个办法。我此前忙，也没有写书的时间，如今西去流沙也不太急，既然在此开讲了，你们也乐意听，趁着这机会把我多年的所思所想写出来留给后人也好。"

听了老师的话，尹喜非常高兴，激动地说："这是天大的好事啊！我赶紧给您准备房间和书写工具，我安排一下关务，专门为老师服务。"

既然要多住些日子，又要写书，老子特意叮嘱为他照看好大青牛，然后就将精力投入写书的进程中去了。老子是一个锐敏多思的人，在他进入书写活动之后，就非常地忘情。白昼夜晚，总见他在关舍的房间内叽叽咕咕，述而有声，随手书写。有时，则索性由他口述，由尹喜代为抄写。两个人都非常地用心投入，废寝忘食，如入无人之境。

秋天，是个多么透亮清爽的季节啊！函谷关周边的山上，除过大片的绿色，还可以看见散布在各处的柿子树、白果树等红黄的颜色，给大山似乎披上了花毯，色彩格外迷人。你看那柿子树上，叶子犹如万千红掌，在山风的吹动下哗啦哗啦的响声，就如同热烈的掌声，在山间回荡！再看那挂满枝头的柿子，个个像红灯笼一样，似乎能给人带来光明！啊！这个美妙的秋天，这个色彩斑斓的秋天，这个果实丰硕的秋天，多么地令人陶醉啊！

经过几天的口述、书写，老子和他的学生尹喜一起，把老子自己的思考讲述内容整理完成。这些内容，计五千言，涉及自然天地、社会人生等方面和领域，认识奇异，精妙深刻，生动简约，为前人未曾道及。

这个记录，后来经人整理，以《道德经》面世，成为人类文明的早期晨光，至今一直在指导影响着人类前行的道路！据有人统计，老子的《道德经》，如今在世界上有九十七种语言翻译，有两千零五十一种译本。西方有权威哲学家认为，如果人类只能保留一本书的情况下，只能选择保留老子的《道德经》。

老子大功告成，又要踏上西行流沙的道路。

多日的共处与合作，已经让尹喜有灵魂开窍、神思难抑的状态，他哪里舍得让老师离开。可老师的行程已定，不好改变。无奈，尹喜干脆向上司打了份辞职报告，不管上司批准不批准，反正是要跟着老师西行了。

又一个晴朗的早晨，马弁们牵来大青牛，装上老子简朴的行李，然后扶老子骑上去。奇怪的是，老子这次不再是倒骑，而是冲着牛头向前稳稳地跨坐在大青牛的背上。尹喜则牵着牛缰绳，出函谷关西门，向西远去了。人们看见，老子和尹喜与大青牛一起，又在土路上搅起一团尘雾，雾团愈来愈小，终于消失，不知所终！

二〇二三年五月五日　于北京小羊宜宾

李炳银，中国报告文学学会原常务副会长、文学评论家，多次出任全国优秀报告文学奖、鲁迅文学奖、解放军文学奖等文学奖评奖委员。代表作《文学感知集》《国学宗师——胡适》《生活·文学与思考》等。

邂逅三门峡

王必胜

三门峡于我不是衣胞祖地，没有日常交集，初次造访因一次文学活动，来去匆匆，却有了好感，是一次美丽的邂逅。

豫西三门峡，山水形胜名城，生态集大成者。在北方高纬度版图上，这样一个尽显江南秀色的城市，实不多见。有黄河穿绕，有长江水系境内通接，有小秦岭逶迤绵延。作为地名，她承载了独特历史，西周分陕，函关古道，仰韶风华，叹为观止；著名的黄河大坝，半个多世纪雄峙巍然，大河安澜，带来良田丰饶，民生福祉，带来了生机盎然的百里湿地。如今，生态立市，多有大手笔、大动静，山清水秀，人文风流，被誉为"黄河明珠"的三门峡，更亮丽生辉。

春日晴和。晌午时分到达高大轩敞的天鹅湖国际酒店，多功能厅有十数米高的壁画，《黄河安澜》图气势宏伟，大河奔流，山水生态，成为画面主题，也是城市的生动缩影。来市区的路上，一桥雄跨，长河为湖，水光潋滟，于新奇中添几分疑惑，九曲黄河浪淘沙，西北一线的浃浃浑水，这里清碧如许，鸢飞鱼跃，岸芷汀兰，传说中的三门峡生态好生了得，清水碧波也为黄河正了名。近年来，百里长廊开拓了黄河湿地生态景观，山水好风，成为对水质要求高的白天鹅过冬之地。在一些场馆挂有白天鹅照片，当地朋友手机中满是白天鹅的视频，可以看出白天鹅是这座城市的宠儿。每年秋冬时节，上万只白天鹅光顾，美成一大景致，"白天鹅故乡"之称，名副其实。

三门峡闻名遐迩，我是既熟悉又陌生，古有渑池的仰韶村、灵宝的老子函谷关著书，今有黄河第一坝——三门峡大坝。六十多年前，大坝建成，贺敬之的《三门峡——梳妆台》诗作，讴歌"黄河儿女"青春气概，成为一代人的情感记忆，"望三门，三门开，黄河之水天上来"，诗情激越，传诵至今。长河安澜，山水诗美，提升了三门峡知名度。同样的山水名胜，我家乡有长江三峡，二者名实庶几相近，是华夏江河文明两颗宝石，各美其美。三峡，鬼斧神工，风景奇险，是长江一大名片；三门峡，相传洪荒年月，大禹治水，劈开人、神、鬼三大门而得名，昭示了先民挑战自然的神力。自然人文，史实传说，于每个行旅访客，平添一份幽怀乡愁。

坐在偌大的湿地公园广场，右边林木森森，花草茵茵，左侧长河大湖，碧水清波，背景板上"黄河之约·绿水青山三门峡生态文学周"的大横幅，格外醒目。依水傍湖，天幕苍穹，以生态之名，向黄河致敬，与文学牵手，展示了一个现代城市的人文情怀，也激活了生态城市的最大动能。

阳光生动的上午，蓝天白云下的天鹅湖，如一方明镜，风烟俱净，流光耀金。"水皆缥碧，千丈见底。游鱼细数，直视无碍。"放眼对岸，绿植簇拥中，"黄河母亲河"红色大字，绚丽惹眼，生态、文学与大自然的结合，黄河成为"最美的红娘"。坐上天鹅号游船，亲近河水，涟漪荡漾，水道宽润，不禁想到宋人王观的诗"水是眼波横，山是眉峰聚"。长河碧波，妖娆灵动，山辉水媚，那是一个水岸城市的生动表情。

三门峡的表情，我以为因了河水滋养，生态加持，山清水秀，灵动绰约。"城市表情"，是可以捕捉的，体现的是生态环境、幸福指数。三

天鹅之城三门峡

门峡素有"四面环山三面水"之说。百里湿地长廊，植被丰茂，串连起几大主题公园，成为一条城市绿飘带。去湿地公园行走，最惬意是沿着长廊，亲水，观景，缓步，风和水柔，廊堤蜿蜒，绿道森森，滩涂斑斓，有花草相随。偶尔邂逅飞鸟、花蝶、蜻蜓，移步换景中，尽得野趣。或有鸥鹭划过水面，悦耳的鸟鸣，应和着晨练者声息，三门峡的早晨，在大自然韵律中唤醒。市区几大公园，联缀为城市生态群落。三门峡天鹅湖国家城市湿地公园，跨东西城区，分双龙湖、古城、沿黄生态林三个区域，水面和滩涂湿地占地达两千多亩，是"以天鹅生态资源为特色"的城市后花园，另有陕州公园、黄河公园、人民公园、虢国公园，各以不同景色，丰富黄河明珠的生态景观。

千年以降，滔滔黄河在大西北黄土高原九曲回环，浑水黄汤，水患伤民。六十多年前，反复论证的国家工程，历时三年多，在三门峡市东北二十公里处建成，一座高百十米、长七百多米的黄河大坝，横空出世，泄洪冲沙，发电灌溉，调节气候，清淤净水，利民惠民，也成为远近闻名的景观。

登上高约百十米的大坝，青山连绵，湖水苍茫。说是坝，也是桥，横亘坝中的"一步跨两省"界石，是"景中景"，驻足于此，往前是山西，返回是河南，人们饶有兴致争相留影。石上文字说，这是黄河滩上截流石。风雨沧桑，洪荒千古，沉淀了天地自然精华。截流，也是担当和重托，可以说，它是万里黄河，黄河大坝的见证者、护卫者。大坝女墙上镌刻有关三门峡的古诗文，助添了人们游兴。唐皇李世民曾有诗赞叹三门峡："仰临砥柱，北望龙门，茫茫禹迹，浩浩长春。"风景人文总相宜，景观也要文学助，不乏为时下一些景点特色。

正值周末，参观者踊跃，观光电梯要排队等候，不少是全家出行。坝底是宽阔的场所，可仰看巍巍大坝气势。通道上有文字图片，毛泽东主席"要把黄河的事情办好"的题字，大坝排洪时，高位落差，"黄河之水天上来"的情景图，大水激流中的砥柱石、梳妆台，图文生动，还原了当时场景。正值枯水季节，浅缓的水流中，有三两苍鹭、鱼鹰闲步觅食。河道分岔出不少的小河沟，没了大水衬托，砥柱石兀自静立，梳妆台偏于一隅，"黄河儿女"整装奋发、中流击水的诗意，只留在文学想象中。

三门峡大坝生成了偌大山体水库，涵养了城市的公园湿地。天下黄河，清碧万顷。水是万物之源，生态的灵魂。守护好源头活水，才有青山绿水，生态优美。

小秦岭，是豫、晋、陕三省交界的生态"金三角"。黄河出壶口，下龙门，一路南行，遭遇华山阻挡后陡然向东，形成了"几"字形路线，在小秦岭呈掎角之势。作为秦岭主体的东延，小秦岭山深林密，水源丰沛，五条黄河一级支流，沙河、阳平河、枣香河、十二里河、双桥河，丰富了三门峡大坝水源。豫西最高峰老鸦岔，逾两千多米，山高水长，生态优良，仅国家二级保护动植物就达数十种，如罕见的红豆杉、秦岭冷杉，如林麝、红腹锦鸡等。

小秦岭作为全国第二大金矿产地，二十世纪六十年代开采，一时为当地经济支柱，后因过度开采，无序开发，废弃的矿渣、遗弃尾矿和采空区，引发多处地质灾害。青山绿水变成荒山臭水，严重的环保问题，生态代价，百姓生怨。有人曾说，黄河倒是治理好了，小秦岭却弄得乌烟瘴气。

进入新时代，国家实施生态战略，秉承"绿水青山就是金山银山"理念。自二〇一六年始，打响了小秦岭"绿色保卫战、攻坚战"，清坑口，拆设备，清矿渣，栽树种草，还山青水绿。据统计，有一千多个坑口封堵关闭，一万三千多个相关设备清除，七十二万棵树木为山坡添绿。老鸦岔金矿山 1770 号坑口，矿渣可堆高三十米，长五百米，治理难度大，发挥科技创新，智能攻关，以梯田式的办法，实现乔、灌、草搭配，绿化与美化的统筹，摸索出坑口治理的经验。

山路崎岖，汽车在颠簸中，沿无名山溪，来到小秦岭腹地，过了火石崖森林检查站，一座剑形雕塑，高逾三四层楼，"河南小秦岭国家级自然保护区"几个大字，在葱茏山林中，威仪有范。这一带，地势较缓，山峰对峙，前行百十来米，山泉浸湿小路，一个约二三米直径的洞口，杂草簇拥，有积水渗出。作为最早封堵的老坑，留下原貌，是为了特别的记忆，也让我们有直观现场的感受。

六七年前，坑口作业时，渣土泛滥，机器轰鸣，林草损毁，溪流污染，"山是疤痕累累，人是灰头灰脸"，林木呻吟，人们期盼，经多方努力，小秦岭生态保卫战，应时，顺势，从源头治理，壮士断腕，甫见成效，被认为一定程度上拯救了母亲河，擦亮了"黄河明珠"三门峡的形象。

教训深刻，也是财富。为此，生态立市，成了三门峡人明确思路。生态守护，既堵住污染源，又有绿化跟进，秉承可持续发展理念，既有减法，关停堵封，又有加法，建立维护好公园湿地，植树种树。那天从老坑口下来，大野绿色弥漫，又新添小规模的树丛，这是保护区新开的生态试验园。虽刚起步，但是，品种多样，精心呵护，成为小秦岭又一景观。春日融融，银杏树直挺，水曲柳柔细，栎树、栾树蓬勃结实，几朵紫荆和丁香，在春风中轻柔摇曳，过去是童山濯濯，河水污染，山溪断流，如今树密林茂，绿意盎然，大绿中再添新绿，生态环保更上层楼。

循此思路，小秦岭生态园、动物科普馆，相继建成。小秦岭动物科普馆，陈列有六十多种动物标本，两百多个昆虫标本，承载了研学实践，与修复守护的功能。小秦岭核心地，山重水复的密林中，集中了保护区多个生态保护场馆，展示生态多样丰富，又为培养人才做基础建设。"生物多样性使地球充满生机"，这是习近平总书记在联合国生物多样性大会上提出的，这句话以偌大的红色字体，被镌刻在小秦岭科普园的一块大石上。守护生态自然，珍爱山水形胜，珍爱自然物事，是小秦岭乃至三门峡市的人们，息息相关的生活情怀、生活日常。在小秦岭动物科普馆前，一条不大的溪流，对岸绿色中，一头黄色小鹿，情态可掬。我们都以为小家伙不怕生，可是，那只是一个标本，或者是雕塑，且不说形象逼真与否，那是主事者对生命、对自然的珍爱。

三门峡三日，匆匆即兴几句，感谢一次难忘的邂逅：生态立市三门峡，黄河清碧大坝安。百里长廊留天鹅，逶迤秦岭绿荒川。一石分陕"周召"异，二步前后豫晋连。道法自然文宗地，崤函关上拜先贤。

王必胜，人民日报文艺部原副主任、散文作家，著有《邓拓评传》《东鳞西爪集》《我写故我在》等多部作品。作品《单位》获"第七届老舍散文奖"、《散文选刊》"2014度华文最佳散文奖"。曾任"茅盾文学奖""鲁迅文学奖"评委。

生态文学的根脉

李青松

一般而言，一棵树的主体都是由三部分构成——树干、树冠和树根。然而，在我们的视野中，我们注意到的只有树干和树冠，树根往往被忽略了。

这不是我们的问题，因为树根在地下，在土壤中，眼睛是看不见的。但树根是存在的，树有多高，根有多深；树冠有多茂盛，根系就有多发达。

今天，在中国大地上，如果说生态文学已经长成了一棵树的话，那么其树干及树冠自然构成了独特的景观。可是，我要怯怯地问一句，这棵树的根脉在哪里？当然，不会有人回答这个问题。直到二〇二三年四月，我来到三门峡函谷关——那间并不奇异的馆舍告诉了我答案。

就是在这里，两千五百年前的老子撰写了《道德经》。这部五千字的书稿，谈不上是皇皇巨著，但可以称得上是一部精微的百科全书，内容涉及治国、伦理、军事、民生、自然等多个领域。《道德经》的要义共三条：其一，无为；其二，不争；其三，道法自然。从生态文学的角度来看，无为和不争都是指人对待自然的态度，而道法自然则道出了在人与自然的关系中，人应该遵循的原则。

老子是一位奇人。老子，名李耳，又称老聃。史书上是这样描述他

巍巍函谷关

的——身高八尺八寸，长耳大目，面部饱满，阔额疏齿，方口厚唇，眉毛银白，美髯飘逸。他是倒骑着一头青牛来到函谷关的。青色属木，代表着东方；而青牛，则代表着东方农耕文明。倒骑何意呢？——倒者，道也——顺其自然，青牛往哪里走，人往哪里去，自然而然。

在那间馆舍里，老子写完《道德经》这部书稿之后，便西出函谷关，倒骑着那头青牛不见了踪影。

比尔·盖茨最敬佩的人就是老子，他说，假如时光能够倒转，回到两千五百年前的话，让他做一次老子的学生，那是多么幸福的事。孔子是圣人，圣人崇敬的人不多。但孔子一生三次向老子讨教——问礼问仁问道。千里迢迢，坐着马车，一路颠簸，不可谓心不诚也。说到对老子的印象，孔子曾对弟子说："鸟长着翅膀能在空中飞，鱼长有鳍能在水中游，野兽长有四肢，能在地上跑。鸟能用弓箭射中，鱼能用钩钓到，兽可以用网捕到。而龙呢，我不知道怎样才能束缚它，它能乘风御云飞到天上去。老子的思想驰骋于天地之间，遨游于九州之上，用龙来比喻老子是再恰当不过了。"

四通八达的交通网络让三门峡插上腾飞的翅膀

老子认为，礼不过是前人留下的脚印，脚印不是脚。不要用脚印束缚了脚，但脚印可以借鉴，不至于走错路。而走路，还要靠脚自己。在老子看来，白天鹅不需要天天沐浴毛色自然还是洁白，乌鸦不需要每天浸染羽毛自然乌黑。天鹅的白和乌鸦的黑都是自然的本色，没有优劣之分，没有好坏之别。名声和荣誉都是外在的东西，不足以播撒张扬。

对于水的认识，或许没有人能超越老子。他说，上善若水，水善利万物而不争。夫唯不争，故无尤。以其不争，故天下莫能与之争。他还说，天地之间，人物存焉，天有天道，地有地理，人有人伦，物有物性。有天道，故日月星辰可行也；有地理，故山川江海可成也；有人伦，故尊卑长幼可分也；有物性，故长短坚脆可别也。

老子的自然观体现了对生命的尊重。他说，鸟不厌天高，兽不厌林密，鱼不厌水深，兔不厌洞多。天高，鸟可以翔之；林密，兽可以隐之；水深，鱼可以藏之；洞多，兔可以逃之。他还认为，土蜂不能孵出燕子，雄鹰不能孵出鲲鹏，各有所能各有所不能，无为的目的，是使人神清心静。

在老子看来，人的内心是有污垢的，或多或少，或大或小。心中之垢，一为物欲，一为知求。去欲去求，则心中坦然；心中坦然，则动静自然。其实，生态文学的重要使命就是要洗掉人的内心的污垢——内外两除，进而，内外两忘也。内者，心也；外者，物也。内外两除，就是内去欲求，外除物诱也。内外两忘者，内忘欲求，外忘物诱也。由除至忘，则内外一体，皆归于自然，于是达于大道矣。

瞧瞧，这不正是生态文学追求的境界吗？

我是来三门峡出席生态文学周活动的。受到邀请时，我对三门峡举办这样的活动略有疑问。可是，当我面对函谷关那间升腾着紫气的馆舍时，不禁大吃一惊。瞬间，赴约之旅成了寻根之旅。是呀，生态文学的根脉不就在这里吗？不就是从这里生发、蔓延、伸阔、繁衍，并且生生不息的吗？

三门峡水利枢纽工程始建于一九五七年。经过几十年的治理，特别是近些年的生态修复和建设，流经三门峡段的黄河水居然变清了，每年有上万只白天鹅光顾于此。——这是任何一个生态文学作家都不能无视的重大生态奇迹。

此间，《三门峡日报》的朋友让我写下一句感言。我略加思索，提笔写道："让白天鹅告诉世界：生态创造传奇。在三门峡的碧波里，黄河有最美的早晨。"

生态文学是一个现代词汇，生态文学是因之生态问题而催生出来的一种文学现象。从这个意义上来看，还不能说老子的《道德经》是最早的生态文学作品，但是，我们可以坚定地相信，生态文学的根脉一直在中国大地上活着，活在中华传统文化里，活在《道德经》的字里行间，活在中华民族每个具体的人的基因中。

是的，当我们注视生态文学这棵树的时候，切不可仅仅欣赏树干及树冠构成的景观，其根脉也是不可忽略的。因为，根脉的存在及其坚韧的生命力，决定着这棵树的树势，亦决定着这棵树的走向和未来。

二〇二三年六月二十八日　写于北京

李青松，中国报告文学学会副会长。第六届、第八届鲁迅文学奖评委。生态文学作家，长期从事生态文学研究与创作。出版专著十余部，主要代表作品《开国林垦部长》《北京的山》《相信自然》《塞罕坝时间》《一种精神》等。曾获新中国六十年全国优秀中短篇报告文学奖、徐迟报告文学奖、北京文学奖、百花文学奖、呀诺达生态文学奖。

在水碧山青的地方

彭程

  我视野中是一大片鸢尾花。这里的季候比北京要早十多天，出来时，北京小区院子里的鸢尾花刚刚展开几片细弱的嫩叶，此处却已是颇为蓬勃茂盛。一枝枝挺出的茎上，深紫色的花朵美艳而热烈。想到这种花的别名"蓝色妖姬"，的确是渊源有自。它的剑形的扁平叶子洁净碧绿，在阳光下闪着光。

  目光滑过这一片花草，落在前方的一泓碧水上。十多只白天鹅正在水中游弋，或脖颈低垂，或展翅拍水，意态悠然。这个地方叫作天鹅湖国家城市湿地公园，位于三门峡的黄河水库边上，每年都会有上万只天鹅飞来这一带水域过冬。这种对水质要求十分苛刻的水禽，印证了这里水体的优良。

  没有想到，这片风景绝佳的绿地，还藏着一处年代久远的古迹。在公园里的周公岛上，一片茂密蓊郁的树木下，立着一块三米多高的青色石柱，名为分陕石，是西周初年辅佐年幼的周成王执政的两位叔叔周公、召公"分陕而治"的界石，当时此地地名为陕塬。界石是复制品，原件藏于当地博物馆中。周、召共治的时代，是漫长的封建社会人们心仪的盛世，是孔子因未能生活其中而怅恨不已的时代。《春秋公羊传》记载："自陕而东者，周公主之；自陕而西者，召公主之。"陕西地名的由来，也正是由于它位于此地之西。有人便调侃一位向来以自己的陕西籍贯自豪的文学评论家：听到没有，贵府地名原来是从这里派生出的。评论家就咧嘴笑。旁边又有人总结似的说，其实中国很多地名都与山川有关，像河北、河南就是以黄河为界，中国人都是黄河的子孙哩！

黄河生态廊道陕州段

而此刻，黄河就在不远处流淌，这座湿地公园的多条水道都通往黄河。分陕石让厚重的历史具有了一种现场感，自树木浓密的缝隙间闪烁的水色波光，更让那个从小就熟悉的比喻弱化了它的修辞色彩，变得真实而亲切：黄河母亲。

我们此行的目的地便是黄河。仿佛观看一场大戏，游览黄河湿地公园只是拉开序幕，接下来的乘"天鹅号"游轮畅游黄河，才是正式展开了剧情。

这里是三门峡大坝截流黄河后形成的库区，高峡出平湖。如今正值蓄洪期，水面阔大浩渺，甚为壮观。游客们走出船舱，在甲板上到处走动拍照，兴奋不已，有人还朗诵起诗句。我脑海里有关黄河的古诗，也像船头飞溅的浪花一样，簇拥着绽放开来："君不见黄河之水天上来，奔流到海不复回"，不对，这是描写河水自高处倾泻的画面，形容大坝上游的壶口瀑布，或大坝开闸泄洪时的场景会更为贴切；"西岳峥嵘何壮哉！黄河如丝天际来"，岸边山势之崔嵬倒是有几分相似，不过水面的辽阔却一点儿也不像；"九曲黄河万里沙，浪淘风簸自天涯"，不难从视野尽头河流的蜿蜒推想它漫长途程中的盘曲，但水质的清冽却难以与黄沙发生关联……思绪流荡如同漂浮的小舟，最后锚定在这两句上："俟河之清，人寿几何。"

是眼前水的颜色让我这样想。相信很多人的脑海中预设了一个河水浑黄、泥沙翻卷的画面，但眼前的碧绿澄澈，分明像是置身于江南的一处湖泊里。这种强烈的反差，让众多初游者大感意外，脸上生出一种孩童般惊喜的表情。只有水库对岸的风景，山的莽苍，塬的平坦，分明是属于北方的浩荡粗犷。

《左传》中最先引用了上面这句诗，但并没有注明出处，可能也是觉得这是常识。千万年了，黄河水携带巨量泥沙，浊流滚滚。河水不会

三门峡的生态之美

变清，就像大海不会没有波浪。

　　然而此时，千真万确，眼前分明正是一碧万顷。游轮平稳地行驶，船舷两旁犁开幅度不大的波涛，周边的水色尤为深碧。不可能的事情，在今天成为现实。

　　这是一次生态文学主题的采风活动。当地媒体记者跟随采访，我听到有受访者提到梭罗。梭罗在今天是个响亮的名字，谈起生态保护和自然文学，没法绕开这位两百年前的美国人。蓄水期的三门峡库区阔大，一直延展到上游陕西境内，据称总面积超过两百平方公里，与梭罗当年在其旁侧筑木屋而居的只有几英亩大小的瓦尔登湖相比，不啻天壤之别。瓦尔登湖让梭罗产生了不朽的思想，眼前这一片浩渺水面，也理应给予游历者足够丰富的启迪才是。

但对于此行的目的，也许可以说，山的启示，来得更为直接和醒豁。

沿着黄河边的绿色生态廊道，驶往一百多公里外豫陕交界处的河南小秦岭国家级自然保护区。车窗外闪过绵延不尽的树林，高高的白杨树干直冲云天，绿叶浓密繁茂，下面则是一排排的金叶榆，浑圆的球状树冠闪耀着明亮的金黄色。树木的间隙，有明亮的波光闪动，是黄河的岔流和陂塘。河岸边树林中有一家家的游客，大人躺在野营床上读书，孩子们在草地上追逐嬉戏，说不出的悠闲惬意。隔一段距离就会出现一座碉楼式的建筑，墙壁上挂着黄河滩生态保护站的牌子。继续前行，一片片枝干虬曲的老枣树映入眼帘，大部分还只是坚硬的黑色树干和枝条，只有少部分绽出了绿叶。这里是著名的灵宝大枣产地，黄河沙壤地最适合它们生长。这里已经远离库区，黄河呈现出它本来的面貌，河水浑黄，泛着细细的浪花。

进山了。峰峦从两边聚拢过来，围出一条迂曲盘旋的道路，通向大山的更深处。这里是秦岭山脉的东麓，因此被称作小秦岭。行行复行行，车子在一片相对宽阔的谷地停下，目的地到了。这里四周岩峰高耸，茂盛的油松和华山松碧绿蓊郁，堆绒叠绣一般，将山峦遮掩得严实，几乎看不到裸露之处，低处更是被灌木丛和各种花卉密密地盖满。一种深沉的宁静笼罩在广大的峰谷之间，似乎亘古如斯。

但一组触目惊心的照片，表明并非如此。小秦岭黄金蕴藏丰富，早在五十多年前就成为矿区，为经济建设做出了贡献，但高强度、粗放的开采，也造成了极其严重的生态灾难。照片真实地展现了治理前的模样，仿佛末日降临一般凄惨：天空中烟雾弥漫，光秃秃的山坡上寸草不生，飞鸟息影走兽无踪，矿渣堆积如山，被杂物垃圾壅塞的河道里，流水乌黑污浊。崖壁上黑洞洞的矿井坑口，更像一只只恶魔的眼睛，觊觎着尚存的生命体。生态严重恶化，导致大自然的报复频发，多次发生山体崩塌滑坡等地质灾害。生存还是死亡？生态灾难的急遽加重，催动了环保意识的迅速成长。八年前，地方政府以刮骨疗毒的决心和勇气，将矿山环境治理和生态修复列入攻坚战目标。一声号令，一百五十平方公里的范围内，上千个矿洞全面关闭封堵，一万多处矿山设施被拆除，千万吨级的矿渣被清理。生态修复工程紧跟着开始，从山外一车车运来土，肩扛手提地运上山，盖在渣坡上，再通过安装固定挡板、修建排水渠、铺设滤网，防止覆土流失，并栽种了近百万株苗木，悉心培育养护。冬去春来，春秋代序，时光抚平了满目疮痍，溪水再度变清，可以直接饮用，山峦重新返绿，满目青翠欲滴。喧闹了数十年的小秦岭，涅槃重生，恢复了蓬勃的生机和深沉的宁静。

此刻我们正享用着这种生机和宁静。在鸟儿此起彼伏的鸣啭声中，走在小秦岭植物科普园中，这里栽种了两百多种植物。我一一辨识着：银杏、水杉、杜仲、水曲柳、红豆杉……下方则是众多的灌木和草本植物。接下来又走进距此不远小秦岭动物科普馆中，里面陈列着多种在山中栖息的鸟类和兽类的标本及照片。除了众多的鸟类外，还有林麝、豹猫、斑羚、黄喉貂等国家保护动物，许多都是在消失多年后重新现身。鸟兽不会感慨和诉说，它们是不是也会有重返家园之感？我不知道，但这些对生存环境要求苛刻的珍稀濒危物种的复现，却是确凿无疑地证明了这里生态的美好。

晚上回到住处，整理手机拍摄的照片，目光驻留在其中一张上。那是一个拱门形状的坑口，裸露在一处垂直的崖壁上，一洼从洞内渗流出的清水淹没了入口处的地面。别的坑口早都被填平，痕迹已经完全泯灭，与周边葱茏的植被浑然一体，这一处是专门留下的，为了记录昨日采掘损毁的不堪，印证今天修复治理的效果。

这一幅照片，可谓意味丰富而复杂。它叠印了人的诸多相互矛盾的品性：妄心和诚意，愚拙和智慧，不断犯错但又知错能改。意念的力量十分了得，一念之出，可以笼天罩地，更能改天换地。关键是看它朝着什么方向，是正念还是畸念，是合乎天地大道即自然规律，还是与之相悖逆。

由此西行不远，就是豫陕交界的函谷关。老子倒骑青牛走到这里，给一个名叫尹喜的守关人留下一卷竹简后，穿过关隘飘然西行，莫知其踪。竹简上的文字，就是今天我们看到《道德经》。洋洋五千言，核心思想就是"道法自然"。

今天的小秦岭作为生态修复成功的典范，有不少做法可资借鉴推广。但说到底，是人们在走过很长一段弯路后，返回了正路坦途，复归了自然大道，即认识到人类不可妄自尊大，视役使攫取大自然为天经地义，要学会尊重和敬畏大自然，与之平等相处。《道德经》中谈到要"知常道"，"知常曰明。不知常，妄作，凶。"说的就是行事要明了并遵循客观规律，不可肆意妄为，否则就会罹患灾难。

今天的护林人，不少就是当年的采矿工。看到了一段录像，数十名身着橘红色鲜艳制服的护林人，大都是质朴憨厚的中年汉子，他们一年四季攀岩越溪，栉风沐雨，踏雪卧冰，巡查保护区广袤区域中的每一处岩隙山陬，阻止盗矿者和偷猎者进山，监测植物的生长情况，在大雪封山时给无处觅食的珍稀禽鸟投食。有这样笃定执着的信念和踏实细致的工作，让人相信眼前的美好生态一定会保持下去。

由此我又想到了一句话，也是来自《道德经》："天下难事，必作于易；天下大事，必作于细。"

三门峡水库的波光又一次闪现在眼前。但这一次不是乘船游览，而是坐车沿着库区边的林荫大道，穿过阳光透过头顶绿树投下的跳荡的光影，一直来到三门峡大坝。

这座"万里黄河第一坝",横卧在南北两岸的崤山和中条山之间。在坝顶通道的中间,是一块巨型石碑,分开了豫晋二省,对面就是山西省平陆县。游人纷纷在界碑前照相留念。大坝一侧是水库的万顷碧波,另一侧则是古老的黄河河道,跌落在下方一百多米深的地方,蜿蜒流向远方,消失于逶迤夹峙的两岸山脉之中。

坐电梯下到河谷底部,经过发电机组厂房,沿着一条与大坝垂直的检修通道前行,近距离地观看黄河水。现在正是蓄洪期,大坝只提起了一个闸门,水流平静舒缓。一块铁青色的巨石突兀地矗立于水面上,它就是著名的"中流砥柱",一个汉语常用成语的源头。通道左边是泄洪排沙涵洞,河床裸露,水流清浅,一条鲤鱼正在逆流而上,不时费力地打挺。旁边的青色岩石上,兀立着数只苍鹭,纹丝不动。它有着长长的脖颈,我家乡的话里称它为"长脖老等"。

通道的尽头,是当年那一块因其形似而被称为梳妆台的岩石所在之处。它与构成三门峡地名由来的人门、神门、鬼门三道峡谷一起,都已经在修建大坝时被炸掉。一位同行者触景生情,声情并茂地朗诵起贺敬之的诗《三门峡——梳妆台》中的诗句:"望三门,三门开,黄河之水天上来!……青天悬明镜,湖水映光彩,黄河女儿梳妆来!……"

这首诗就作于三门峡大坝修建时,曾经广为传诵。作为黄河上的第一座大型水利枢纽工程,大坝的建造是足以作为时代标志的重大事件。我联想到了郭小川同名诗作里的句子:"英雄的儿女,用双手将方圆几千里的明镜高悬","拦河大坝高过天,也不及中国人民的信念",等等。这些激情洋溢的诗句,都体现了意气风发的时代精神,透露出人们对于自己的智慧和力量的十足自信。中华人民共和国成立后短短数年间取得的巨大建设成就,让人有理由生发出这样的豪迈气概。

但因为受到当时政治因素以及与之相关的认知判断的影响,大坝设计建造存在缺陷，未充分考虑排沙这一关键性技术问题。大坝建成后不久，即因为水位抬高，流速降低，导致库底以及上游河道泥沙严重淤积，造成了不良的生态后果，在其后多年中，只能采取种种措施进行补救。经过多次增建改建以及不断地试验，探索出了适应高含沙河流的"蓄清排浑"等有效运行方式，采取降低库区水位、增加底孔排沙等一系列措施，最终使得库区泥沙淤积大为减轻，进出库泥沙基本平衡。

大坝斜坡上，从左到右排列着八个大字"黄河安澜国泰民安"。改造后的三门峡大坝，已经安全运行几十年，产生了防洪、防凌、发电、供水、灌溉等显著的社会效益和经济效益。黄河下游历史上灾害频仍，有"三年两决口"的说法，但自三门峡大坝建成后，再也没有发生过。降服黄河水患，三门峡大坝功不可没。今天，作为黄河防洪减灾体系和水沙调控体系的骨干工程，它仍然发挥着重要作用。

离开大坝，前行不远，就来到了三门峡庙底沟博物馆。这一处遗址是华夏文明最初的源头之一，是仰韶文化鼎盛期最具代表性的文化类型——庙底沟类型。展厅里陈列着以花瓣纹彩陶为代表的众多新石器时期的生活和生产用具，并通过声光电等数字化技术手段，生动演绎了先民们的生存图景。在三门峡大坝上的感想再一次浮现：不应轻易嘲笑梦想，不能简单否定人的力量，人类从穴居野处茹毛饮血，一路走到高度文明的今天，凭借的正是这种梦想和力量。当然，如果所作所为背离了自然规律，也会遭逢挫折甚至灾祸。如何处理好天和人两者的关系，是一个重大的命题。三门峡大坝的曲折历程，小秦岭生态的毁坏与再生，都提供了思考的样本。

"苟日新，日日新，又日新。"

走在这一片弥漫着浓郁的历史气息的土地上，言谈思维时，脑海里也时常会跳出一些古书里的字句，这是思与境偕的一种体现吗？某个时候，我忽然想到了商汤王的这一句盘铭。其原意是督促激励自己不懈地进德修业，时刻追求德性的自新，新了还要更新。其实物质世界的改造也是如此，在实践中不断纠正错误，弥补不足，才能够求得日臻完善的结果。

思维的生发遵循着自己的路径。这个"新"字，又让我联想到《诗经》里《大雅·文王》中的一句，"周虽旧邦，其命维新"。封建时代尚有对革故鼎新的重要性的认识，那么，在生态文明建设成为基本国策的今天，有高远宏大的眼光和气魄，有周详细密的设计擘画，有雄厚经济实力和先进技术手段的加持，再加上止于至善而后已的决心，善始克终的不懈努力，那么，对于人与大自然相亲相偕的前景，不是极有理由期待的吗？

几天的豫西之行，水碧山青之间，映入眼帘的皆是践行生态文明理念的成果。它们像这个季节的阳光和风，温暖和煦。它们提供惬意美好的感受，更提供深长蕴藉的启迪。

彭程，光明日报原文艺部主任、散文作家。代表作散文随笔集《红草莓》《镜子和容貌》《漂泊的屋顶》《王子和玫瑰》。作品曾多次被选入高考试卷。曾获中国新闻奖、报人散文奖、冰心散文奖、丁玲文学奖、丰子恺散文奖等。

庙底沟的底色

劳马

先有沟，后有庙，却以庙给沟命名，称"庙底沟"。传说中的后土娘娘庙经数次迁移，早已去了远方。但沟还在，仍叫庙底沟，因二次考古发掘而名扬天下。

一、一九二一年的另一件大事

在今天的中国，每当提起一九二一年，几乎所有人都会异口同声地喊出中国共产党，那年七月的一个夜晚，十几个人秘密聚集于上海法租界的一座二层民居小楼里，召开了中国共产党第一次全国代表大会。历史证明这次会议是中国历史上开天辟地的大事。

同年，中国还发生了另一件大事——仰韶文化的发现。仰韶文化是中国史前文化的开端，代表中国人类社会从旧石器时代向新石器时代的转变，也标志着中国农业文明的起点，表明黄河流域已经开始了农业生产，实现了从狩猎采集到农耕种植的跨越。因此，仰韶文化是黄河流域影响最大、传播最广、延续时间最长的原始文化，是华夏文明的重要源头。然而，这一重大发现却与一位外国人分不开，具体说来，一位叫安特生的瑞典人在一九二一年主持了仰韶文化遗址发掘研究工作，并被后人称为"仰韶文化之父"。

安特生一九〇一年毕业于瑞典乌普萨拉大学地质学专业，获博士学位。诺贝尔奖的创立者就是该校校友。乌普萨拉大学创立于十五世纪，是北欧历史最悠久的大学，迄今仍是欧洲的著名大学之一。

一九一四年，安特生受聘于中国政府，担任"农商部矿政司顾问"，属于北洋政府重金引进的海外人才。此时的安特生虽不满四十岁，但在瑞典乃至国际地质学界已是大名鼎鼎的大师级人物。他不仅在母校乌普萨拉执教，同时还担任瑞典国家地质调查所所长，两次率队进行南极考察，并出任第十一届世界地质学大会秘书长。但来自于神秘东方大国政府的聘用合同深深吸引了他，他毅然决然地辞去了自己在瑞典担任的一切职务，兴奋地踏上了通往中国的遥远之路，艰辛辗转，经印度，进入新疆，边考察边赶路，五月中旬抵达北京。在中国的几年间，安特生勤奋工作，取得了一系列重大发现和重要成果，聘期一再延长。后因政局不稳，军阀混战，经费拮据，安特生由地质勘查转为古生物化石的收集、整理与研究，正是这次无奈的转向，成就了他一生最伟大的考古成就——仰韶文化的发现。

一九二一年十月二十七日至十二月一日，在各级政府的准许和支持下，安特生主持了仰韶遗址的考古发掘工作，一铲下去，揭开了古老中国史前史的精彩一页。这是一次石破天惊的发现，仅仅用了三十六天时间，在十七处发掘点，出土了大量精美的陶器、石器、骨器、蚌器等。其中的陶器，造型尤为独特，花纹美丽，色彩鲜艳，惊呆了安特生一行。安特生一度认为，这些奇特珍贵的遗物并非中国本土所生，而是从外国传入。随着研究的深入，他不得不更正原先的谬判，重新认定此为中国远古时代独有的文化遗存，为中国的新石器时代提供了充分的证据。仰韶文化的发现和命名，标志着中国现代考古学的开端。一百年后的二〇

花团锦簇三门峡

二一年，中国社会科学院、国家文物局和河南省人民政府在三门峡市隆重举行"仰韶文化发现暨中国现代考古学诞生一百周年纪念大会"，习近平总书记专门向会议致贺信："一百年来，几代考古人筚路蓝缕、不懈努力，取得一系列重大考古发现，展现了中华文明起源、发展脉络、灿烂成就和对世界文明的重大贡献，为更好认识源远流长、博大精深的中华文明发挥了重要作用。"

二、安特生身旁的那位中国人

事实上，仰韶文化的发现和发掘绝不是瑞典地质学家安特生一人独立完成的，他的考古活动是经由中国政府允许并给予多方帮助的，其中包括了中国学者的积极参与和大力支持，甚至起到了关键作用。在发掘现场留下的招牌和文献资料中反复出现过一个东方面孔，他就是年轻帅气的地质学家、中国考古学先驱袁复礼。

袁复礼一九一五年留学美国，先后在伯朗大学、哥伦比亚大学就读，学习教育学、生物学、考古学和地质学，获硕士学位。一九二一年十月袁复礼回国，即刻投入仰韶文化的考古发掘，作为农商部地质调查的技师，随安特生一道奔赴河南渑池仰韶遗址发掘现场，开展考古工作并起到了核心作用。他对整个遗址进行了全面测量，绘制了中国考古史的第一幅等高线地图——《仰韶村遗址地形图和仰韶村南部等高线图》，为后来的考古调查和发掘工作提供了科学依据。如果说当年没有瑞典专家安特生就没有仰韶文化的话，那么没有中国学者袁复礼也同样不会发掘出仰韶文化。袁复礼虽然是一位地质学家，但中国考古史上的几次重大发现都有他的身影，比如一九二五年冬和一九二六年秋，袁复礼与清华大学李济等人组成小型田野考古队，两次前往山西夏县西阴村"挖呀挖呀挖"，采集了多达七十六箱的文物，并以"三点记载法"与"层叠法"登记，实现了中国历史上第一次完全由中国人自己主持，用现代考古方法所做的遗址发掘。

一九二七年五月，另一位瑞典学者斯文·赫定再次组织探险队到西北考察，中方选派五名学者加入，袁复礼为其中之一，正式拉开了著名的西北考察序幕。这次考察历时五年，收获颇丰，在学术界引起轰动。

袁复礼一生所做的重大贡献不止于此，他不仅是中国现在考古学的先驱者之一，更是地质学的开拓者、奠基者和重要的领军人物。一九二二年一月，他参与创建的中国地质学会正式成立，他是创始会员之一。一九二三年，他不畏艰难困苦，深入西北，跋涉在兰州、张掖等地，首次确定了我国具有早石炭世晚期地层，采集到许多新化石种属，对我国石炭纪地层划分和古地理研究做出了巨大贡献，也为解决甘肃地区缺乏燃料问题找到了出路。袁复礼作为第一位到新疆进行长期野外考察的中国科学家，开启了中国人自己书写西北科学考察的历史。

他还是杰出的地质教育家，自一九二一年回国后，先后在北京大学、清华大学、西南联大任教。一九五二年，北京地质学院成立（现为中国地质大学），袁复礼先生投入新学校的创办工作，在地质大学从事教学、科研活动三十五年直至一九八七年逝世。

三、鲜花盛开的中国

二〇二三年四月，应三门峡市人民政府邀请，参加"黄河之约·绿水青山三门峡生态文学周"活动。同行的作家多以写散文和报告（纪实）文学见长，我却是一个小说习作者。小说离不开虚构和想象，而三门峡自然生态之美，远超我的想象，眼前所看到的一切无须虚构。当我们来到庙底沟时，想象中的古文化遗址已经不是脑海中臆造的荒凉、裸露、破旧、凌乱和尘埃，映入眼帘的是满目青翠、郁郁葱葱，花团锦簇的国家级景区，环境优美，景色宜人，视野里看不到丝毫"沟"的形貌。取而代之的是距今七千年前的仰韶文化遗址和文物，早已妥妥地保护于现代化的展馆之中。3D成像、数字AI等技术的充分应用，使得数千年前的陶器、骨器、瓷器、石器、铜器精美绝伦，令人目不转睛、赞不绝口。

庙底沟考古遗址公园地处三门峡市西南方的原陕州老城关附近，距市区仅四公里。一九二一年发现的仰韶文化让世界领略到了中国史前文明的灿烂和辉煌；而一九五六年九月至一九五七年三月，因建设著名的三门峡大坝而对庙底沟遗址进行了第一次大规模发掘，又一次震惊了世界。此次发掘不仅采集了极其丰富的文物，还发现了三座房屋、一百九十四个灰坑、十一座窑址、一百五十六座墓葬。通过对新出土的近七百件陶器进行碳十四测定，专家们认定此遗址为仰韶文化的庙底沟类型，年代为公元前四千年至公元前三千五百年。与早先发现的仰韶文化相比，器物的制作更精致、纹饰更精美。二〇〇二年，国家批准实施了第二次考古发掘，投入了更多的人力物力及技术力量，收获之多也超出想象。

庙底沟遗址的发现和两次发掘，为研究中国古代文化提供了第一手实物实证，它是仰韶文化的承袭赓续，也延续发展为河南的龙山文化。直至西周，在黄河流域绵延传播，形成了高度文明的中华文化。庙底沟这一文化类型，存活蔓生了一千年，以豫、陕、晋为中心，向东西南北辐射扩散，东至泰山，西到湟水，北至河套和辽宁，南临淮河，远达洞庭湖以南地区，特别是彩陶艺术的传播，范围之广，势头之猛，持续时间之长，令人惊叹。

二〇二一年十月，仰韶文化发现和中国现代考古学诞生百年之际，庙底沟博物馆正式建成开放。展览用丰富的出土实物为我们生动讲述了中华史前古老文明的发生与传播的漫漫历程，从裴李岗文化、仰韶文化、龙山文化、庙底沟类型文化、二里头文化等重要考古发现，呈现了中华文化的源头与根基，脉络与广延。尤其是庙底沟的彩陶花瓣纹图案，其精美与艳丽深深地吸引了世人的目光。一万年前，裴李岗文化出现，远古先人开创了中原地区最古老的农耕文化，泥质红陶器具开始制作使用，但纹饰较少。距今七千年左右，仰韶文化时代来临，陶器以绳纹为多，少量黑彩宽带纹和三角纹出现。时间又过去了一千年，仰韶文化进入了庙底沟阶段，农耕文明进一步发达，大型村落形成，手工业初具规模。彩陶工艺纯熟，这时期的彩陶更注重颜色和纹饰的搭配，绘画手法高超，烧制技术有所突破。这里的陶器最常见的纹饰是花瓣图案，具体可以分为单瓣式、双瓣式、四瓣式和多瓣式。这是绽放在中华古老文化沃土上的第一枝文明之花，精美绝伦，香飘四方，迅速连片成园，开遍了华夏大地。

作为仰韶文化的庙底沟类型的发现，在考古学上具有里程碑式的意义。它的影响遥远而深刻，此前此后多地发现出土的陶瓷，都带有庙底沟文化的特征，充分印证了庙底沟彩陶文化强大的传播力度，标志着华夏历史上的一次文化大融合，凝聚并继承了黄河流域先民们共同的精神文化和审美认同。

庙底沟的底色是文化，是仰韶文化的厚重铺垫、延续继承和发扬光大，是华夏文明的一缕绚丽曙光。

文化的扩散与传播力量空前巨大，由沟里走出，翻山越岭，跨江过河，传向四面八方。庙底沟的第一枝文明之花，魅力四射，生机勃勃，迅速开遍神州大地。

文化凝聚着中原先民共同的价值追求和审美取向。彩陶上的一朵朵花瓣，标示着中原区域的根与基，黄河流域的源与头，成为中华文明最古老、最美丽的胎记与徽章，祝福着华夏子孙的世代绵延、繁荣昌盛、前程似锦……

劳马，原名马俊杰，中国作家协会小说委员会委员、小说家。主要作品《哎嗨哟》《某种意义》《远看是山 近看是树》《巴赫金的狂欢》《劳马六短篇》《一个人的合唱》《愤怒的笑声》等。其他作品已有二十余个语种的六十多个版本在四十多个国家出版发行。曾先后荣获首届蒲松龄文学奖（微型小说）、第四届北京市大学生戏剧节优秀编剧奖等。

生态强市三门峡

王辛夫

一九五七年，伴随着万里黄河第一坝——三门峡大坝的兴建，三门峡市成为一座新兴城市。

作为中华人民共和国治理黄河的第一个大工程，三门峡大坝其探索方法、积累经验的作用是不可小觑的。小浪底、葛洲坝、三峡大坝等大工程都从它那里得到了极其宝贵的经验和教训，所以三门峡大坝也被称为"中国大坝的摇篮"，是治理多泥沙河流的先行者和探路者。它不仅仅是一座水利工程，也是那个时代民族精神的象征。

由于三门峡大坝的缘故，每年十月至次年六月库区正常蓄水时，黄河便在三门峡这里形成了一个美丽的湖泊，面积约两百平方公里，从三门峡大坝至山西芮城大禹渡一百公里间，碧波粼粼，一望无际。两岸绿树成荫，延绵不断，相映如画的春秋两季，野鸭成群，大雁结队。成千上万只白天鹅从内蒙古和西伯利亚飞来，在此栖息越冬。

三门峡地处豫晋陕黄河金三角区域，山水相宜，是个典型的旅游城市。经过近些年来的不懈努力，三门峡的环境保护、生态治理取得了显著成效，先后被授予"中国优秀旅游城市""国家园林城市""国家森林城市""中国大天鹅之乡""中国摄影之乡"等称号。

悠久的历史、厚重的文化、良好的生态，让三门峡逐渐成为人们身心向往之地。

二〇二三年"五一"前夕，由《今日国土》杂志社、今日国土生态文学委员会和三门峡市委宣传部共同主办的"黄河之约·绿水青山三门峡生态文学周"活动隆重举行。活动期间，媒体记者就黄河流域的生态保护、绿色发展等生态建设话题采访了三门峡市委书记范付中，他表示，三门峡的发展战略就是在经济发展中促进绿色转型，在绿色转型中实现高质量发展，用生态之美引领发展之美。

生态强市三门峡

范付中说，三门峡市坚持把生态价值作为最大价值，把生态保护责任作为最大责任，全面落实黄河流域生态保护和高质量发展战略，山水林田湖草沙综合治理。在全省率先建成两百四十公里沿黄复合型生态廊道，每年来此越冬的白天鹅超过一点六万只，占全国三分之二以上；全面打赢小秦岭生态治理攻坚战，小秦岭国家级自然保护区矿山环境生态修复治理案例入选联合国生态修复典型案例；大力推进绿色转型，成功入选全国"无废城市"建设名单、全国废旧物资循环利用体系建设重点城市名单，是黄河流域唯一全域"天然氧吧"城市。

三门峡持续打好蓝天碧水净土保卫战，主要生态环境指标保持全省前列，为美丽三门峡建设提供了强有力的环境保障。二〇二一年，全市实现了"中国天然氧吧"创建全域化，所辖六个县（市区）全部获得"中国天然氧吧"称号；二〇二二年，全市土壤环境安全生态治理取得重大进展，受污染耕地、建设用地安全利用率达到百分之百，空气质量持续改善，PM1.0、PM2.5等指标和空气质量优良天数连年位居河南省"第一梯队"。数据显示，三门峡多地负氧离子含量每立方厘米超过四千个，是世界卫生组织清新空气标准的两倍多。

天蓝了，水清了，山林更绿，城市更美，"氧吧"惠民、富民效果逐步显现。环境就是民生，三门峡交出了一份河湖竞秀、水清岸绿的优秀答卷。

三门峡作为一个典型的资源型城市，拥有优势的产业"黄、白、黑"，随着现代经济转型为绿色经济，这样的优势有些转变"劣势"，记者请范付中书记谈谈三门峡在摆脱靠山吃山的"陷阱"时牺牲了哪些？实现生态强市未来的路该怎么走？

范付中介绍，三门峡矿产资源丰富，目前已发现的矿藏达六十六种，黄金储量产能均居全国第二位，铝矾土、煤炭储量分别居全省第三、

绿树碧水景色新

第五位。依托丰富的矿产资源，过去一个时期，三门峡经济社会实现了快速发展，但人与自然的矛盾也日益突出，特别是位于三门峡境内的小秦岭，由于数十年无序开采，山体破坏和河流污染问题严重。

为解决这一突出问题，三门峡市委市政府认真贯彻落实习近平总书记重要指示精神，举全市之力坚决扛起生态保护重大政治责任，以"壮士断腕"的决心，全面打响小秦岭生态治理攻坚战，不计代价关停坑口一千五百余个，退出规上企业一百余家，以年损失上百亿地区生产总值、转岗十万余人的代价，全面修复小秦岭生态环境，让小秦岭这个黄河中游的重要生态屏障和水源涵养地自然环境恢复生机，被中宣部确定为高质量发展的典范，入选联合国矿山生态修复典型案例。

范付中表示，下一步，三门峡将持续深入践行"两山"理念，以改善生态环境为核心，坚持山水林田湖草沙一体化保护和系统治理，持续做大生态、做优生态、做强生态，坚持生态强市目标，坚定不移走好绿色转型、创新驱动这一资源型城市高质量发展的必由之路。

立足生态颜值，发展文旅产业。三门峡森林覆盖率百分之五十点七，温泉资源分布十点八平方公里，是"中国大天鹅之乡"，成功创建黄河流域唯一全域"天然氧吧"城市。依托优渥的生态条件，坚持以加快文旅项目建设带动文旅产业发展，以"春游万亩花海、夏享森林氧吧、秋赏甘山红叶、冬观天鹅翩跹"为主题，打造全季节热点；以少年研学游、青年婚旅游、康养温泉游为重点，推出全生命周期"卖点"；以沿黄复合型生态廊道为牵引，将函谷关景区、天鹅湖旅游度假区、三门峡大坝、地坑院等重点景区"串珠成链"，成为黄河流域重要旅游目的地城市，绿水青山的"颜值"变成金山银山的"价值"。

用好生态资源，做优特色农业。依托"五山四岭一分川"特殊地貌造就的高山、富硒等独特资源，坚持"特色+特质"，突出"土特产"，抓好"药、酒、烟、果、菌、菜"六大特色产业，特色农业产值占一产比重超过百分之八十七，形成了有规模、有特色、有支撑、有龙头、有品牌、有市场、有智慧的现代农业产业体系，特色农业成为群众增收致富、地区经济社会发展的重要支撑。

紧盯生态底线，壮大绿色经济。坚持做大生态容量，巩固生态环境优势，以"三大改造"推动传统产业转型升级，有序实现碳达峰碳中和目标，规定工业企业绿色化改造覆盖率超百分之九十九点五，碳排放减少百分之三十；坚持做强绿色能源，宝武清能已具备日产五百五十公斤绿氢能力，总投资一百二十亿元的灵宝抽水蓄能电站+绿色能源新型综合体项目加快推进，将助力建成全国最大的绿氢生产基地、国家级"源网荷储"一体化示范基地；坚持壮大循环经济，以"无废城市"建设为抓手，用足用好"循环经济示范基地""大宗固废示范基地"等"金字招牌"，扎实推进总投资一百三十亿元的新凌铅业环保科技、总投资一百零七亿元的希格腾华三十万吨再生铝等项目，持续打造新的绿色经济增长极。

一项项创新举措、一组组发展数字、一个个典型案例，三门峡探索走出了一条生态优先、绿色发展、独具特色的高质量发展之路。

三门峡的生态发生了根本性变化，是三门峡市委、市政府坚持"一张蓝图绘到底"，一茬接着一茬干的结果。三门峡人民为了绿水青山，一代接着一代干，从修建黄河三门峡水利枢纽工程开始，多年不间断地进行生态修复、生态建设，让我们看到了三门峡人民珍爱黄河、保护环境的努力和坚守。

生态建设就是民生，生态可以创造奇迹，在三门峡得到了充分印证。

三门峡市二〇二三年《政府工作报告》强调，倾力守护绿水青山，坚决保障黄河安澜。充分利用清水黄河的有利条件，加快市域水系联通工程建设，塑造"山中有城、城中有山，河在城中、城在河中"的城市生态新格局，让黄河成为造福人民的幸福河，让发展更有温度，让幸福更有质感。

对人的生存来说，金山银山固然重要，但绿水青山是人民幸福生活的重要内容，是金钱不能代替的。必须以"绿水青山就是金山银山"的理念为先导，坚持节约资源和保护环境的基本国策，坚持节约优先、保护优先、自然恢复为主的方针，坚定走生产发展、生活富裕、生态良好的文明发展道路。

生态强市，三门峡做到了。

山水融合，动静相宜，九曲黄河与大坝交相辉映，这里就是三门峡，在这里，可以"深呼吸"。

王辛夫，现任《今日国土》杂志社执行主编，今日国土生态文学委员会副主任。

多彩三门峡

刘军萍

　　我祖籍山西，却是在河南出生长大的，因此我常常自称是河南小妞，会说的家乡话是标准河南音，会唱的一点儿戏也是豫剧，只是在饮食习惯上才显示出晋、豫的共同特点。说起河南的各地市，名字还算熟悉，但遗憾的是高中毕业前就没有去过几处。那个年代，旅游还不盛行，既无意识，条件也不允许。因为父亲是水利人，所以每逢暑假，我就会被送到驻马店板桥水库和信阳南湾水库工地与爸爸生活一段时间，很是开心。

　　三门峡，直到我上了大学，才第一次踏上了她的地界。那是一九八五年的夏天，我们北京师范大学地理系八三级的同学们在指导老师的带领下到三门峡进行地貌实习，重点是看黄土地貌的成因与黄土高原的治理和开发。一晃儿快四十年了，许多记忆已经模糊了，但是当年坐着绿皮火车来到三门峡，眼之所见的东西、脚之所至的地方，天、地、水都是黄的，当然人也是黄的。六月底七月初的华北，酷暑难耐。有一位男同学为了就地冲凉，也许是为了显示自己的游泳技艺，抑或也是太想到母亲河里畅游一下，竟然全然不顾老师不准下河的规定就下了水，结果演绎了一场"跳到黄河也洗不清"的故事。"黄"，就是三门峡留给我的第一深刻印象。

最近的一次到三门峡是在二〇二三年的四月二十五日至二十八日，参加由《今日国土》杂志社、今日国土生态文学委员会、三门峡市委宣传部主办的"黄河之约·绿水青山三门峡生态文学周"活动。正是这一次，让我因其"青"、因其"绿"、因其"彩"而爱上了这座城。

青

先来说说她的"青"。我们漫步在天鹅湖国家城市湿地公园、游弋在三门峡大坝、乘坐"天鹅号"游轮畅游黄河，看到了碧波荡漾的清水，很是颠覆了我们对"黄"河的认知。不是"天下黄河贵德清"吗？三门峡地段的黄河如何也是清清的呢？

黄河是中华民族的母亲河，也是一条忧患河。她的上游饱经凌汛、中游遭受水土流失的侵蚀而黄浊、下游因是"地上悬河"而泛滥不断，对人们群众的生命安全造成隐患。为此，毛泽东主席曾为治理黄河发出多次指示，反复强调"要把黄河的事情办好"。这次我在三门峡大坝的宣传墙上发现了毛主席一九四八年三月二十三日准备东渡黄河时说的一段话："这个世界上什么都可以藐视，就是不可以藐视黄河；藐视黄河，就是藐视我们这个民族啊！"这足以让我们感受到黄河在他老人家心中的份量。

清水黄河，来之不易。三门峡作为黄河入豫的第一城，因河而生、依河而建、伴河而兴。市域内主河道总长二百零六公里，形成流域面积九千三百七十六平方公里、湿地面积二点八五万公顷。万里黄河第一坝——三门峡水利枢纽工程每年径流约五百八十亿立方米、防洪库容近六十亿立方米，控制着黄河来水量百分之八十九、来沙量百分之九十八。一代一代三门峡人都在为治理黄河而不懈努力着。

近些年来，三门峡在沿黄区域规划建设了黄河流域生态保护和高质量发展示范区，实施了山水林田湖草沙综合治理项目的"清源"行动。这次我们专门去位于湖滨区高庙乡的大禹文化公园里转了一圈。站在"万亩生态梯田"观景台极目远眺，蜿蜒的黄河像一条丝带，滔滔清流滋润着河边的田野，远处可见建成的连片窑洞特色民宿，一个大屏幕滚动播放的宣传片里，万亩景观农作物、万亩特色林果、万亩药木园、万亩花海一一呈现在我们眼前。三门峡日报记者王超还给我们讲述了发源于陕州区石门沟村的兴龙涧河（属于黄河一级支流）的变化故事。兴龙涧河长二十八公里，流域面积一百五十二平方公里。曾几何时，因上游严重污染，清澈的河水在黑色、红色、绿色、黄色间不断变幻，那时的水是"浇树树死、浇菜菜死、狗喝狗死、羊喝羊死"。但自"清源"行动实施以来，河水一年比一年清澈，现如今曾经绝迹的鱼虾再次欢快畅游，野鸭也开始出没于河畔草丛间，甚至已经在策划发展漂流旅游计划了。仅仅几年时间，三门峡基本消除乡镇及以上城市建成区黑臭水体，其境内的十八条黄河一级支流全部实现"清水入黄"，二百四十公里复合型沿黄生态廊道全线贯通，水体达标率百分之九十三点七，由此也吸引了一点六万余只的天鹅落户于此，让三门峡成为了全球闻名的"天鹅之城"。"清源"行动所取得的成效既表现了大禹治水蕴涵的时代精神，又突显出三门峡特有的中流砥柱精神。

绿

"绿"是三门峡的一道亮丽的底色。无论是在城区天鹅湖湿地公园里漫步还是随车游览黄河生态廊道，抑或是在小秦岭自然保护区看到成行成荫成片的绿树繁花，眼中都有一幅"绿树绕城郭"的美丽生态画境。

　　绿，同样来之不易。从市林业局提供的资料中我们看到，林业部门通过"以资源培育为着力点加快国土绿化美化""以产业发展为突破点促进林农持续增收""以融合发展为创新点发挥资源综合效益""以生态修复为切入点打造绿色一体化发展示范区"等举措，推进完成营林造林和森林抚育等森林城市体系建设项目，使全市森林覆盖率高达百分之五十点七二，名列河南省第一位，已创建国家级森林养生、慢生活基地两个，森林特色小镇五个，森林乡村一百个，初步实现了让"森林走进城市，城市拥抱森林"的目标，成为了黄河流域唯一的全域"天然氧吧"城市。这不由地让我想起了二〇一七年七月到访过的卢氏县。

　　卢氏县多次入围"美丽中国·百佳深呼吸小城"名单，森林覆盖率达百分之六十九点三四，原始生态保存完好，享有"中原绿宝石"和"河南后花园"之美誉。卢氏县境横跨长江、黄河两大流域，素有北方的南方、南方的北方之称。境内耸立着四千多座山峰，流淌着二千四百多条河流涧溪，是河南省面积最大、人口密度最小、平均海拔最高的深山区县，也是革命老区县，国家扶贫开发工作重点县。"千峰竞秀万壑笼烟，溪河纵横飞瀑流泉，自由山水仙境人间，清清卢氏如梦似幻。"难怪卢氏县首届"深呼吸小城"迷你马拉松邀请赛吸引了来自山东、河南等县市的三十多个跑步团体及跑步爱好者共计一千三百余人参加了比赛。二〇一七年夏我就是到卢氏参加第三届"全国百佳深呼吸小城"旅游文化节活动的，"自由山水 清清卢氏"就是卢氏的招牌。我们走进神奇的卢氏县，先后到横涧乡草画基地、碾盘村民宿，汤河乡龙门山庄，朱阳关镇杜店古村落，瓦窑沟乡龙首山庄等景点参观考察。我们在连绵起伏的山峦之间，看到的是山清水秀的景致、零星散落的山村，还有在洛水河畔辛勤劳作的村民……好一幅人与山水和谐共处的美丽自然画卷。

印象深刻的还有瓦窑沟龙首山庄的豫西名吃"十三花"和特色槲包。卢氏人勤劳朴实，淳厚善良，崇尚礼仪，热情好客，设宴待客历来丰盛，其中尤以地处长江流域西南山区的传统饮食"十三花"宴席最具特色。"十三花"因由十三道不同的菜组成而得名，以其品种多样、营养丰富、精美可口、颇具地方特色而著称，深爱广大群众的喜爱。我们这次品尝到的"十三花"宴席，荤素搭配，干汤相融，以蒸为主，兼以炒炸，用料做法相当讲究。七道主菜包括：酱焖肉、糖焖肉、红条肉、白条肉（小酥肉）、丸子、腊肉、粉条；四道配菜有土豆、野山菌、拳菜、豆芽等素菜以及一甜一咸两道汤（醪糟汤和酸菜豆腐汤），菜肴有着浓浓的姥姥家味道。如今龙首山庄"十三花"传统宴席被列入三门峡市第四批非物质文化遗产代表性项目名录。槲包，是用一种槲叶包上黍米、谷米，煮出来的美味佳肴，本是卢氏人世代相传的传统节日端午节的食物，与粽子一样，同样具有纪念爱国大诗人屈原之意。香喷喷的槲包，延续着两千多年的历史风情，极具卢氏地域特色。这也是卢氏县将生态优势转化为经济优势，积极发展乡村旅游业，与精准扶贫深度结合，加快"绿水青山"向"金山银山"的转变，让林区群众"富起来"的实践探索。

位于秦岭山脉最东端的小秦岭国家自然保护区是黄河中游重要的生态屏障和水源涵养地，也曾是全国第二大黄金产地。当我们来到这里，仰望大山蓝天作底，俯瞰大地河水清澈，目光所及皆为景致。可谁能想象得到，十年前这里居然是另一幅光景。保护区的工作人员在枣香苑、锦鸡岭和金银潭处陆续介绍说，这里流淌的是混着石粉的废水，水面上还泛着油花。当年采金高峰时期，四面八方的人涌入保护区，参与采矿的人最多时超过十万人，金矿那时也多达千余处，从一九七五年成立秦岭金矿公司到二〇一五年的短短四十年间，持续、高强度、粗放的开采，使得采区的生态环境受到严重破坏。小秦岭由原来的林木葱茏、鸟语花香、青山碧水变成了坑口遍布、渣坡满山、水体污染、河道淤塞，满目疮痍。

二〇一六年以来，为落实"绿水青山就是金山银山"的发展理念，三门峡市打响了小秦岭生态治理攻坚战，前后累计投入人员十八点三万人次、机械车辆二十一点二万台次，治理资金二点一亿元，十一家矿山企业矿权全部被退出，治理中共拆除矿山设施一点四五万个，处理矿渣二千五百八十六万吨，拉土上山七十点九万立方米，栽植苗木八十点七万株，播撒草种一点四六万公斤，创新了"之字形、梯田式"降坡分级削坡、二次挖坑栽植苗木、覆网护土防止水土、草种流失和坑穴铺无纺布保墒等四大治理举措，制定了《河南省小秦岭国家级自然保护区条例》等，治理和生态修复总面积一百四十三点五万平方米，小秦岭生物多样性、稳定性和持续性得到了充分展示。

彩

二〇二三年春节，三门峡"庙底沟彩陶花瓣纹"火上热搜，因为央视兔年春晚舞台顶部造型创意取自距今六千至四千八百年前的庙底沟标志性的"花瓣纹"。到底什么是"庙底沟彩陶花瓣纹"？她代表了什么？她怎么会这么漂亮？一连串的问题让我产生了好奇。正巧今年暮春时节，我有幸随"绿水青山三门峡"生态文学采风团来到了位于三门峡的庙底沟博物馆，揭开了谜团。

走进庙底沟博物馆内，抬头便看见以庙底沟独特花瓣纹饰为元素设计的巨型穹顶。镂空花饰的穹顶在灯光下晶莹通透，整个馆内展陈以

"花开中国"为主题，营造出了一种若真若幻、浑然浩渺的观展感受。在馆里看到最多的文物就是彩陶，盆、罐、钵、瓶、釜、鼎等各种形状的器物，每一件器物上均被先民们用流畅的线条和出露的笔锋，描绘了不同形状的装饰图案。这些图案以点、线、面为基本元素，通过连续、反复、对称、共用等构图方式，组合成多样繁杂的纹样，不仅有花瓣纹、叶片纹、三角纹、圆点纹，还有火焰纹、鱼纹、人面纹、网格纹、垂弧纹等丰富多彩的图案，而且色泽鲜艳明亮，我们都不禁感慨其华灼灼。有两件文物最为引人注目：一个是泥质黄陶的"花瓣纹彩陶盆"（就是央视春晚舞台顶部造型创意来源），上腹以黑陶绘出多组交错的弧线三

多彩三门峡

角、圆点、线纹等，组成一周连续的花瓣纹，被誉为中国最早的艺术设计，影响遍及大半个中国，在史前文化中是独一无二的。另一个是"小口尖底瓶"，口径四点四厘米、腹径二十四点六厘米、高六十四点五厘米，红陶所制，双环形口，器身凸显细长，外表轮廓成流线型，线条简洁流畅，起伏自如，小底大腹如同身着舞裙用脚尖站立的芭蕾舞者，优美高雅，尽显流畅挺拔的美感。这种特殊的造型其实蕴藏着一个与酿酒有关的功能，小口径易于密封，便于形成酿酒所需的环境，而尖底的构造既可以用来澄清酒中的沉淀物，还可以方便放在炭火中加热酒液，中国最早的酿酒技艺就是从这里起步的。您说，咱这先民是不是绝顶聪明啊？

庙底沟文化彩陶纹样或写实或抽象的意向表达，或阴纹或阳纹的相互衬托，或平视或俯瞰的视觉效果，给人以充满生命力的动感之美，充分体现了先民高超的艺术技巧、浪漫的审美情趣，更展现出庙底沟文化的波澜壮阔与绚丽多彩。庙底沟彩陶无愧是我国史前彩陶繁荣时期的典型代表。经著名的考古专家苏秉琦先生考证，古代的字义"华"就是花朵的意思，庙底沟彩陶上的花瓣纹即是绽放在中原地区的"中华文明之花"。文化意义上的"最早的中国"在这里初步形成，从而完成了华夏历史上的第一次文化大融合，预示着一个伟大文明的诞生。

馆内有一个售卖处，已有不少文创产品，包括实用性很强的水杯、围巾、扇子等，这是博物馆为加强庙底沟文化的传播，让文化文物"活起来""火起来"而进行的创造性转化和创新性发展探索。虽然品类还不算多，但已经在推进文旅融合文创开发上迈出了积极可喜的一步。

最让毛主席放心不下的是黄河。"黄河宁，天下平"是毛泽东对黄河安澜的期望。

最让习近平总书记牵挂的也是黄河。党中央已经对推动黄河流域生态保护和高质量发展做出全面部署并扎实向前推进，一张蓝图绘到底，百年重塑旧山河。几千年来游移不定、肆意咆哮的黄河，开始成为一条造福人民的幸福河。安澜黄河，在新时代的中国正在变为现实。

最让三门峡人引以为傲的正是黄河。三门峡，因黄河而生、因黄河而建、伴黄河而兴。这里有黄河流域影响最大的一种史前文化——仰韶文化，这里有万里黄河第一坝，这里有天鹅与你蹁跹共舞，这里有……从黄土铺天盖地走到如今的绿树绕城清水黄河、从中华文明的第一道曙光一路走来，一代又一代三门峡人创造了一个多彩多姿的文化之城，"山水的诗篇，黄河上的璀璨明珠"已经成为三门峡永远的印记，"绿色深呼吸，阳光好滋味"就是当今美丽幸福三门峡的真实写照。

刘军萍，今日国土生态文学委员会副主任，北京市农村经济研究中心一级巡视员。享受国务院政府特殊津贴专家、全国"三八"红旗手、全国优秀科技工作者。中国科协第八、九、十届全委会委员。

三门峡的春天之旅

张子影

列车在傍晚抵达三门峡。接站的朋友对我说：可惜啊，你来晚了几天，我们这里的白天鹅大部分在半个多月前飞走了。

说这话的时候，车子正行进在三门峡的百里沿黄生态廊道上，缤纷

黄河生态廊道两旁繁花似锦

和青翠扑面而至，道路两侧，一边是绿树鲜花密密层叠，另一边则是一条碧波荡漾的大河如影随形。仿佛是为了印证朋友的话，前方视线里突然出现十余只天鹅，只见通体洁白的天鹅在清澈的水面缓缓游弋，它们时而俯身汲水，时而仰脖舒颈，长长的颈项优美端庄，仿佛一对对文雅高贵的王子与公主正在翠玉铺就的舞池中翩翩起舞。

远山嵯峨，湾水凝碧，烟霞撷英，水色含韵，岸柳清风，满目盎然，宛如仙境的景象如此动人心魄。"黄河明珠，天鹅之城"的美誉果真是名不虚传，三门峡用它惊世骇俗的美艳，给予了所有到来者不同凡响的礼遇。

如果你了解三门峡的历史，就明白今天的三门峡有这样的变化，是多么的了不起。

一

朋友的名字叫作"杨建设"，这是一个有时代特征的名字。杨建设的一生，从他呱呱坠地那个时刻开始，就与三门峡息息相关。

三门峡是一个"因河而生"的城市，地处河南省西部，豫晋陕三省交界黄河南金三角地区，是河南省的"西大门"，相传大禹治水时，凿龙门，开砥柱，在黄河中游形成了"人门""鬼门""神门"三门并立的峡谷河道，三门峡由此得名。它的前身是陇海铁路上的一个小镇——会兴镇和几个村庄。一九五七年，为开发和治理黄河，兴修三门峡水利枢纽工程，设市建城，三门峡应运而生。

历史和地理的双向坐标就这样决定了三门峡的地位，决定了三门峡人注定要与黄河狭路相逢。黄河是宽阔的，又是暴烈的，每隔数年，它就会发怒一次，经天亘地，滔滔流出，昆仑东北。神浪狂飙，奔腾触裂，轰雷沃日。以不可一世的野蛮和恣意，嘶吼着，咆哮着，携滔滔黄水呼啸而至、而去，给沿河而居的人们留下大片的荒芜和无尽的悲苦。据记载，从中华人民共和国成立前的两千五百多年间，黄河下游共决溢一千五百多次，改道二十六次，正如史书所称：黄河三年两决口，百年一改道。"百里不见炊烟起，唯有黄沙扑空城。"曾几何时，水静浪平，清风和月，是历朝历代居住在黄河岸边的人们共同的向往和理想。

一九五二年十月，毛泽东登上郑州邙山小顶山，察看邙山水库坝址和黄河形势，他久久地坐在山头上，沉默不语。不久之后，一代伟人与黄河的这场对视有了令人振奋的结果，"要把黄河的事情办好"成为动员和激励几代人治理黄河的伟大号召。

一九五五年七月十八日这一天，北京怀仁堂里响起热烈的掌声。第一届全国人民代表大会第二次会议上，一个改变黄河自然面貌的伟大计划宣布了。

对于三门峡人来说，一九五七年是个意义非凡的年份，四月十四日，《人民日报》在头版头条发表新闻《征服黄河的开端 举国瞩目的三门峡水利枢纽工程正式开工》：

"峡谷里响起爆炸的轰鸣，从此人们要在这里凿开峭壁，拦住洪流，使千年为害的黄河永远为人民造福。"

同一天，《人民日报》在头版还发表了一篇社论，罕见地用了一个感情炽热的标题：《大家来支援三门峡啊！》这篇感情炽热的文章，在当时几乎燃遍了祖国的大江南北，很多年后，一代又一代关心和热爱黄河的人们还津津乐道。社论一出，来自全国各地的水利工作者、工人、农民等各行各业人士纷纷奔赴这个叫作"三门峡"的地方。

杨建设的父亲杨得田便是这些人中的一位。杨得田是名退役军人，当过工程兵，参加过吉林丰满水电站的修建。当他作为支援三门峡的水利工程人员，打起背包，怀揣着那张刊发社论的报纸坐火车转汽车，又转工程车，再徒步行，历经三天四夜，终于来到三门峡时，立刻被工地上热火朝天的景象吸引了，只见红旗招展，炮声隆隆，劳动的号子响彻云霄，三门峡仿佛一个千军万马的战场，军人出身的杨得田立刻加入千百万建设大军的队伍，脚踏惊涛骇浪，头顶烈日风雨，风尘仆仆，战天斗地。

劳动工作之余，杨得田还利用自己在部队时学到的手艺，为工地上的工友们理发，一套简易的理发工具是他退伍时从部队带回来的，他最擅长的发型是部队上战友们最常见的"小平头"，操作简单，易于打理，很适合长期户外工作的人。举世瞩目的三门峡工程开工后，中央新闻记录电影制片厂用了四年时间跟踪拍摄，用镜头真实记录了英雄的治黄大军，在大河上下、波涛滚滚的激流中驯服黄河的全部历程，一九六一年这部片名为《黄河巨变》的大型彩色纪录片上映，影片中介绍了一位又一位建设工地的英雄人物，他们中的许多人，杨得田不仅都认识，甚至像熟悉自己的脑袋瓜一样熟悉他们。电影镜头中出现的那位名叫孟庆喜的浇筑班的"猛虎连长"就是自己所在的混凝土班的班长。他每次来自己这里理发时，杨得田的推子刚一动，他就歪在凳子上睡着了。每当这个时候，杨得田的动作就很轻柔，他知道，工友们是太累了呀！

杨得田自己又何尝不辛苦，儿子出生后第五天，他才收到妻子从老家发来的电报，杨得田把"母子平安"的电报揣进口袋就又上工地了。那几天正是三门峡截流工程最紧张的时候，杨得田没时间去镇上的邮局回电报，更没有时间回家看望妻儿，他和浇筑班的工友们一起，站在惊涛拍岸的黄河边，冒着生命危险日夜不停地施工，经过七个昼夜的苦战，三门峡截流工程终于告捷。在震耳欲聋的欢呼声和鞭炮声里，胡子拉碴、一身泥水的杨得田骄傲地站在初见规模的大坝上，面对大河，他为儿子想了一个绝好的名字：

　　杨建设。

二

　　大坝建成后，经过半个多世纪的探索、调整、改建之后，三门峡水利枢纽工程日臻完善，为我国的水利水电事业发展积累了宝贵的经验，被誉为"万里黄河第一坝"。至今黄河七十年不决口，二十年不断流，

希望的田野上生机勃勃、机身轰鸣

先后抵御十二次大洪水。

治黄成功，黄河不仅岁岁安澜，而且带给我们无尽的宝藏，在防洪、防凌、灌溉、供水、发电、减淤等方面发挥了巨大作用。

黄河安澜，国泰民安。

但三门峡人的宏伟事业并没有完结。

二〇一九年九月十八日，习近平总书记在郑州主持召开座谈会并发表重要讲话，提出了黄河流域生态保护和高质量发展这一新的重大国家战略，为新时代黄河保护治理和发展擘画崭新的宏伟蓝图。遵照总书记的指示，三门峡人面对这条天地和大自然馈赠的大河，又有了新的超越时间的思考和规划，以"保护与治理相统一、修复与利用相统一、高质量发展与造福人民相统一、黄河文化保护挖掘与传承弘扬相统一、科学规划与项目支撑相统一"的理念，展开了大规模的生态廊道建设。

当年三峡大坝的建设者之一杨德田，其子杨建设，成为这项工程的积极参与者。

杨建设十八岁那年，按照父亲的要求也参了军，四年后他从部队退伍回乡，同几位朋友一起，开了一家小厂。三门峡的矿产资源丰富，尤其是黄金，储量和产能都居士全国第二位。小厂生意兴隆，杨建设盖了新房，娶妻生子。一家人的日子过得风生水起。

儿子上高中后，杨建设的妻子不甘清闲，开起了农家乐，还自己动手在家附近建了个鱼塘，三门峡最不缺的就是水。周末或者节假日，一家三口，或三五朋客小聚，浅塘鱼跃，柳荫风荷，好不惬意。

但是，二〇二〇年春日的一天，一纸通知落在杨建设手上。为推进复合型百里黄河生态廊道建设，打造万里黄河第一坝生态示范区、乡村振兴示范带，三门峡市向重污染企业"开刀"，向破坏生态行为"宣战"，关停小冶炼厂，清理违建鱼塘。这两项措施行动，都涉及杨建设和家人。

壮士断腕，不代表不痛。那几天，听着妻子儿子的碎碎念，杨建设的心情也很复杂。正值清明前夕，他开车去了老父亲杨得田的墓地，站在那里，远处的三门峡大坝清晰可见，脑海里又一次闪现父亲生前为自己描绘过的那个声势浩大的场面：机声隆隆，马达轰响，红旗招展，号子震天。

那一刻杨建设的心里豁然开朗。当晚他就做通了家人的工作，杨建设没有长篇大论，也没有苦口婆心，他指着大坝简单地说了一句话："老辈子洒过血汗拼过命的家园，我们得护好。"

杨建设关了小厂，平了鱼塘，带着妻儿搬进了统一规划的住宅区。

随后，他像父亲当年投身建设大坝一样，加入百里黄河生态廊道建设的行列。几年过去了，铁腕整治有了显著成效，如今，这个道傍黄河而建的生态廊道全线贯通，将函谷关、后地村明清古枣林、天鹅湖国家城市湿地公园等景点连点成线，构筑成一条与黄河蜿蜒同行的漫长的沿黄生态屏障，总长接近两百公里的廊道，宛如为黄河镶嵌了一道绿宝石的花边。

随着生态改善，环境不断变美，中华秋沙鸭、白鹭等珍稀野生动物在此栖息，每年冬天，成千上万只白天鹅从遥远的内蒙古和西伯利亚飞来，在三门峡栖息越冬，三门峡也因此成为全国最大的大天鹅栖息地和观赏区。

杨建设没有让自己停歇，做起了志愿者。每天，他开着自己的小电瓶车，沿着百里黄河生态廊道缓缓行驶，一个人身兼数职，他是环卫工，是消防员，是导游，天鹅在三门峡栖息越冬的日子，杨建设还多了一项工作：兼任义务劝解员。及时劝阻那些因为激动而失态的大呼小叫，或者因兴奋而莽撞按起的汽车喇叭的人们，以免惊扰到那些远道而来的天鹅们。他像爱护自己的孩子一样，爱护着那些动物朋友。

三

三门峡的发展变化，是几代人共同努力的结果。

站上巍峨的大坝，放眼望去，黄河尽收眼底，那些混浊浑黄的砂浆泥水，永远地消失了，这条大河，母亲般养育了我们的大河，几百年来，它见证了多少灾难炮火、悲愤呼号，又见证了多少前赴后继、壮怀激烈。

在三门峡，黄河以一种前所未有的姿态出现：从奔腾磅礴的狂放变成安静宽和的温顺，素湍绿潭，回清倒影，绿水碧波，曲水流觞。

暮色初起，远处山峦交错重叠，近处林木错落参差，水汽氤氲迷离，月下黄河，湿地烟波浩渺，江水清旷绵长，漫天星垂平野阔，半轮江月大河流。

对于我所表现出来的惊诧与赞叹，杨建设见怪不怪，他厚道淳朴地微笑着。云淡风轻的微笑背后，是他和所有三门峡人的骄傲和自豪。于他们而言，眼前的风景不仅是风景，不仅是美色，更是一颗公心、一种承诺、一份担当，甚至是一种信仰。三门峡人与黄河的关系，是相望相守，更是相依相偎。

杨建设站在河边沉默不语，习惯地用目光抚摸他热爱的城市家乡。而我则用沉默的目光，向这位军人的后代致敬。

三门峡的春天之旅意犹未尽，奈何归期已至。离别的时候，杨建设见我依依不舍，很理解地说：下次再来吧，高铁很方便的。三门峡随时欢迎你。

我频频点头：是的，三门峡，我一定要再来的。

我要告诉所有的朋友，三门峡可以随时去。三门峡的好无关季节，因为，三门峡人已经把春天永远地留存下来了。

二〇二三年五月三日　于北京

张子影，中国作家协会会员。中国报告文学学会副秘书长、理事。已出版长篇文学作品《试飞英雄》《女兵一号》《一朵云响亮地飘动》《大上海沦陷》《守望光明》等；作品荣获中宣部"五个一工程奖"、曹禺戏剧文学奖、解放军文艺奖、全军文艺新作品一等奖、徐迟报告文学奖等多种奖项。

三门峡有感

周伟

醉美天鹅湖

天鹅翩翩起舞

如黄河之波

翅膀轻轻拍打

飞翔在碧空绿水之间

白羽犹如雪花

洁净如黄河之源

天鹅舞动

河水也跟随舞蹈

天鹅啊，天鹅啊

你如此美丽神秘

黄河啊，黄河啊

你的赞歌永不止息

黄河见证着历史的传承

天鹅见证着生命的崇高

黄河与天鹅，共舞一曲

唱响自然之美的壮歌

周伟，高级记者。中国青年报社子报刊采编中心主任、《中国青年作家报》主编、中国青年网编委。

晚至三门峡

师力斌

天鹅湖湿地公园，没有迁徙的白天鹅翱翔在夕阳之下

火车站很浅

旅客分分钟可以出站

明亮的城市不堵车

畅通干净的街道上

先听到山环水绕

再听到过去的风物

古老的历史总会带一股

石头般的气质

风吹云幕

雨暂时劝阻你走向

近在咫尺的黄河

师力斌，诗人，评论家，文学博士，《北京文学》副主编。作品入选《诗歌北大》《中国当代实力诗人作品展》《中国诗歌民刊年选》《当代新现实主义诗歌年选》等多种选本。编有《全球华语小说大系·海外华人卷》（张颐武主编）、《北漂诗篇》三卷（与安琪合编）等。

一望烟光里

黄风

永远不要忽视一棵树

或一片水会告诉你的事

——彼得·汉德克

心撒野的一刻，我开始怀疑自己的眼睛。

那绿如梦，尽管太阳高悬，脚下是巍峨的大坝，背后紧跟着自己的身影。

早在晋陕大峡谷的老牛湾，我就见过黄河之清，来以前纸上行走，也见过三门峡大坝之清，但脑子就拐不过弯儿来。在我的想象中，流经三门峡的黄河，被大坝拦起的碧波，都该是浊的。

一

我的想象由来已久，但几十年过去了，它并没有成长，仍固执地停留在往昔。许多个冬日，我与几位发小儿下午放了学，吸溜着清鼻涕，被寒冷撵得无处可玩时，就老鼠一样聚到光棍毛六家，围着炕头的红泥火炉，听他讲述修建三门峡水库的故事。

刚开始，也就是毛六偶然讲起的时候，我们并不感兴趣，感觉离我们太远了，左顾右盼，听过几次才专心起来。每次讲述，毛六总是以炮声开头，嘴里"轰隆隆"的，脸上做出夸张的表情，眼珠子仿佛要蹦出眼眶，好像爆炸就发生在面前。

我们一样眼凸了，顺着毛六的视线寻找，甚至满屋绕了一圈，捕捉冬天还活着的蝇一样，目光沾满墙上的尘土，最后又灰溜溜地回到他脸上。在毛六眼中，我们也没有瞄到想要看的爆炸的情形，瞄到的是比蚂蚁还小的我们，被他的眼吃了。

我们只好去想象，想象的依凭是看过的电影，比如《地道战》《地雷战》，白色的影幕悬挂在禾场上，一声"轰隆隆"就是一次爆炸，在三门峡的峡谷中回荡。

二

眼前的一切，与我的想象大相径庭，我的想象完全被四脚朝天地推翻了。毛六的"轰隆隆"声，那是曾经开山的炮响，一朵一朵从谷底拽着尾巴升起，然后烟尘四散地弥漫了。早被黄河浪昼夜不舍地卷去，或沉没于碧波之中。

在大坝库区一侧，两岸山脉拥镜相悦，晋地一边的山上，一座座风力发电机，像临水而栖的大鸟，有的影影绰绰。巨大的叶片抡起来，又像西班牙的大风车，把风搅得亮闪闪的，老堂正骑着他年迈的"难得"，手执盾牌和长枪，从跨世纪的天路上赶来。

库区的水愈靠近大坝绿得愈深，像塞尚"富饶的原野吃饱了绿色与太阳"，岸上莽莽苍苍的青山也像在水中生长，头朝下长成了深不可测的洞。那沉浸着的深，让我禁不住思绪跑马，跑到千载之外的汪伦踏歌

一望烟光里

的桃花潭。两郎依旧在，歌声化作桃花瓣，一瓣一瓣落在小船上，一瓣一瓣落在水里边。

把浪头折叠了藏起的水，仰望着红色的门吊矗立的坝顶，游人手扶着栏杆在看它，半空中驻足的云也在看它。它曾是一尺一尺攀着坝壁涨起来的，每天羲和驾驭路过抛下的日头，也一定是一尺一尺沉下去的，顺着那暗幽幽的深，像千年前落入桃花潭的日头一样。

我又策马而返，一路星火地跑到朱老造访过的梅雨潭，那"闪闪的绿色招引着"我，"开始追捉她那离合的神光"。迷乱间，一道无雨而现的彩虹，横跨晋豫两岸，彩虹下的青山绿水，化作神女：

从三门峡峡谷的远方，

黄河与天相接处，

像巫山瑶姬款款而至……

三

而我曾经的想象，它该是浊浪滔滔，包括被蓄的河水，就像多年后印证我想象的雨季不辨牛马的"壶口"。拎起壶倒一碗，放到当空的月下，能把月亮饼一样泡成糊糊。

毛六给我们讲述之前，我们只在书中读过黄河，在歌中唱过黄河，或在荧幕上偶尔瞥一眼，并没有真正见过黄河。那泥沙俱下的浊，更多是顾名思义，黄河不黄还能叫黄河？像父母日出而作的黄土地，不黄还称得上黄土地吗？

我们家乡最大的河流是滹沱河，落日掉进去会燃起满河火焰，洪水泛滥时会将沿岸的树林淹成泽国，但与如龙的黄河比起来，它不过是一条小蛇而已。当年我们几个发小儿，眼吊了把它拼命往大想，也不及"九曲黄河万里沙，浪淘风簸自天涯"。

毛六"轰隆隆"地说，斩断九曲黄河，在三门峡修建大坝，连大禹都不敢想的事，毛主席一句话，"要把黄河的事情办好"，就在三门峡建起了大坝。那大坝的堤坝，就像用城墙一道接一道垒起来的。我们问大禹是谁了，毛六说是个神啊。

我们面面相觑，那毛主席该是啥了？

毛六嘴一歪，这还用问？

骂我们，念书念成猪脑了，明天都放羊去吧。

修建大坝的人来自五湖四海，火热的工地上南腔北调，毛六给我们学起来，什么"歇歇侬""你气哪达啦"，什么"嘿实整嘛""哥利马擦"。他说听起来最溜，最爷们儿气的是北京话。北京话出门爱带"儿"，不爱带闺女，舌头打开嘴门后，满口"儿儿儿"的。当时毛六给我们学了不少，但还能记起的，只剩下这残缺不全的几句了。

毛六模仿的时候，我们疑心他在骗我们，天底下还有这样的话？而且是啥意思，他又不屑给我们讲明白，大概自己也不懂，或者原本就是胡诌。但又觉得他说的是真的，因为我们最远只去过县城，即使县城的人说话，也和我们不大一样了。

四

阳光铺天盖地，大坝上像往日的工地一样热闹，游人一拨一拨的，他们同样的南腔北调，在白发苍苍的老者中，我不知道是否有当年的建设者？

排队乘二号电梯下至坝底，来到大坝下游一侧，站在狭长的尾水挡墙上，仰望与峡谷肩齐的大坝，比在坝顶上看还要雄伟。目光变得吃力起来，攀岩一样攀爬着。那壁立的背后，水隔坝而望，脸若青铜兽面，但又十分温驯，像动物园里的老虎在看你。

当年作为黄河第一坝，抛开别的不论，单单就坝的雄伟而言，在那个裤带紧了又紧，把肚子勒成小蛮腰的年代，也是一件值得骄傲的事。坝壁上"黄河安澜，国泰民安"八个大字，就是对那种骄傲的最好的抒写。

"安澜"了的黄河，在我第一次光顾三门峡的这个上午，大坝上下一派祥和平静，像菩萨的慈颜。在尾水挡墙发电区一边，下泄的水与库区的一样绿，一样的波澜不惊，一个个四平八稳的漩涡，翻上来又翻下去，打远处是看不出来的，几乎听不到喧哗。

在尾水挡墙的另一侧，也就是泄洪区这边，还不到排山倒海的时候，河床裸露的岩石透着褐色，残余的水东一摊西一摊。那泛着水光，或被阳光浇得深一片浅一片的褐色，也许就是三门峡历经千万年浪淘的"底色"。

十几只鸟在泄洪区栖息，用手机的摄像拉近了，有的一动不动地发呆，有的脖子弯了拿喙搔痒，也有的机警地注视着水中。一位游客告诉我，那些鸟是白鹭和苍鹭，到了冬天还会有成群结队的天鹅，正说着有两只鸟振翅而起，顺着峡谷渐渐飞高了，消失在远处的铁桥的上空。

五

据说毛六原是吃公家饭的，但不知什么原因又跑回村里了，过去在外面好像也没干过别的大事，修建三门峡大坝便成了他最大的骄傲。

他说每天干完活儿，脸皮能拧半盒脏水，肚子里像长出一只魔爪。玉米窝头吃得香，地瓜面馍吃得香，渴极了舀一碗黄河水，连泥带沙都喝得香。能吃上白面馒头时，他一顿能吃一卡。也就是手钩了，顺着胳膊往上码，一个一个码至肩头，馒头大点能码八九个，馒头小点能码十一二个。

我们听得目瞪口呆，问是大白面的？

毛六"日"道，不大白面的，还能叫白面馒头？

瞅瞅他的嘴，又瞅瞅他棉衣裹着的总有露之处的肚，我们是掩饰不住的羡慕，甚至看到了他的吃相，抠开脏兮兮的五指，铁叉一样叉着三四个馒头，劈口将其中一个咬掉大半。满脸污七八糟，张开口的时候，口却狼一样的血红。

我们相信毛六吃过大白面馒头，热气腾腾的大白面馒头，但怀疑一顿会让他吃一卡。他一顿吃一卡，别人吃不吃了？再说了，国家哪有那么多白面，这个一卡一卡，那个一卡一卡，恐怕水库还没建成，就先把国家吃塌了。

可奇怪的是，毛六编得越玄乎，我们听得越上瘾，便渐渐有了代价，他让我们给他买烟，说这么费力巴气地讲，连根纸烟也抽不上。他平时抽的是自家种的旱烟，二尺长的烟管在嘴里架起来，一袋烟就抽得满屋像炮轰了，把屋内驴一样的"光棍味"，赶到墙缝里，赶到屋外边。

我们也偷偷地抽烟，但好烟想也不敢想，买的都是辣嘴的劣质烟，比如经济烟或勤俭烟。这两种烟七八分钱一包，但整包的也买不起，即便买得起也舍不得，都是买拆开零售的，花一分钱能买两根。手头积攒下的毛数钱，需要细水长流，而且不光是买烟抽。

在毛六笑嘻嘻地要求下，我们轮流给他买烟，每次买四根劣质烟。他讲故事的时候抽两根，把剩下的夹在耳朵上，左耳朵夹一根，右耳朵夹一根。毛六夹上烟的脸，半边像村支书，半边像下乡干部，讲到声情并茂时，两片脸便隔着鼻梁打架。

也就是那个冬天，我们知道了有一种烟就叫三门峡，一盒卖三毛多钱。其实这种烟，村里的小卖铺早就卖了，只是在柜台里面的货架上，与那些我们已知的好烟摆在一起，我们没有注意到它罢了。

六

三门峡烟的烟盒很漂亮，除了两面的"烟画"，整个儿是绿色的，看到它就会想到鸟语，像柳叶一样的春天。一面印着往日的"三门峡"，一面印着建起的大坝，前面我说的"纸上行走"，应该包括这老早的烟盒。

当时给我们印象最深的，烟盒上大坝里的水是白的，"三门峡"竟是几块红色的石头，而围绕石头的水也是白的。我们不相信水会那么清，漂白了一样的白，那只是画而已。再就是"三门峡"，那几块散乱的石头，怎么看都不像"门"。

毛六给我们讲，三门峡是大禹治水留下的，留下的时候地老天荒。地老天荒的三道门，想象"人门"脑子还够用，想象"鬼门"和"神门"就烧脑了。晚上离开毛六家，我们在街上仰望着浩瀚的星河，想到了见过的破败的庙门，想到了见过的坍塌的古墓，想得几个人分手后，独自回家时身后紧飕飕的，仿佛有脚踩在我们头皮上。

相距几十年后，第一次站在这尾水挡墙尽头的我，努力寻找着那烟盒上的或在图片中已见过的"三门"，尽管我早知道它们做了"轰隆隆"的尘埃，被成千上万吨水泥与钢铁浇筑在坝底，连同曾经的惊涛骇浪与扳船号子，但是就想寻找到它们，哪怕是一抹飘忽的影子。

结果可想而知，"望三门，三门闭"，我被"拒之门外"，见到的是几块石头中仅存的张公岛，还有"根随九曲深"的中流砥柱。这"一岛一柱"，铭记着"长风怒卷高浪，飞洒日光寒"，也见证着"青天悬明镜，湖水映光彩"。

在吃了闭门羹的一刻，那老烟盒再现于我眼前，我从中看到了三门峡的"前世今生"，"今生"便是毛六给我们讲述的故事的结局。烟盒上的水不假，由"浊"到"白"，再到今天的"绿"，它如梦但并非是梦，从遥远的祖先"执念"的那天起，让黄河"安澜"的凤愿，真真切切地变成了现实。

借用考古讲求的一句话，叫"透物见人"。透过三门峡大坝，我们不言而喻应该"见"到的是什么"人"，如果在雄伟的坝壁上雕塑的话，便是当年那成千上万的建设者，没有他们大坝就不会矗立起来，没有他们就不会有现在的三门峡：

"百花任你戴，春光任你摘……"

黄风，原名李拴亮，山西省作协副主席、《黄河》杂志主编。曾获《中国作家》小说奖、中国作家出版集团奖、赵树理文学奖等。代表作有中篇小说集《毕业歌》、散文集《走向天堂的父亲》、长篇小说《老宅轶事》、长篇纪实《大湄公河》（合著）等。

时间倒影里的三门峡

徐峙

太阳已经升起来了。暮春时分的阳光，清澈而热烈，洒在这一望无边的碧水之上，泛起粼粼波光。三三两两的水鸟掠水而过，点起层层涟漪，又在天空中留下美丽的剪影。河边绿树成荫，碧草萋萋，空气中弥漫着花草沁人心脾的芬芳。

我有些恍惚，这是黄河，还是江南？

一

沿着黄河走，看着这碧绿的河水，我的脑海里反复回响起贺敬之那首著名的《三门峡——梳妆台》：

"望三门，三门开，黄河之水天上来。神门险，鬼门窄，人门以上百丈崖。黄水劈门千声雷，狂风万里走东海……"

三十年前，我从一盘诗歌朗诵磁带里第一次听到了这首诗。关于那盘磁带的其他印象已经完全模糊了，唯独记得一个甜美的女声播报：

"《三门峡——梳妆台》，作者贺敬之，朗诵王洪生。"

随后音乐响起，一个浑厚而富有磁性的男中音传来：

"望三门，三门开，黄河之水天上来……"

正在上初中的我，被这个深沉的声音迷住了，也被这首诗的磅礴气势镇住了。那是我朗诵的启蒙，也开启了我对三门峡最初的认知。我模仿着王洪生先生的音色练习朗诵，也将这首诗背得滚瓜烂熟，并且借此收获了不少朗诵方面的荣誉。那个有着"神门险，鬼门窄，人门以上百丈崖"的三门峡，那个"黄河之水手中来"的三门峡，那个"幸福闸门为你开"的三门峡，从此种在了我的脑海里。我在心里无数次想象着三门峡的样子，却始终没能一睹其真容。

时间倒影里的三门峡

三十年后的这个春天，跟随生态文学采风组一行走进三门峡，当我的双脚实实在在地踏在这清澈黄河的岸边，我有些不知所措。

我在黄河边长大，我知道黄河在上游水是清的，但我的家乡宁夏中卫，罗布泊沙地、毛乌素沙漠、巴丹吉林沙漠、吉尔班通古特沙漠在它的北方依次排开，强烈的大气环流和西伯利亚冷空气，将黄沙源源不断地从祁连山和贺兰山中间的豁口吹入黄河。那些年，每年进入黄河的沙子能达到一千万吨。

因此，在宁夏，黄河是真正"黄"的河。那种黄，是黄土高原的黄，黄皮肤的黄，黄种人的黄。那种黄，与西北的苍凉互为映照，与西北人的性格和命运互为表里。我曾经在黄河边捧起一抔水喝了下去，那种泥沙俱下的味道深深地留在我的味蕾上。

那么，那些沙子呢，那些从我的家乡被风吹进黄河里的沙子呢？它们不是应该跟随滔滔不绝的河水前赴后继，一路沿"几"字形向北再向东再向南再向东，穿过内蒙古草原和戈壁，穿越陕西的黄土塬，穿越山西的大峡谷，翻山越岭到达河南三门峡和我相遇的吗，它们都去哪里了？

二

一边是崤山，一边是中条山，黄河穿山而过，山的这边是河南，那边是山西。在山势最陡峭险峻的地方，在黄河即将大转弯的地方，一座大坝巍然高耸，生生将黄河拦腰截断。

三门峡大坝，一座浓缩了中国人的梦想与挫折、汗水与智慧、痛苦与幸福的大坝。几千年来，黄河不停地改道，无数次地泛滥，随心所欲地在大地上流淌，以至于留下了"害河"的恶名。终于，它流到了改天换地的时刻。要实现"河清海晏"的千年梦想，治河是摆在面前的首要使命。三门峡大坝，在这个时候走上了历史舞台。一九五七年四月动工，一九六一年四月建成投入使用，"黄河清"的绝美场景给了人们多大的鼓舞啊！然而，由于苏联设计师疏忽了黄河"一碗水，半碗沙"的天性，大坝蓄水第二年便发生了泥沙淤积。失去了源源不断的流淌的力量，十五亿吨的泥沙在三门峡到潼关之间停留下来，将河床抬高，将渭河变成悬河，将富饶的关中平原变成盐碱地。争议之声由此日盛，甚至有人提出"炸掉三门峡大坝"的建议。

当然，大坝并没有被炸掉，它现在就在我的脚下，高大、宽阔而坚实。在困难面前，退缩从来不是中国人的选择。经过两次大规模的改建，三次使用方式调整，加上一百三十公里外的小浪底工程建成后的联合调蓄，泥沙淤积现象基本得到了解决。现在，发电、防汛、供水、灌溉、生态保护、观光旅游……三门峡的作用日益凸显，中华民族的母亲河，比以往任何时候都更加温柔。你看这两岸的鸟语花香，你看这山边的一层层的梯田，你看那"天鹅之城"的旖旎风光，都是明证。

长长的大坝，连接起了山西和河南、过去和未来、想象和现实。它属于空间也属于时间，它是生命也是文化，它是自身的召唤与回答。在它身边，我失去了所有言语。我只能小心翼翼地将脚步踏上去。无数的时间向我涌来，我听得见自己的心跳。

三

乘坐大坝的电梯到大坝底部，再穿过一条石头铺就的小道，眼前是一座方圆不过数百平方米的石岛。岛上一面峭岩，有两人多高，一丈多宽，似人形一般。旁边人说，这就是梳妆台。

日出黄河，映红天鹅城

    传说中，王母娘娘路过此地，见此处风景宜人，美不胜收，于是驻足梳妆打扮，后人因而称之为梳妆台。"梳妆台啊千万载，梳妆台上何人在……"我顺口诵起《三门峡——梳妆台》中的句子，一旁的记者把话筒对准我，参观的游人纷纷围拢来，我赶紧逃出人堆，来到梳妆台边上向西放眼眺望。宽阔的河面上，不见三门，只有一座尖尖的石头露出水面数米。"神门平，鬼门削，人门三声化尘埃。"当年大禹治水时用斧子劈开的神门、鬼门、人门，早已在建造三门峡时化为尘埃，只剩下这块孤傲的石头，在河水中兀然耸立。

这块石头，就是大名鼎鼎的砥柱山，《尚书·禹贡》里称之为"厎柱"，传说中是大禹治水留下的镇河之柱。《晏子春秋·内篇谏下》里记载，"吾尝从君济于河，鼋衔左骖，以入砥柱之中流"，"中流砥柱"便由此而来。另有传说，这座小山是由一位黄河艄公投水化身而成，为的是引导船只驶过三门后避开明岛暗礁，平安地驶出峡谷，奔向前方。化身航标指引众生，牺牲自我成就他人，这位传说中的艄公，将一个大写的"人"字写得顶天立地。禹王治水的神迹，艄公投水的传说，为奇绝无比的三门峡增添了厚重与深邃。千百年来无数的帝王将相、文人墨客在此留下心怀崇敬的文字。唐太宗李世民曾为中流砥柱题诗："仰临砥柱，北望龙门。茫茫禹迹，浩浩长春。"并命魏征篆刻于石上。柳公权曾写下《砥柱》诗，诗云："禹凿锋铓后，巍峨直至今。孤峰浮水面，一柱钉波心。"黄庭坚手书的《砥柱铭》，更是创下了中国艺术史的拍卖纪录。

我盯着那块石头，心中波澜起伏，久久不能平静。如今的三门峡，在大坝的掌控之下风平浪静、波澜不惊，但几千年来，它曾指引多少航船穿越狂风暴雨，走过惊涛骇浪，驶过激流险滩。枯水时露出地面一二十米高，涨水时依然能露出尖顶指引航向，无论风雨如何侵袭，河水如何冲刷，一直巍然屹立于黄河之中，挽狂澜于既倒。几千年的中华民族历史，又有多少这样的中流砥柱，在民族危难之际挺身而出，指引民族的航船走过险滩，驶向远方啊！

一只从远处飞来的白鹭，优雅地停在砥柱山上梳理羽毛，打断了我的思绪。当年险峻的三门，如今已难以追寻，我在吴冠中的名画《黄河三门峡·中流砥柱》中回到了当年的三门峡。褐色的群山中间，黄色的河水奔腾而下，冲破三门，流过张公岛和梳妆台，边上一座小小的山尖似乎随时都会被淹没，却永远在那里……

转身离开时，坝体上"黄河安澜，国泰民安"八个红色的大字映入眼帘。黄河之澜已安，如今国泰且民安，贺敬之在诗里所写的"幸福闸门为你开"，现在真的已经打开了。

我的心里再次响起那个浑厚的男中音："望三门，三门开，黄河之水天上来……"

徐峙，《中国校园文学》主编，中国作家协会会员，鲁迅文学院十五届高研班学员。作品发表于《诗刊》《十月》《小说选刊》《散文百家》等。

飞向三门峡

刘慧娟

成千上万只白天鹅，向黄河中游的三门峡飞来。

蓝色的天幕下，它们像一群白色的音符，散发青春的卷涛，在钢琴曲中翱翔。又像大海上万船竞发的帆影，个个蓄满前进的力。

那是震撼心灵的壮观和飞翔。

接近三门峡黄河湿地时，它们飞翔的节奏和力度趋向平缓，但情绪更加高涨热烈，几乎每只天鹅都激动地发出"咯嘎咯嘎"的欢叫。

人们随之豪情万丈，万物开始灵动起来。山川隽永，水泛清波，空气朗润，花草树木仿佛都沾满了天鹅的柔情。时空顿时被这群远道而来的白色精灵点亮。

在与大自然同频振奋的通感中，这些光芒四射的天鹅们，有的优雅地盘旋于低空，呼朋引伴，寻找最佳的落脚点。有的已经敛收双翅，在水畔引颈吟哦或高歌。还有几对，悄悄避开众人的视线，双双飞往那边的树林，卿卿我我互诉衷肠去了。

此情此景，让我不由得忆起第一次相遇天鹅的情景，尽管那时还不认识天鹅。

隆冬已过，北方的三月依旧天寒地冻。那天，我和小伙伴们正沉浸于河面滑冰的快乐时，突然听到不远处传来几声"嘎——嘎——"的短

白天鹅在三门峡黄河湿地跃跃欲试，准备腾飞

促叫声。那声音孤独而惊恐，且有奋力挣扎的无奈。随着声音不断接近，只见不远的空中有只白色大鸟，沉重地向这边飞来。

小伙伴们几乎同时发现了这只大鸟，纷纷上岸跟着大鸟，忘我地蜂拥猛追，每人都怀揣捕获大鸟的激动。我也跟着一起追，但跑一阵却下意识地停下了，愣愣地站在那里，一边犹可怜见地盯着大鸟，一边听着它声嘶力竭的叫声。

它可能被一群又喊又叫的追逐人影惊吓了，只见它越飞越低，身影也越来越大，似乎能遮住天上的云彩。或许是太累了，它开始在低空盘旋，神态也变得慌张起来。最后，它的身体因失控而变为俯冲，断裂似的"嘎"了一声，竟一头栽在了我的面前。

104

我心脏噗噗狂跳，简直不敢相信眼前的情景。那时那刻，我立即就被通体洁白的大鸟形象迷住了。它接近地面身子猛地一歪，紧接着趔趄了一下，便坚持着站了起来，随即昂起长长的头颈。清纯干净的眼神，概括了那时所有的惊恐与绝望，而它气质中的那份脱俗与高贵，瞬间攫住了一颗孩童的心。

小伙伴们都啧啧羡慕我的运气，他们都激动得涨红了脸，每双眼睛里都挤满了闪烁的星星。我因意外之喜不知所措，只是小心翼翼地抱着大白鸟，在小伙伴们的簇拥下深一脚浅一脚地往家跑，一路上，只听耳边呼呼的风声，全然不知伙伴们说了什么。

快到家时，伙伴们恳求我先让他们分别将大白鸟抱回家，让家里人见识见识再归还。

等他们归还时，这件事惊动了整个村子。前来围观的村民都不认识这只大白鸟，一致认为，得到这只大鸟，可吃一顿野味无疑。只有后来的护林员，在前后左右细看之后，揭开了大白鸟的身世。

他肯定地说，这是白天鹅，由于腿部中弹伤势严重，飞不动才脱离了天鹅大部队。并强调说天鹅和大雁一样，不但成群结队飞行鸟类，而且和伴侣双宿双飞，不是万不得已不会落单。

"天鹅？难怪这么漂亮！"大家纷纷说。

"因为漂亮，才叫天鹅的啊！"护林员说："汉语中的'天'，就是'大'的意思。古时候，天鹅又叫鸿鹄，意思就是一种有远大志向的大鸟。别看它个子大，它们可是飞得最高的鸟类之一，能飞到一万米的高空，被称为飞翔冠军呢！"护林员像个娴熟的解说员，"不光羽毛干净，外表漂亮，生活上也洁身自好，和家养的鹅一样，只吃水上的浮游生物或植物。天鹅有个特点，一生只有一个伴侣，到死不变心。"

护林员爱读书，见多识广口才又好，是村里有名的"秀才"。他一边审视那只天鹅，一边不条不紊地介绍他所知道的天鹅知识：它具有雄鹰的果敢，却比雄鹰温柔善良；具有鸿雁的深情专一，却比鸿雁更加娴雅与高贵；具有鸳鸯的柔情，却比鸳鸯更有风度；具有孔雀的美貌，却

天鹅幼崽与父母在嬉戏

比孔雀更有气质和美德。

天鹅因为性情温厚，情感忠贞，天性勇敢，成为鸟类中的极品，被古往今来的中西方艺术家赋予了丰富的美的内涵，是正义与美丽的化身，更是将生命的高贵和美德融入飞翔的精灵。天鹅的身上，散发着迷人的人文精神，得到很多人的赞美。

他如痴如醉地描述着，众人听得入了迷。渐渐地，人们心中升腾出一种敬畏，这种情感，让人越看天鹅越美。同时，一种说不出的神秘感，就在护林员的介绍中悄悄地降落在那只天鹅身上。

末了，护林员对我奶奶说，好好喂养，看伤势能否恢复。

当晚，奶奶给天鹅受伤的腿涂了红药水，又撒了把玉米粒在它面前。可它一粒也不吃，只是无助地站着，眼睛扑闪扑闪地，像聆听远方，又像等待或思念。从那天开始，那只白天鹅就成了我家的一员。我每天放学第一件事，就是给它送吃的。正像护林员说的那样，它的确不吃荤，都吃些玉米、白菜叶、剩饭屑等。

与童年听到天鹅叫声相比，飞来三门峡的天鹅是多么惬意。它们之间，不只是时空的错位，更重要的是时代及观念差别。当保护环境及保护动物思想意识深入人心，大自然才真正实现了"海阔凭鱼跃，天空任鸟飞"的安全环境。

三门峡的天鹅，不再担心站立或飞行中的意外伤害，相反，它们所到之处，毫无例外地得到人们的呵护与青睐。它们咕咕嘎嘎的叫声，是一种流动并环绕的乐音。这种欢畅的幸福，无论是清亮的或含混的，柔美的或迷人的，单纯的或复杂的，开心的或伤感的，都是天鹅们在保护生态环境的氛围中，以自己的方式感叹或抒发的内容，是来自人与自然和谐共处的明亮天地，是大自然丰腴富足的多元之声。这才是最为接近内心与生活的原生态情愫。

此时，三门峡阳光普照，气候宜人。天鹅们成双成对地在水面嬉戏，时而欢悦击水起舞，时而腾飞高空呢喃。动如风中白莲，相互缠绕抚慰，共同进退。静时如晨曦中的处子，含情脉脉，痴痴相望，沉浸在相伴的甜蜜里。有时，相向游动，彼此靠近，用相同的动作与眼神，传递内心深处的真情真意。有时，并驾齐驱，举案齐眉。

"快看那两只白天鹅，动作一模一样，比有人指挥还整齐。"游人的发现，引来众人一片感叹。旁边的工作人员介绍说，天鹅的动作丰富多姿。为了追求心仪的伴侣，雄天鹅会用一系列动作吸引异性，表达对异性的喜爱。有了好感之后，双方举止动作就会趋向一致，出现琴瑟和鸣的画面。

果不其然，在清水绿波中，双双嬉戏的天鹅，一会构成"心"型图案，一会合成一双问号，一会摆出精致的花篮造型，一会又构图出两只漂亮的舟楫。它们有时伸展单翅，有时双翅共舞，完美地表演着水上芭蕾。动作优美高贵，造型别致温馨，万千种图形，款款都是高贵优雅的典范。宛若阳光下悦动的梦幻，绽放着纯洁与爱恋的芬芳。

或许，在世人眼里，触动人心灵或许不仅仅是天鹅高贵的气质，美丽的外表，而是它们终生相厮相守的坚贞如一的精神。

天鹅的神态，总是给人悠闲恬适之感，出入成双成对，呈现出永恒的"执子之手与子偕老"的动人画面。那种情浓，仿佛烈日亲吻大地，宛若玫瑰热烈燃烧。

的确，作为雁族中最美的候鸟，天鹅对爱情忠贞不渝的态度，是它们与生俱来的能力，亦是高贵的修养。对于人类，是一种唤醒。按照传统文化的美德衡量，天鹅当之无愧地做到了最好的自己，成了人们广为称道的神性候鸟。它开启人新的思考和表述。呼吁拥有对生活事业及爱情的坚贞坚守，一爱到底，对生活进行创造性的冶炼和涅槃。

它们洁身自好，择地而居，将晶莹剔透的灵魂交给明月清风，与大自然万物芳华互吐。它们选择三门峡作为栖息乐园，用灵动的双翅，传达三门峡的生态环境密码。它们的习性与三门峡黄河清波，产生了动人的共鸣。为此，白天鹅成为那里青山绿水的点睛之笔，城市生态的最美使者。它们的倩影飞上了日历、画册及摄影集，成了点缀大自然的精灵和美好生活的象征。

　　那句著名的广告词"一生一世一双鹅"，仅仅只是人们美好的祈望，却是天鹅的生活常态，它们才是一生一世相思相守的真实写照，是创造爱和美的真正天使。

　　阳光下，河水、山岚、树影融成一片，它们扇动翅膀的身姿，在空中划出一道道柔滑优美的弧线，展现各自来源于灵魂的纯净与绝美。天空或大地，绿波或草丛，一年一度的长途迁徙，欢乐与幸福随你，漂泊与劳顿随你，艰难与困厄随你。不离不弃地飞过生命四季，是彼此信守的诺言和命题，让每寸生命时光，都充满美的生机。

　　人生充满偶然，天鹅何尝不是如此呢？它的经历也并非行云流水。

　　最初，对天鹅存在的种种假设与虚拟场面伴随我成长。后来，当我读着天鹅的故事，它们的品质始终无声地感动并滋养我。

　　我钦佩天鹅种种品性及在危险降临所表现出来的优雅和力量。那些行为，濡染人的情怀，浸润人的思想，并赋予尘世深沉而庄严的爱与美。

　　它们遇到河水结冰时，为生活的需要，可以团结一致，用自己的身体，同时撞上厚厚的冰层破冰；遇到危险时，它们拍打翅膀，毫不畏惧地上前迎敌，勇敢与敌人搏斗。如果在战斗中失去一只，另一只则会独自撑起天空，直到生命终点。

　　时间散发着淡淡的芬芳，一年，两年，三年……明知那只天鹅的身魂，已经融化于大自然精华，它的精神已经凝聚在亘古不变的誓言，可它总也飞不出我的心，我的梦。

或许，天性让它们认为，外表的美不重要，唯有被活力催生的生命态度，才能实现自己的价值。所有抱负的实现，都来自内心梦想的激励，只有积聚力量，生命才能闪烁出天然的光彩。

在严酷的大自然中，它们用生命的双翅留下奋力拼搏的记忆，用洁白无瑕的羽毛，掸去黯淡无光的事物。无论经历多少惊涛骇浪和风云变换，都会被天鹅恬淡地收藏在安静的情怀中。它们不会呜咽，不会哭泣，也不为收获歌颂及赞美，它们的沉静生命中，满满的都是爱的光芒。

天鹅是伟大的航行者，也是季节流动的符号。它们一年实现一次遥远的飞行，过着漂泊不定的生活。一生经历过无数的波峰浪谷，也经历过无数的梦境，从没因旅途凶险或劳顿而停止飞翔。它们在阳光下扇动翅膀，展开洁白的想象，激情在内心涌动，注定有征服困厄的力量。

它们从一条河流出发，抵达另一条河流，飞越一座又一座高山。黑色礁石下波涛汹涌的大海，红日坠落的高山之上的白雪皑皑，或花叶颤动晚风中，或即将拉开帷幕的晚上，夜色苍茫，满天星光。它们迎着可知和未可知的困厄，用真实的行动叙述自己，以自己生命的恒久与诺言。它们在天上，在地上，也在水上，这是它们完整的生活方式。

它们坚信，只要抖动翅膀，就能越过一朵朵流云，就能抵挡金光闪闪的诱惑。抱定执念：出发，回归，再出发，再回归。在时间的长河中，昂首前方，让孤单感、忧虑感、艰难感、恐惧感……都在飞翔中消失得无影无踪。

它们用无畏和勇敢构筑了一系列美德，树立起个体及族群在象征、寓言、梦幻、现实中启示录一般的尊严。因而，人们才说："三门峡市的美，是天鹅带来的。很多人说，有天鹅的地方就有美，是美丽的自然环境吸引了天鹅，而天鹅的到来，更加增添了三门峡的美。"

工作人员说，自从天鹅的身影惊现于二十世纪九十年代末的黄河三门峡大坝开始，它们已将那里当成了温暖的家园，每年十月开始，陆续跋山涉水，不辞万里而至，次年三月初，它们的行踪如同画家灵感，汹涌着笔锋一转的激情，飞离三门峡湿地公园的天鹅湖，越过贝加尔湖，飞往遥远的西伯利亚。

风是它们的白马，阳光是它们的精神。

每每听到有人喟叹"人生不易，愿做一只自由鸟"的时候，我第一个想到的便是天鹅。

有多少人当见到天鹅那一刹那，期望将自己的人生重来一次，重活一场。

当我在三门峡黄河湿地再次相遇天鹅，感觉那群白天鹅像一道道白色的闪电，触动我的思绪不停地跳跃和转换。内心充溢着对天鹅无限的喜爱，也汹涌潮水般的感动与赞叹。我不知道在这支庞大的天鹅队伍里，是否有那只曾经受伤的白天鹅，可我明明感觉它或者它们，无一例外的都是。但我知道，无论何时何地，爱和飞翔是它们最神圣的使命。

就像当初护林员告诉我奶奶说的一样，他说如果天鹅的伤好了之后，一定要在露天的栅栏上加上盖子。他说最近常看到天鹅展开双翅，表现出要飞的架势。

说这话之后的大半个月，一天放学后，我习惯地去给天鹅送食物，可是找遍了院子里的角角落落，却不见它的影子。我赶忙找到奶奶问怎么回事，奶奶说天鹅飞走了。

我一下忍不住哭了起来。奶奶安慰我说，她已经在天鹅的腿上系上了红布条，即使找到亲人之后，它还会回来的，说不定到时还会带来一群呢！

虽然我将信将疑，但奶奶的话，我还是听进去了。

夜晚，我在睡梦中听到伯父和奶奶的对话：

"早知应该在栅栏顶加盖，这样它就不会飞了。"

"它是天鹅，不是普通的鸟，囚在栅栏不是办法，家养的鹅还得下水呢！"

"有人还要买去尝尝天鹅肉味道，不愧是天鹅，竟然飞了。"

"想吃天鹅肉？别丧良心了。不是它自己飞的，是我放的。我从栅栏把放出，它半天也不飞，后来用筐把它带到北湖的河边，它试着走了一阵，在低空飞了几圈，接着，越飞越高，往西北方向飞走了。"

"哦！原来这样！"

"你没听到夜晚或凌晨，天上总有一只天鹅在鸣叫吗？只要听到天上那只飞来，地上的这只就会心神不定地跟着鸣叫，可能就像护林员说的，它们是一家人，怪可怜的……"听到这里，我似乎看见天上同样孤单的另一只天鹅，仿佛听到它悲伤难过的呼唤。

毕竟，它终究还是飞向了天空。

每当听到人群中发出由衷的赞叹。我的心就不由揪了起来，我知道虽然时间已经很远，但我心灵深处，一直飞翔着童年的那只天鹅。它的样子清晰具体，它的身影无朋而明亮。我真希望心中的白天鹅，此刻从我的牵念中飞向三门峡出来，和这里的白天鹅一样，翩翩起舞，缠绵悱恻，相互梳理羽毛，与伴侣一起享受三门峡湿地的美好时光。

仰望天鹅，我清楚地看到，每双白色的翅膀下，都藏着远方与梦想，经历过无数次的跋涉远飞，经历过无数不为人知的心潮澎湃与低落忧伤，它们的心绪与剪影，都成为人们啧啧赞美的箴言。在水面荡出清清涟漪的那份神态，恰如其分地表达了黄河水由浑变为清的自豪。

人生像一只鸟飞过。谁来赞颂那些珍贵的生命？谁来探究那些灵魂高贵的灵魂？谁来感怀短暂一生所经历的相逢？谁来探索流离的命运？

在白天鹅身上，人们或许能够看到人生的终极目的。一生高傲，一生自由，一生相守，一生无悔。在漫天风雪中舒展翅膀，在困境或危险中立命安身。所到之处，用纯洁无瑕来衬托山青水绿，一路自由高歌，一路展翅高飞。

不负生命的精灵，用翎羽作画，用柔情修饰梦境。把飞翔作为使命，在自由的天空抒写，永不停止。

刘慧娟，中国作家协会会员。作品见《世界生态》《脊梁》《诗刊》《黄河》等刊物，入选《中国散文诗百年经典》等及各种年选选本。著有《无弦琴》《白云的那一边》《绕过手指的风》等多部作品。

回吻三门峡

王朝军

我是在离开三门峡的三个月后，才想起来要写她的。此前，她欢迎过我，却没有对我的记忆造成实质性影响。她的长度、宽度，以及她景色的浓度，都被夜色和酒精释放在人群的醉意中了。这次，她还等着我——莫如说是等着三个月前的我。

是的，我盯着"那个我"，就像盯着一个从时光深处走来的新物种，它会动，会说，会转动脖颈，会时不时像我一样跟随着它的群，又俨然把自己从群的世界里分拣出来。尽管它是不经意之举，但我已然判明它的属性：那当然不是高高地立在大地上的人类神祇，而是一只贴地行走的昆虫，我把它称作 W。

我叫它："喂，W——"

它回应："W——W——W——"

它看起来很兴奋，仿佛三个月只是隔着一道峡谷，它在峡谷的那头，我在峡谷的这头，接上了寻觅已久的暗号。

在暗号嘈嘈切切的空域之下，就是三门峡。我和 W 的眼神不由得俯冲而下，在某一个点上会合——三门峡真的就尽收眼底了。

此刻，在一带狭长湖泊的臂弯旁，人头正在有序攒动，他们的聚集，正如水的聚集，是必然要激起浪花的。浪花飞溅，声音飞旋，旋到 W 的耳朵里时，它正在会场的座池里屏吸敛气，静若处子。我注意到了W，这个大自然脚下的精灵；我猜，那位端坐在椅子上的先生也定然是发现了这一幕，不然，他怎么会频频埋首于双膝之间，端详着那几尺见方的地面呢？W没有理会这些，它似乎只对台上那些庞然之物感兴趣。

待关注W的先生再次弯腰察看时，W不见了，斑驳的地面上留下一道简洁的空白，那是W的座席。它终究是厌倦了诉说，厌倦了通往话筒的干燥气流，复归湿润的天地了。

万里黄河第一坝——三门峡水利枢纽

对于 W，我不知道如何画影才能辨认出这个"逃兵"。除非那位先生看得仔细，或者用智能手机将它拍下来。没错，智能手机像素极高，方便快捷，甚至能拍出动态影像，每一帧每一幕都栩栩如生。但是，当此项功能定格万物时，也就此定格了其本身的命运：你可以格式化的永远是一个点，你又怎么能格式化这个点的前世今生、过去未来呢？何况这个点的内部遍生丘壑，哪里是隆起，哪里是泥沼，又岂是"定格"可以窥明的？就算把这些定格的点连缀起来，密织起来，也无非是一个点的自我膨胀，扩张的是领地，放弃的则是永恒的可能性，得不偿失罢了。

W，你在哪儿？让我去寻你吧。那个被你视作庞然之物的族裔刚刚结束"对话"，他们谈论你，聚焦你，却硬生生将你逼退，逼向人类之外。好在他们停顿下来了，这一停，就是一周。我也得以卧在"生态文学周"的时间轴上追慕你的踪迹，你的姿容。

一

登上"天鹅号"的甲板，站在船头，极目远望，肥硕的风团卷起一整块水翡翠迎面扑来，水翡翠上流着光，周边装饰着黄与绿镂刻而成的陆地。当我看清楚那绿是密匝匝的树丛染就的时候，才醒悟过来，这比水翡翠更浓更绿的所在，竟然是在用她的深情环抱着"神的一滴"。怪不得梭罗要借"大地的眼睛"形容湖泊，原来大地是要护着神的悲伤，他不愿泪滴混浊，索性接纳它、净化它，并让它替代神来充当大地的眼睛。这样，大地就可以盛满天空，盛满神的每一次疼痛。

我也疼痛——当一只马蜂停在"山冈"上悠然小憩时，一扇巨大的阴影劈面而来。马蜂一定是吓坏了，它祭出了此生第一次也将是唯一一次的壮举：把自卫的蜇针深深地扎进了"山冈"。尽管它意识到反应过度，且反应错了方向，但一切都无可挽回，它的惊恐在刹那间被推向了死亡。做出这个判断，我自有根据，因为它把蜇针的全部都没在了我右手虎口的肉里，那沙棘刺样的根端像是从马蜂身上齐齐挣脱的，未留一点残余。我知道蜜蜂蜇人后，因刺上有倒钩，无法拔出，刺又连着内脏，蜜蜂失去了刺，也就失去了本就短暂的寿数。而马蜂极少会遗失自己的武器，蜂在"枪"在，它把"枪"当作第二生命。除非……我记起来了，几秒钟之前，我是伸出左手无意间掠下那一掌的，我只是感觉有什么东西落在了右手背上，痒痒的、茸茸的，我以为是苍蝇或蚊子，打算毫不留情地将其赶走。没想到是马蜂，更没想到，我的无心之举竟轻率地截断了它生命的时长。或许，它就是 W 呢？就是会场上那位不速之客的变身呢？它只是想找一个安静的地方歇歇脚，它选择了这片葱茏的"山冈"，停下来，刚刚抖了抖疲惫的肩颈，还来不及辨认眼前如草一般的汗毛，就被我手掌的阴影笼盖。强大的敌意猝然降临，任谁都会惊慌失措，明知抵抗无效，却还是要做最后的挣扎。这是一种弱者的本能，但这本能里同样包裹着刺刃，不是刺向对方，就是刺向自己。之所以如此，只因为——它，也有生的尊严。

马蜂在我面前保全了这份尊严，不过它是以错位的方式，恰好让"山冈"恢复了真容，也让人的右手知道了左手究竟做了什么。

W 飞走了，在我移开手的一瞬，它带着残缺的身体和对生的留恋匆匆奔向了死期。W，你会恨我吗？恨这片"山冈"吗？恨你从出生之日起就无数次驻留缱绻过的自由王国吗？

也正是在几秒钟后，我感到了痛，随之而来的还有对痛的恐惧。我眩晕，胃腹灼热，担心自己马上会死掉。于是我打开百度，查找被马蜂叮蜇会造成什么严重后果。我甚至疑心那不是马蜂，而是蜜蜂。如果是蜜蜂就好了，我有经验，大概率也就是抹点药消消肿，不必上升到生死之问。可我越安慰自己，越发现这仅仅是幻觉的把戏。我看着拔掉蜇针的针眼像太阳光晕一样片刻胀大，支起了一座微型的山包，便不再迟疑，立即找到跟队医生，请求她为我投掷一根救命的稻草。

女医生和蔼、亲切，从医药匣子里取出酒精和一管软膏，消毒、涂抹伤口，一气呵成，然后慢声细语地告诉我，只要按时敷药，应该无大碍。应该？就是说还有"不应该"？"不应该"的结果会是死吗？我虽然强作镇定，心底还是有股隐隐不安的火焰在翻卷，在升腾，在燃烧。此时，我的手更痛了，"呜——呜——"那是什么声音，是 W 吗？是你和我一起在哭泣吗？难道你也有同是天涯沦落人的恻隐之心吗？

我不敢想下去，我怕我一想下去，W 就会拖着它的伤口，向我控诉这场无妄之灾。我们之间并无恶意，但我们的确因这场致命的相遇，伤害了彼此，锁定了彼此，也交换了彼此。

二

第二天，我是伴着忧伤前往小秦岭的。一大早，队医就等候在酒店大厅，给我敷了药，肿块也消下去不少，我心稍安。只是对 W 放心不下，它还活着吗？我答不上来，但愿吧。直到车停在小秦岭深处，我趋步来到一个小水洼前，看到几只浮游的"水板凳"时，我才确认，W 又活了过来；或者说，我宁愿 W 在这种学名叫水黾的昆虫身上复生。你看，它长在"板凳"上的六条细腿，正在水面上健步滑行，那么优雅，那么轻盈，如同一匹有贵族血统的纯种良驹。"呜——"它纵身一跃，"呜——"它又向前滑动数尺，如诗如画，高傲而矜重。这便是我的 W 了，它还活着，它找到了新的栖居地。

在这畦浅可见底的水洼之外，是秦岭东段的余脉，虽不如主脉高险峻急，却也巍然峭拔，两侧的山峦郁郁葱葱，犄角相视，拱卫着一条蜿蜒而过的溪流。清凌凌的溪水哗哗作响。而水洼就在与溪流隔着一道卵石墙的岸边山根处，我想，是长流不息的溪水经由河道渗入堤岸的土壤，才成就了这水洼的清澈吧！

我抬头看看被山体剪裁而成的水洗样的天空，再低头瞅瞅一旁的水洼，不禁暗暗羡慕起 W 来：它几乎是同时悠游在两片水域之内，一片在上，一片在下，仿佛只需轻轻一跃，便可蘸上蔚蓝色的颜料。"呜——"它又划出一道弧线，似乎在向我表示抗议，"为什么不是我同时飞翔在

万里黄河第一船"天鹅号"游轮

两片空域呢？"对呀，空域！那是 W 的领空，它从来就不屑于"游"，而倾情于"飞"，谁能说清它的起跳不是面对天空的降落呢？如果在水洼底部架一部摄像机，机眼朝上，你一定会为 W 所创造的飞行奇迹惊叹不已——恬静的天蓝空际，W 正舒展"翅翼"，自在徜徉，它时不时破开"气浪"，洒出几圈稀疏的波纹。而你还以为是机器没放稳当，才导致镜头中的画面背景出现了轻微晃动，何曾想到这是 W 一手制作的特效呢？

我相信，W 喜欢这种特效，它从未承认过自己是"行走"在人的视觉观念里，它要以"飞翔"重新定义自己，定义这个已然被人类圈定的世界。地心引力算什么，那只是双腿被束缚在大地上的人类给自己的无能找的借口罢了，真正的生命，即使不离开土地，照样能飞起。

W，你是神的信使吗？你是要身体力行，教授人们怎样放下躯壳，做庄周之逍遥游吗？那可是太初的生活方式，人在其中，必得先拆除眼中的梁木。

我还没反应过来，眼中真的就有"梁木"了。水洼正前方，一处明显是人造的洞穴正敞开大口，将长舌般的倒影甩在水面上，"舌尖"钩转，像是在玩弄"愿者上钩"的伎俩。果然，W 没有丝毫戒备，顺着舌叶向洞穴方向进发了，直到它消没在口舌交叠的黑暗区域。

据说，这是一座废弃的淘金洞。洞的外缘，水泥剥落了大半，裸露出数截砖券。洞口不大，即使我猫腰而入，估摸着也要费些气力，很难想象当年的淘金人是怎样一进一出，便露出了与金子不遑多让的笑容。金子浮在笑容上，笑容打在金子上，两相辉映，简直叫天地失色、万马齐暗。而眼前的这片水洼，大概就是淘金人留存的涎水遗迹吧。难道不是吗？当那些怀揣着无尽欲望的淘金人纷纷钻进洞穴时，他们显然忘记了还有天光存在；当他们返回洞外时，又被"金光"遮蔽了双眼，哪里还会在乎照拂着这个世界的最古老也是最崇高的善意呢？恰恰是这享受黄金"果实"的美妙一刻，变乱自然的秩序，也将他们内心的梁木加诸日月山川之上；作为外在的表现，这个淘金洞和这滩不舍的涎水便是确凿的证据。如今它们自行了断，试图旧貌换新颜，其实是恢复了往日的荣耀——那在天光之下造化的本色，怎能不叫人欣喜呢？

那么，这洞就不再是吞噬 W 的窟窿，而是它的神仙洞府喽。它的消失，则意味着另一种出现。我的肉眼虽看不见，但我想象得出 W 出现在洞府时那安然如故的表情，这有什么大惊小怪的，它的"领空"只不过铺了一层乌云。

三

时间啊时间，在你的帐幕之下，有多少事已发生，又有多少事未发生，受制于已知的人类往往不明白所有的未知都源于已知。万物维系的最高法则永不会失效，纵然是人类，只要还承认自己的生物属性，就绝不能站立于时间之外。

但这并不是说我们要向时间低头。我们尊重大自然的立法权，即是尊重我们自己，尊重我们血肉的来处——泥土。而泥土最根本的品格就是生长。万物唯有生长，才能确认万物的存在。也是生长，让已知孕育了未知。现在的问题是：我们是否已知；倘若我们自认为已知，那我们扪心自问，究竟知道多少不知道的事情呢？

时间解决的就是这个。它规定了已知，就是应许了未知中的生长。"天地不仁，以万物为刍狗。"你即万物，万物即你，在天地的眼里，你和万物并无分别，何况你的已知相较于伟大的时间，是如此贫瘠，如此局促，你又有什么资格僭夺天地的权力，来充任万物的管家呢？更别说随意举起自己的已知，给万物的未知指定生长路线了。这一点在人类内部同样适用。唯一重要的可能是：小心地发现并遵循自己的生长方式，不要为之意愿去阻碍或篡改"他者"的生长。

在三门峡庙底沟博物馆，便有一件先民器物，为人类的无知长廊再次添加了生动的注脚。那是一支状如笔管的骨笛，由丹顶鹤的尺骨制成，七个圆形钻孔均匀分布在骨笛的一侧，第六孔与第七孔之间还有一个针眼大的小孔，系先民专为调音而置。我不懂乐理，但感官告诉我，在这件八千多年前的造物面前，时间屈服了，仿佛只是一眨眼，我们的祖先就战胜了以漫长自居的时间之神；而我们呢，我们这些文明人，又有谁敢说就一定比野蛮时代更文明呢？说明文字将其称为"神器"，我倒更愿意用"神迹"二字。器，乃形而下；迹，才是形而上，才是道，才是人囿于自然又超乎自然的心智与创造力的生长正途。也正因为如此，先民才在骨笛中建立了一个新秩序，一种美妙和谐的新世界。

让我们生长吧。生于斯长于斯的人们又怎能拒绝"生长"本身呢？只不过我们更听从内心的声音，更崇尚删繁就简的真实。哪怕那是缓慢的、卑小的，也比汲汲于那些不必要的劳作更有价值，更有力量。如同那只能够发出仙鹤一般高亢明亮声音的小小骨笛，"呜——呜——"穿越时空，回响在生命的浪尖。

四

浪，我是看见过浪的，就在"天鹅号"的船尾，白莹莹的浪涛翻滚着，跳跃着，像是要以它们泼溅的高度来标定船的航速。我仿佛置身于浪涛的群列，在安详的水翡翠上平地起波澜，壮观自不必说，单单是那不绝于耳的哗哗水声，就挑逗了我的神经。我低头细看，不禁哑然，莫不是我的眼力不济？越接近船的浪花怎么越拼命向尾舷靠拢——这些新生的"婴孩"，许是刚刚脱离母体，还不能适应"被抛弃"的生活吧；待到它们脚踩水面哭闹一阵，开始习惯了外界环境后，情绪也就缓和下来，退向稍远处追逐嬉戏，原先的位置则交给了更新的一批"初生儿"；不一会儿，它们累了倦了，便四散开来，各自寻找安身之所；最终，水翡翠张开它宽阔的怀抱，接纳了浪的余波。

请原谅我使用了慢镜头，事实上，这一切来得相当迅猛，而且所有的音步都在高速运行、交响起伏，节奏激越明快。伴随着奔涌的声浪，游轮犁下两道几十米长的垄沟。现在是春天，不知这水质的土壤里又会长出多少小生命，是一棵树的芽，还是一只马蜂或水黾的卵，抑或一枚骨笛的初啼……

恍然间，我蓦地打了个激灵：原来我苦苦找寻的 W，就在这里，就在此时此地。眼下，它已化作朵朵浪花，将我稀释在路途上的凌乱浓缩成一个声音，那便是"生长"的声音！

"呜——呜——"汽笛长鸣如斯，船要靠岸了。从泥沙漫漶的母亲河，到碧波万顷的"翡翠"湖，荡漾在三门峡光影里那生长的声音仍在持续。

王朝军，笔名忆然。北岳文艺出版社编审、文学评论家，鲁迅文学院第36期高研班学员，长江大学兼职教授。获2016—2018年度赵树理文学奖·文学评论奖。代表作有《又一种声音》《意外想象》《创造性写作：中外经典三十课》等。

小秦岭记

冷杉

　　写下这个题目的时候，我就已经做好了准备，不怕遭人议论我有攀龙附凤当代文学大咖的嫌疑。你想啊，人家大作家贾平凹的《秦岭记》，写的是过去大秦岭诸多震撼人心的人文历史故事，和当下大秦岭诸多耐人寻味的轶事传奇，小二十几万字的一大部呢。而我的这个《小秦岭记》，写的乃是小秦岭的地理概况、矿山整治、生态修复和生物多样性恢复等问题，才万八千字一小篇而已。跟作家的大手笔《秦岭记》比起来，不挨着，两码事。两个作品的创作内容不同，写作手法不同，字数和篇幅相差悬殊，不在同一个段位和起跑线上，何来攀龙附凤的嫌疑？

　　嗟吁！如果有人问我，小秦岭过去的人文历史故事，和小秦岭当下的奇闻轶事，都有哪些？我只能这样告诉你：关于这个问题，我只是略知一二，了解一点皮毛而已，但你要问我，小秦岭的地理概况、矿山整治、生态修复和生物多样性恢复等问题，我会毫不犹豫地告诉你：小秦岭可是河南省的贵金属矿产资源基地，皆因早在二十世纪七八十年代，由于"大干快上"等原因，又受经济利益的驱使，加上社会动荡、管理不力等因素，导致乱挖滥采成风，造成满山满岭的矿点、矿洞，矿渣堆积如山，生态环境遭到严重破坏。矿区曾一度满目疮痍、千疮百孔，生物多样性水平急剧下滑，自然灾害集中频发，人民群众的生产生活受到严重威胁。

呜呼！就在这生态危机的关键时刻，三门峡灵宝市委市政府及时关闭了矿点、矿洞，经过几十年的生态修复和治理，小秦岭自然保护区于二〇〇六年晋升为国家级自然保护区，现已成为河南省三点(郑、汴、洛)一线(黄河)旅游热线上的重要组成部分，它以山花遍地、草木葳蕤、溪流哗哗、泉水叮咚、鸟兽出没、莺飞虫鸣、种群多样、生态繁荣的自然面貌，一度跃升为全国生物多样性恢复和治理模范区，并在全世界都享有盛誉。

龙首有矿

小秦岭的山脉主体，主要分布在豫西三门峡灵宝市境内，为陕西华山山脉即大秦岭向东延伸的部分，走向近东西，长达四十多公里，南北两侧，均以大断裂与盆地相接，呈反S形断块隆起。其山势高峻雄伟，山峰众多，山峰海拔多在两千米以上，地势呈西渐高而东渐低之势。山体主要由太古代各种混合片麻岩组成。在山脉的东西两端，各有一中生代燕山期花岗岩山体，形成陡峻奇伟的花岗岩地貌景观，南部以千米高差俯临朱阳盆地，北部以千米以上高差直落三门峡盆地。

司马迁曾说："秦岭，天下之大阻。"如果在中国大地上寻找中华龙脉的话，秦岭当之无愧。而小秦岭又是大秦岭的东延部分，横跨陕西与河南，东据崤山、函谷关，西傍潼关，处于我国南北过渡、东西交会的重要位置，实为大秦岭之龙首也。

司马迁又说："黄帝采首山铜，铸鼎于荆山下。"首山即伏牛之首，与小秦岭同属大秦岭东部余脉，这里藏有铜矿，曾经被黄帝开采，铸造成祭祀时和平时生产生活中煮制加工食品使用的鼎器。伏牛之首山有铜

如今的小秦岭山清水秀，天蓝地绿，生态得到恢复

既为事实，那么，小秦岭呢？

据《神农本草》记载："银与金生不同处，所在皆是，而以虢州者为盛。"虢州，就是今天的河南省三门峡灵宝市，位于豫、陕、晋三省交界处，总面积两千九百九十四平方公里，小秦岭由西一贯而入境。

实际上，三门峡灵宝市的小秦岭，早在唐朝就是全国重要的金银产地，但那时，人们开采，只不过是像吃快餐而已，其开采技术、选炼规模与条件，都无法与今日相比。到了明朝末年，农民起义军领袖李自成，看到了小秦岭的山高林密、地势险要、地质变化多端等特点，便把自己藏马练兵的"枪马峪"，选建在此。而李自成手下的能人们是否向李自成说明他们已经嗅到小秦岭腹地似乎散发出贵重金属气味，他本人是否想在此地利用其自然资源，锻造大量的兵器，还有后来的张献忠，在岷江口沉入水下的大量金银财宝中，是否就有那么一部分是属于小秦岭的金银，由于没有文字线索做考证，所以就无从知晓了。

中华人民共和国成立以后的六十年代初，祖国建设日新月异、一日千里，各行各业，穷则思变，大干快上，奋勇进取。河南省地质局，根据地质部加强黄金地质工作的部署，要求省综合研究队，配合豫十六队，在三门峡灵宝市小秦岭地区寻找黄金。

野外工作前，地质队对有关资料进行了整理研究，将河南省地质局地质陈列馆中一系列有线索的含金标本矿石进行了分析，发现小秦岭的金硐岔，有三块标本，含金量很重。当时，河南省地质局的张辅民工程师等四人，进驻到豫十六队，在十六队苏德才等九名队员的带领下，来到了标本产地金硐岔，找到了大金硐、小金硐等老硐，并发现了与标本一致的原生露头矿石——含金石英脉。

而后，又在全面普查、择优勘探原则的指导下，花了近七年的时间探明，小秦岭腹地，藏有特大型的含金石英脉金矿床，用当时的专业术语讲，就是在小秦岭腹地的金硐岔、灵湖峪和石板山等地，"发现了数以百计的矿脉和矿脉群"，为国家探明了储量在数百吨以上的黄金矿脉。

采违自然

第一时间，在小秦岭腹地，探明储量在数百吨以上的黄金金矿脉的喜讯不胫而走，全国上下不禁为之雀跃欢腾。

一九七五年，中国黄金总公司在三门峡灵宝市阳平乡建起了第一个小秦岭金矿，拉开了黄金开采的大幕。

次年二月，恰逢大雪封山，地处小秦岭腹地的朱阳人民公社，早已按捺不住创业的激情，派出一辆马车，车上拉着九个人，组成先遣队，来到当年李自成藏马练兵的"枪马峪"旧址，筹建了当地有史以来第一个黄金矿山企业——枪马金矿。

此后不久，河南省地质队重整队伍，重装上阵，经过认真仔细地研究部署，经过进一步地毯式的勘探搜寻，发现小秦岭山脉，乃是一块真正的上苍赐予灵宝的宝地，它的山体里，不但蕴藏有大量的黄金，而且还蕴藏有大量的银、铜、铅、镁、锌、铁、钼、硫、铁、石墨等三十四

小秦岭生态已经得到初步恢复

种矿产资源。

据此，全国各路淘金者纷纷涌入，数十家黄金企业相继诞生，随着大规模的开采，进入"白热化"阶段以后，三门峡灵宝市的小秦岭，很快就成为国内赫赫有名的"第二大"黄金产业基地。截至二十世纪八十年代中期，其他稀有金属的开采量不算，光黄金一项，这里就已生产了四百余吨。

如果说，小秦岭腹地藏有特大型含金石英脉金矿床的发现，吸引了全国各地采金者贪婪的目光，人们曾为金光闪闪的黄金而蠢蠢欲动的话，那么，近十余年，大规模的"白热化"开采则使数十家黄金企业和个人，赚得盆满钵满。

小秦岭的特大型含金石英脉金矿床的走向，基本上是沿着大湖峪、文峪和枣香峪三条不透头的山谷分布的，涉及阳平、豫灵、故县三个乡镇。当时，来自四川、重庆、湖北等大大小小的金矿企业、各地民工，"一窝蜂"似的拥进小秦岭，以"能采则采、有水快流"的方式，呈现出国家、集体、个人一起上的热闹场面。

开采最红火的时候，采用长时间的流水作业方式，工地上车水马龙、川流不息，大车小辆、人来人往。每一条沟岔里，都是一个工棚挨着一个工棚，白天欢歌笑语、汗流浃背、马达轰鸣，夜晚人声鼎沸、兴高采烈、灯火通明。山上还建有录像厅、饭店、商店和卫生所。一个沟岔，就相当于一个热闹的集市。

据不完全统计，当时，光金洞岔林区就建有三个金矿企业，共挖了七十六个坑口，而整个小秦岭保护区内，涉及十一个金矿企业的坑口，总共挖了五百二十多个，架设和建筑生活设施一万一千多处。

当年，挖出大量的渣土堆积如山，覆盖了植被也毁了森林，河流水体被污染，河道一度出现了拥塞、淤堵的现象，水是黑色的，很黏，很稠，有害物质随水横流，水流过的地方连水草都不肯生长。并且，采矿者还画地为营，巨大的利益，导致冲突四起，矿区治安处于混乱状态，各种矛盾也与日俱增，并且不断升级。

这种烦乱不堪的现象，给当地民生和社会发展带来了极大的负面影响。尤其是矿山的无序开采，对于生态的破坏是致命的，矿区现场的情形令人惨不忍睹，这引起了三门峡灵宝市委市政府的高度警觉和重视。

关停并转

紧急中，针对小秦岭自然保护区内，多年金矿脉开采造成生态破坏等问题，被郑重地提上了三门峡灵宝市委市政府的重要工作日程。

一九八六年三月，三门峡灵宝市委市政府专门成立了矿产资源管理局，针对当地矿产资源和黄金矿业生产，行使管理职责。

一九八六年七月，三门峡灵宝市委市政府打响了小秦岭矿区治理的第一枪，对黄金生产、财政税收和社会治安开展全面整顿工作，并帮助群众算清四笔账：一算乱挖滥采破坏、浪费资源账；二算选厂工艺不合理、设备不配套、技术落后造成资源利用率低的损失账；三算不搞矿山建设、盲目兴建小选厂，造成采选不配套给资金带来的浪费账；四算小选厂、小氰化池缺乏环保设施，污染环境的公害账。

在此次整顿中，共关闭了不符合工艺要求的小选厂一百一十个，取缔了无证采矿点二百六十九个、私人氢化池一千零三十四个、非法矿石收购点四十个，同时，司法部门还查处了黄金走私案件三十九起，既建立了矿区秩序，又稳定了生产局面。

然而，"天下熙熙，皆为利来；天下攘攘，皆为利往。"在巨大利益的驱动下，仅有的几次整顿，绝不可能一劳永逸。面对新规定、新政策，矿山开采中不乏钻政策空子、打擦边球、投机钻营者，新问题、新挑战层出不穷，违法生产屡禁不止，整治工作任重道远。

二〇〇二年，三门峡灵宝市矿山整治工作再次深入、持续、多年开展起来，针对小秦岭金矿区矿山集中度低、小型矿山过多的问题，从治"小"治"散"入手，培育了优势骨干企业，实现了资源优势集聚，壮大了黄金矿业的发展优势。

二〇一〇年，三门峡灵宝市委市政府借势发力，进一步深化资源整合，根据原国土资源部等十二部委整合工作意见，及省、市整合总体方案要求，将当地金、铅、铁等矿产资源，划成六大区域进行整合，重点矿区矿业权数量由原来的四十七个减少到三十个。其中，采矿权数量减少了百分之三十一，探矿权数量减少了百分之六十二点五。

黄金资源整合，是一项声势浩大、繁杂、艰巨的系统工程，通过提高矿产资源集中度，不仅从根本上抑制了重复投资、资源浪费、环境破坏等问题，而且还聚集了行政、经济和市场多方优势，使矿业企业的技术、人才、资金和管理等综合实力凸显，并在当地形成了以金、铜、铅、硫、铁等矿产资源为主的产业体系。

从一九八六年开始至一九九七年十月，国家及河南省委省政府，三门峡灵宝市委市政府，在小秦岭金矿区，先后进行了十九次大规模的"整顿治乱"，取得显著成效，乱挖滥采行为得到有效遏制，矿业秩序实现了根本好转。国务院督察组还多次到现场检查验收，认定，小秦岭金矿区秩序整顿基本达到要求，并正式宣布，小秦岭金矿区治理整顿工作，由突击性整顿转为正常性依法管理阶段。

二〇一六年，党中央、国务院审时度势，在"绿水青山就是金山银山"的感召下，责成河南省委、省政府，指示三门峡灵宝市委市政府，不讲理由，不找借口，痛下决心，背水一战，坚决打赢小秦岭矿山环境整治攻坚战，尽快恢复生物多样性的根本好转。

二〇一八年上半年，结合"安网一号"事故隐患排查治理专项行动，就矿山安全生产约谈问题整顿工作进行强化，对九个露天矿山，分八个方面进行专项检查，持续几个月，累计投入人员十八点三万人次，投入机械车辆二十一点二万台次，投入治理资金二点一亿元，保护区内的十一家矿山企业的矿权全部退出，共关闭取缔非法坑口一千一百四十八个，临时封堵坑口三百一十八个，共清运矿渣五百八十四万吨，垒挡渣墙二点八八万立方米，固定矿渣两千零二万吨，累计处理矿渣两千五百八十六万吨，拉土上山七十点九万立方米，栽植苗木八十点七万株，撒播草种一点四六万公斤，治理和生态修复总面积达一百四十三点五万平方米，拆除彩钢房、活动房、砖房三千二百六十五间，拆除清运变压器、空压机等设施设备六百七十四台（套），查处违法案件二十四起，刑事拘留六人。

二〇一八年六月，小秦岭大规模矿山生态环境治理再次拉开帷幕。取消了矿山地质环境恢复治理保证金制度，建立了矿山地质环境恢复治理基金；开展矿山地质环境综合整治"拉网式"排查，针对问题清单进行整治，整治完成后，经相关部门验收合格，方可恢复生产；消除治理死角，大片裸露矿区在政府部门指导下进行绿化，把小秦岭金矿区，作为山、水、林、田、湖、草生态修复试点，根据小秦岭金矿区生态系统现状，按照生态保护修复综合治理原则，以流域为单元，统筹规划生态要素，以最大力度、最大强度、最快速度，全面解决了社会关注、群众关心的小秦岭生态环境遗留问题。

在艰辛的治理攻坚中，小秦岭生物多样性恢复工作组，以示范带动、集中攻坚、集中会战、巩固提升等方式，紧盯"降坡坡度、覆土厚度"两大指标，严格"工程、生物、提升"三大措施，严把"坑口封堵、设施拆除、拉渣、固渣、降坡、排水、覆土、覆网、种草植树"九大环节，在实践中探索，在探索中提升，创造性地采用"梯田式""之字形"方法，降坡固渣，创造性地在树坑底铺设可降解无纺布，固土保墒，创造性地采用"两次挖坑、两次覆土"植树方法，成功地解决了小秦岭复杂立地条件下生态修复难题，被破坏的环境，得到彻底的治理修复，达到了山青水绿、空谷幽静的生态效果，实现了小秦岭保护区生态环境历史性、转折性、全局性的变化，走出了一条"绿水青山就是金山银山"的良性循环发展之路，成为践行习近平总书记"两山论"的生动范例。

二〇一九年三月，小秦岭国家级自然保护区被中宣部列为全国生态文明建设"高质量发展"典型事例。

二〇二一年十月，小秦岭国家级自然保护区，入选联合国《生物多样性公约》第十五次缔约方大会十八个"生态修复典型案例"之一，为全球矿山环境治理和生态修复，贡献出了"中国样板""中国方案"和"中国智慧"。

众手相牵

小秦岭如此美好的生态修复和矿山治理前景，坚定了三门峡灵宝市人民对于大自然加倍珍惜和呵护的决心和信心。各行各业的人民群众，心手相牵，把能为子孙后代守护好这座"金山"，当成了义不容辞的责任。

山上待命工作的铲车、钩机，隆隆作响，昼夜不停。奉命封堵坑口、拆除设备的清理工作人员，节假日也不休息，身体累不说，怕的是心累，因为有的人对他们有怨气。那些被端掉的"金窝"，有不少是小秦岭管理局下属的企业，治理起来非常棘手，得一个点一个点地跑，一个人一个人地说服，有时尽管磨破了嘴皮刚做好了工作，不知什么时候，在一个死角的地方，又出现了反弹。

满沟膛都是坑口，满沟膛都是矿渣，满沟膛都是阻力，要实现生态尽快恢复，体现整治效果，难啊！可是，再难也不会放弃，因为这是时代的要求、人民的呼声，要为建立一个靠大数据说话的智慧化保护区而努力！

为进一步加快智慧化保护区建设进程，不给工作留死角，小秦岭国家级自然保护区于二〇二一年十一月，自筹资金六十余万元，建成了小秦岭保护区科技防控信息指挥中心。指挥中心以"一张网、一张图、一平台"为基本架构，集合地理信息、大数据分析、卫星定位、视频监控、地面巡护、指挥调度、突发事件应急处理等信息数据，初步构建了"空天地"一体化的智慧化保护区科技防控信息指挥综合管理系统，对小秦岭保护区范围内，所有生态修复和整治点位实行全面监控。

他们在保护区内，强化科技支撑，推进智慧化保护区建设的同时，还构建了矿洞防盗采警戒物联网智慧化工程，通过在矿洞周边，布设定位及高灵敏度智慧化物联网传感警报装置，精准监测地面震动和周边人员动态，借助4G/5G无线网络或低轨卫星，把报警信息及时传输到信息中心。

他们还打破了数据的隔离，把保护区科技监测网络，与省、市林长制智慧化管理，森林防火预警监测等系统联网，实行数据共享云管理，并开展了生态修复保护、珍稀植物种质资源培育等关键技术的研究，强化了新技术、新成果的集成示范和转化应用，通过"空天地"监测防盗采、科技远程防控监管、巡护定位实时查看、视频监控严查严管、无人机高空监管巡护等措施，持续提升了科技监测的能力。

另外，他们又在紧抓黄河流域高质量保护和发展战略机遇的同时，扎实推进了林长制责任的落实，实现了"山有人管、树有人栽、林有人护、责有人担"的小秦岭生态治理修复大格局。

采取与陕西省潼关县、洛南县联防警务协作，排查外来涉矿务工人员，新建林区警务室，联合当地政府、公安、自然资源、应急管理、生态环境保护等部门，持续开展了联合执法，无惧涉水蹚河、攀崖登高、穿越林海、爬冰卧雪，以实际行动，全面落实了省、市废弃矿山集中整治的有关要求，下大力气做好日常巡查巡管，全面履行全域管控职责，实现了盗矿亡人事故的"零发生"、盗采矿产资源案件的"零发案"目标。

在小秦岭的生态修复和矿山环境整治过程中，生态环境部、中央第五生态环境保护督察组、全国人大常委会驻豫代表、全国人大代表专题调研组驻豫第三组、自然资源部矿产权管理司、国家"绿盾行动"专项行动巡察组和河南省生态环境厅环保督察组、省应急管理厅以及三门峡灵宝市各级领导及相关部门，先后深入小秦岭国家级自然保护区，调研督导了小秦岭的生态修复和矿山环境整治工作。《人民日报》、新华社、中央电视台、《光明日报》、《河南日报》等国家和省内重要媒体，二百余家主流网站和融媒体平台，实时报道了小秦岭的生态修复成果和矿山环境整治典型案例，为小秦岭的生物多样性好转和恢复，起到了推动作用。

植物繁茂

小秦岭的山，地形复杂，地势陡峻，境内海拔超过两千米的高峰就有十九座，海拔两千四百一十三点八米的老鸦岔，为河南省最高的山峰。

小秦岭的土，以薄层酸性岩褐土和薄层酸性岩粗骨棕壤土为主，山坡的下部，还有一部分褐土，山顶为高山草甸土或为裸露的岩甘。

小秦岭的水，属于黄河水系的一部分，黄河由陕西省潼关县境流过来，沿三门峡灵宝市北部边缘东流。发源于小秦岭的沙河、阳平河、枣香河、十二里河和双桥河等，均流入黄河。

得天独厚的地理条件，培养了小秦岭的生物多样性发展。尤其是生态恢复和矿山治理以后，大山恢复了宁静，山里的空气好了，从山上流下来的水也清澈了，有时还能看见在水中成群游动的鱼。

山是森林的基础，水为植物的命脉。好山好水，奠定了小秦岭植物资源的丰富。据调查，小秦岭保护区内，种子植物共计有一百三十四科、七百一十属、一千九百九十七种及变种。其中，裸子植物五科、九属、十一种，被子植物一百二十九科、七百零一属、一千九百八十六种，光国家级重点保护的植物就有十三种。其中，国家一级保护植物两种，即银杏和红豆杉；国家二级保护植物十一种，即秦岭冷杉、油麦吊云杉、水曲柳、香果树、连香树、杜仲、榉树、野大豆、天麻、中华结缕草和华山新麦草。另外，分布于本区的特有种，还有灵宝杜鹃、灵宝翠雀等。

在小秦岭的植物群落中，中国特有属有三十个，单种属有五十个，如青檀、领春木、蕺菜、山白树、鸡麻、刺楸、棣棠、猬实、香果树、山拐枣、翼蓼等。这些植物在分类上比较孤立，在系统发育上属于相对原始的古老种类。

在小秦岭的植物群落中，还生长着不少第三纪以前的古残遗植物种群，除蕨类植物以外，还有银杏、连香树、三尖杉、水青树、领春木等。起源于第三纪的植物区系种类众多，如各种栎类、栗、桦、榆、榉、槭、构等。这些树，均以乔木树种为主，其中也有荆条、黄栌、酸枣等灌木。

小秦岭的植物群落，垂直带谱清晰，植物替代明显，山林的走势，自低向高依次分布有：山杨林、白桦林、棘皮桦林、亮叶桦林、红桦林和坚桦林；栎类则为栓皮栎林、短柄枹林、槲栎林、锐齿栎林、蒙古栎林和辽东栎林；松柏类为侧柏林、油松林、华山松林、秦岭冷杉林和高山柏林。

小秦岭的中国植物特有种，占所有植物群落的百分之四十九，模式标本产于本地的有：灵宝杜鹃、灵宝翠雀、河南猕猴桃、河南海棠、河南卷瓣兰和河南石斛等。

随着小秦岭生物多样性保护的不断提升，小秦岭的生态保护和绿色发展走出了一条新的路径。在推进生态修复成果推广应用方面，他们的《小秦岭矿山环境整治和生态修复技术》已经通过了专家的评审。为了探索生态产品价值的转化路径、林产品经济融合发展模式，他们在实验区宜林地，栽植了经济林皂角树五十亩、两千七百一十株，在植物繁育中心，引进了栽植品种稀缺、综合利用价值极高的翅果油树三百株，均长势良好。

许多看上去美丽且生疏的植物，如蓝冰麦、翠雀、卷瓣兰等，都在小秦岭深处的植物科普园里自由生长。每种植物的旁边，都竖有一个植物说明牌。植物科普园所在地，曾经是黄金开采的坑口，变身植物科普园后，集中展示了我国中西部地区的珍稀特有植物二百四十多种。

小秦岭除建设了植物科普园外，还完善升级了生态文明建设教育实践基地展馆和枣香苑。展馆集中展示了生态修复和矿山治理成效，枣香苑则在矿山开采的一千一百多个坑口前，种植了古枣树、银杏、桂花、海棠等十七个品种的苗木四千七百三十六株，栽植各类草花四千余株，美丽宜人的自然生态景观让人沉醉。

生态修复和矿山整治重点场地之一的阳平镇大湖村，当年的废石坡，如今也变成了绿山坡，现正大力发展旅游业。以前靠山吃山，现在养山富民。村中建设了游客服务中心、文化广场、学农研学基地，游客来了以后，既能望得见山、看得见水，更能记得住乡愁。

二〇〇五年，小秦岭自然保护区生物多样性本底研究成果，通过河南省有关专家鉴定。这项成果，是由三门峡灵宝市河西林场、河南农业大学等单位联合完成，是对小秦岭自然保护区生物多样性的一次系统研究，并首次发现了六十五种河南植物种新纪录。

二〇一四年，小秦岭国家级自然保护区管理局结合保护区二期基础设施建设项目，和极小濒危物种保护项目，再次加强了分布在小秦岭的国家二级珍稀濒危植物秦岭冷杉的研究保护工作。

同年六月，管理局联合河南农大教授和研究生，对老鸦岔分布的一百九十五株秦岭冷杉开展了专项调查，详细调查了秦岭冷杉的生境因子、伴生树种，并对每个植株拍照、编号、GPS定位，查实了其胸径、树高、冠幅、生长量、结实等数据，建立了植株档案。

同年八月，管理局再次邀请河南农业大学、厦门大学、中国科学院华南植物所、郑州大学等院校的植物专家，重点调查了秦岭冷杉、灵宝杜鹃等生长分布情况，并提出了相关研究保护意见。

同年十一月初，管理局又结合有关工程项目，针对秦岭冷杉再次采取了病虫害防治、整修树盘、改良土壤、增施有机肥、设置防护围栏等措施。

小秦岭的植物繁茂，有赖于科技进步和完善，更依托于生态文明建设的深入进行。把已有的生态效益，不断向社会效益和经济效益延伸、拓展，是小秦岭践行"绿水青山就是金山银山"的一个新的起点，未来不可限量，前景更加可观。

动物乐园

　　小秦岭的生态面貌好转以后，山上森林中的动物们，出现了一些反常的现象——

　　身体略显肥胖的金雕，默不作声，长久地蹲伏在林中的山岩上，不急着四处寻食，这是为什么？因为它已经吃得饱饱的了，嗉囊中的肉还没消化呢。现在的小秦岭，可不是采金时期的小秦岭了，金雕需要猎杀的小动物满山都是，唾手可得。这标志着，小秦岭的野生动物数量已经达到了空前多的程度。

　　活力四射的榛鸡、琴鸡、松鸡、黄羊、山麂、狍子、山猫、野兔等，敢于肆无忌惮地出没于林间空地，欢腾跳跃，玩耍嬉戏，这又是为什么？因为危急时刻，它们可以随时避难，不必过多担忧生命的安全。这标志着，小秦岭已经具有了相当高的植被覆盖率，这些小动物有的是藏身的地方，轻而易举地就可以躲过天敌的袭击。

　　据不完全统计，现在，小秦岭国家级自然保护区内的昆虫，有十五目、一百五十三科、一千零六十种；两栖动物，有两目、五科、十一种；鸟类，有十六目、三十九科、一百五十六种；兽类，有六目、二十科、五十一种和亚种。

　　分布于本区域内的国家重点保护鸟类，有十九种。其中，一级保护鸟类有两种，即金雕和黑鹳；二级保护鸟类有十七种，包括鹰科的鸢、苍鹰、雀鹰、松雀鹰、赤腹鹰、大𫛭、普通𫛭和鹊鹞，隼科的红脚隼、红隼，雉科的勺鸡、红腹锦鸡，鸱鸮科的红角鸮、雕鸮、纵纹腹小鸮、长耳鸮和短耳鸮等。

　　属于国家重点保护的兽类有七种。其中，一级保护动物有两种，即豹和林麝；二级保护动物有五种，即金猫、豺、黄喉貂、鬣羚和斑羚。

金猫和斑羚，同时被列入易危物种名录。

小秦岭溪水中的大鲵，是国家重点保护的二级爬行类动物。

此外，在小秦岭国家级自然保护区，还有受国家一二级保护的动物二十七种，隶属于六目、十一科。其中，属于国家一级保护的有四种，即豹、林麝、金雕和黑鹳；属于国家二级保护的有二十三种，即金猫、豺、黄喉貂和水獭等。这二十三种受国家二级保护的动物，占全国二级保护动物的百分之八点一六，在物种分布上，占有重要的位置。

保护区内，还有陆栖脊椎动物二百种左右。其中，属于经济用途的动物，就有野猪、狼、狐、青鼬、猪獾、豹猫等一百多种。

作为重要的生态屏障、生态修复和矿山整治区域，小秦岭国家级自然保护区目前已经成为河南省野生动物特有种类最丰富的区域，全区共分布有野生动物种类一千四百二十九种，属于国家重点保护的动物就有五十三种。

另外，通过远红外线相机监测发现，二〇一八年，在小秦岭的森林里，有林麝、斑羚、豹猫等多种国家珍稀动物活动的踪迹。二〇一九年春，在东梯子沟，拍到了国家一级保护动物林麝在林间活动和觅食的画面及影像；在西枣香峪，拍到了国家二级保护动物黄喉貂在林间活动和觅食的画面及影像。同时，在以后的不同地点、不同年限及时间段，还多次拍到了国家二级、三级保护动物勺鸡、豹猫、小麂、豪猪、野猪、斑羚、鬣羚、果子狸、松鸦、灰头鸫、红胁蓝尾鸲、红嘴蓝鹊、松雀鹰和大量红腹锦鸡等，在林间活动和觅食的画面及影像。

有趣的是，监测影像里的小麂、鬣羚，走出丛林以后，在稀树草地上悠闲地散步，对远红外线相机十分好奇；野猪则趁着黑月夜，一群群地出来觅食；而斑羚，形似家养的山羊，常栖息于中高海拔、陡峭、多岩石的山地森林中，警惕性极高，每每遇到镜头时，常常如幽灵般一闪而过。

为了让人们更多地了解野生动物，增加人们对野生动物的亲近感，小秦岭动物科普馆于二〇二二年十月正式开馆，展厅面积达三百一十平方米，馆内设计布局现代时尚、科技感强，分前厅、鸟类、兽类、昆虫、互动、科普六个展区，陈列国家重点保护的动物标本多达二十八种，其中最吸引人眼球的，当数六十余件大型动物标本。其中，林麝、狼、黄喉貂等标本，栩栩如生，仿佛刚刚穿林而来；蝴蝶、甲壳虫等二百余件昆虫类标本，亦真亦幻，攀爬、纷飞在乔灌花草间。

科普的意义，就是让人们了解动物，从物种多样性的视角出发，激发人们学习动物知识、增强生态保护意识、热爱动物、热爱自然、保护地球家园的热情。

走进小秦岭动物科普馆，会让人们充分感受到，小秦岭的生物多样性恢复成效十分明显。郁郁葱葱的山林，既成为野生动物的乐园，也成就了人们亲近野生动物梦想的实现。

权威评估

权威评估小秦岭的生物多样性，应从小秦岭的气候类型开始。

小秦岭的气候类型，是属于暖温带大陆性季风型半干旱气候，四季分明。但由于受复杂地形和黄河水面的影响，形成了一些鲜明的特点：即秋冬季多为西北风，春夏季多为东南风，冬长寒冷雨雪少，春短干旱大风多，夏末温热暴雨急，秋至晴和日照长。

正是具有了这些鲜明的气候特点，加之地质年代古老、生物种类繁多等特色，小秦岭现已成为我国中西部地区一座天然的动植物资源宝库，不足为奇。

这里的森林植被茂密，森林覆盖率高，是黄河中游重要的生态保护屏障和水源涵养地。区内的五条黄河一级支流，清凉澄澈，源源不断地将河水送入黄河，对维护河南西部自然生态环境、水源涵养、灌溉豫西农田，起着十分重要的作用。

小秦岭在大地构造上，处于华北台地南缘，是华北台地南部边缘、豫西断隆的重要组成部分，南邻秦岭地槽褶皱系，山地土壤的表层，为养分含量较高的腐殖土，肥沃，易吸含水分，也易孕育植被的滋生和繁衍。

另外，大秦岭山脉，是我国南方与北方的天然屏障，也是长江、黄河两大水系的分水岭，自然地理条件独特。而小秦岭，又位于大秦岭山脉的东端，环境气候基本保持了比较湿润、温暖的条件，区域内还保留了许多第三纪植物区系的成分，使这里在植物区系的起源上，具有了一定的古老性。

小秦岭气候的温和、降水的充足地理环境的优越，蕴藏了丰富的生物资源、矿物资源和景观资源。多种多样的植物群落，为物种的形成、繁衍，提供了优越的条件。

小秦岭三门峡河西林场，位于灵宝市西部，总面积一万五千一百六十公顷，森林覆盖率达百分之七十四点五，活立木蓄积量达八十五点九万立方米。二〇〇六年二月，经国务院批准，建立河南小秦岭国家级自然保护区，属于森林生态类型的保护区。二〇一〇年七月，经三门峡市编委批准，设立了河南小秦岭国家级自然保护区管理局，保留了国有三门峡河西林场的牌子，机构规格属于正处级。二〇一二年十月被批准加入"中国人与生物圈保护区网络"。保护区现有正式职工三百二十三人，内设六个职能科室，下设十个二级机构。目前，建设有鸟类环志站、动植物标本馆、植物科普园、动物科普馆、生态监测站、科考中心等，为加强森林资源保护和开展科学研究提供了便利条件。

小秦岭生物多样性成果的取得，与小秦岭生态修复和矿山环境整治，以及保护区机构的逐步完善和升级，有着直接的关系。

小秦岭国家级自然保护区周边，生存着两省三县八个乡镇的居民。其中，直接相连的就有豫灵、故县、阳平、朱阳四个乡镇，共一百三十三个行政村、一千一百二十八个村民小组，他们从事的都是传统农业，主要经济来源以粮食、经济林为主，经济林为支柱性产业。

这些乡镇里的居民，在小秦岭生物多样性成果的庇护下，仅苹果一项，种植面积就已经发展到了十万余亩，其他的还有大枣、葡萄等，经济状况也都相当不错。

假如你有机会走进小秦岭森林，你就会深深地感受到，这里与几十年前相比较，发生了翻天覆地的变化。曾经的沟膛，处处违章生产、矿坑四布、废渣遍地、山体裸露。现在出现在你眼前的景象，则是一片自然之美。尤其是春季和夏季，小秦岭上森林莽莽，一片片湛清碧绿，无论是枣香苑、锦鸡岭，还是金银潭、老鸦岔等地，处处是禽唱兽鸣、花香鸟语、充满生机。

生机无限

曾经十几年的黄金开采，让小秦岭的生态环境饱受破坏。而今，经过几十年的修复，小秦岭又重现生机。几十年啊！说起来很轻松，而干起来却需要足够的胆量、信心和勇气。人的一生，有几个几十年？可见，生态环境一旦被破坏，修复起来就不是一朝一夕的事情。可是，三门峡灵宝市人民把它修复了，不但恢复如初，而且还具有了相当多的科技含量。这说明什么？说明他们的选择是正确的，顺应了时代的召唤、人民的呼声、生态的力量。

如今的小秦岭国家级自然保护区，在与外界的地缘边界上，分布有明显的界桩。界桩内是高高的崇山峻岭，山岭山下植被繁茂，乔灌花草非常漂亮。不管什么人进入山区，都需要履行严格的登记制度，不具备进山条件的车辆和人员，一律谢绝进入；不经过执法部门和上级主管部门批准，任何车辆和人员，一律无权进山。当年全部封堵的坑口，治理好以后，都进行了立杆拉网，不允许任何车辆和人员，以任何理由和借口，对区域形成二次破坏。

山上的华山松、山坡上的金银花，还有山脚下面的湿地草甸等，一层一层的景观，煞是好看。即使是在冬季，依然可以看到无尽的绿色，它们在阳光的照耀下，依然保持着旺盛的生命力。这里的乔灌花草，均为混合搭配而生，是人为科技干预的结果，充分体现了生态、经济和社会"三大"效益的完美结合。

在小秦岭的乱石林区，有一个植树主任叫刘全民，他是一名有着近三十年工龄的全国优秀护林员。他说，他以前开矿的时候，废渣倒得乱七八糟，容易形成堰塞湖，有时也会发生泥石流，存在很大安全隐患。记得那年阴雨连绵，在乱石林区就引发了一次约五万立方米的地表崩塌，造成大量块石堆积，最大的块石直径达两米。在石头窝里植绿，一个人一天挖不了两个坑，栽下去的树苗要有营养钵才能活，栽一株树苗的成本，得一百元左右。

林海莽莽的山坡上，鸟语花香，那个在大树上挂着的黄色的、像帽子一样的东西，叫引鸟器，里面装有小米。只要有鸟从附近经过，通过它的招引，大部分就不走了。监测显示，到目前，这里的鸟种新类型已经增加到了八十多种。

小秦岭国家级自然保护区管理局有个科研所，前些年，在西枣香峪搞了一个试验，引进了一些草种，种植在稀树山岭上，很快就让山山岭岭绿了起来，水土流失现象也出现了好转。但这些草的作用是暂时的，它最终会退出历史舞台。因为周围那些原生态的树种、草种，很快就会把它们给撵出去，在这块土地上，强烈地显示出本土树种、草种的优势。

灵广矿业有限公司，是三门峡灵宝市最大的一家民营矿山企业，以前光坑口就有二十一个。关停治理以后，公司企业老板主动承担起了社会责任和义务，筹借了二百多万元，贷款五百多万元，投入机械设备五千多台次，封堵坑口，平整渣土，拉土种树、种草，加上雇佣人工费用等，总共花了一千二百六十多万元，既实现了心愿，又改变了矿山，最终使他们的灵广矿区，步入了小秦岭生物多样性恢复的标准行列。

小秦岭的生物多样性好转，是三门峡灵宝市上下全体努力的成果，主要体现在三个方面：即保护区具有了相对稳定而一致的生态学特征；动植物以种群的形式生活在一定的空间内，占据着一定的地理分布区，并在该区域内生存和繁衍后代；区域内的每一个物种，都具有特定的遗传基因库，同种的不同个体之间，能够互相配对和繁殖后代，不同种的个体之间，虽存在着生殖隔离，有不能培育的现象存在，而一旦杂交成功，也会产生出不同的有繁殖能力的后代来。

小秦岭的所有物种，都是小秦岭生态系统中的组成部分。在小秦岭的生态系统中，不仅各个物种之间都能够相互依赖、彼此制约，而且在整个生物圈中，生物的不同因子，与其周围的各种环境因子也是在相互作用的。

小秦岭的一年四季，都非常迷人。

春日的天空，碧蓝如洗，阳光透过枝头，照耀着满山遍野的嫩芽、红花、兽踪、鸟影。溪流淙淙，树影倒映，氤氲的雾气在空谷间慢慢升腾。

夏日的山岭，绿荫蔽日，清溪奔涌，树海涛声。碧草鲜花伴着青苔，点缀在褐色的花岗岩上，叠叠层层。瀑布倾泻而下，如一道道飞舞的白练挂在山间。

秋日的林间，丰饶满目，野果飘香，鸟鸣兽窜，收藏忙碌。山葡萄般的五味子，剔透晶莹，黑红闪亮；小灯笼般的梨栗、柿子等，果味纯正，酸甜可口，气韵绵长。

冬日的沟膛，天气渐寒，夜露白霜，鸟鸣细碎，虫声惆怅。月出东方，寒星眨眼在树梢之上；豹猫临近，小动物们惊慌四散奔忙；山崖上的羚羊，在早晨阳光的沐浴下，威风凛凛，傲视着山冈。

二〇二三年四月二十六日，伴着溪水上行，出席"黄河之约·绿水青山三门峡生态文学周"活动的作家们，实地考察了小秦岭管理中心，调研了小秦岭生态文明建设教育实践基地、小秦岭植物科普园和小秦岭动物科普馆。扑面而来的是小秦岭生态修复的可喜成果、矿山乱象的蜕变，在作家们眼中，小秦岭已经变成了一个处处充满生机的大花园。

站在小秦岭"植物科普园"五个金黄色大字和"生物多样性使地球充满生机"的红字巨石前，聆听耳畔的空谷幽鸣，近看被封死的矿洞前流水潺潺，遥望小秦岭远处的峰巅，白云生处，仿佛"中原之巅"的老鸦岔，那翁郁苍莽的景象近在眼前。

《山海经·中山经·中次五经》中说到的那个"东三百里，曰首山，其阴多榖柞，其草多荒芫，其阳多㻬之玉，木多槐"者，而今地貌依旧，黄河出龙门峡谷后，南遇小秦岭，北堵中条山，夹两山之间滔滔东去、形成著名黄河大拐弯的情景，依稀可见，但生物多样性快速恢复与好转的小秦岭，已经闻名遐迩，生态效益等的全面显现，更使它名不虚传。

这正是：

龙首有矿金满山，无序开采违自然。

关停并转决心大，众手相牵建家园。

生物繁茂多样性，动物乐园美名传。

权威评估小秦岭，生机无限黄河边。

二〇二三年五月初稿于北京市大兴区清静斋

冷杉，杂志社编辑、记者。现为中国乡土艺术协会文学专业委员会理事，《今日国土》杂志社生态文学委员会特聘生态文学作家。著有《儿时的记忆》《在科尔沁沙地里》《树海人生》等生态文学著作九部。曾在《大森林文学》《森林与人类》《人与自然》《黄河》《时代文学》《国土绿化》《绿叶》《生态文化》《中国民族报》《中国绿色时报》《北京日报》等报刊发表生态文学作品三百多篇。

打开一座山

李乐明

这一次登山，阿力提议去伏牛山。很快达成默契，伏牛山值得千里迢迢去登一回，它是河南的"屋脊"，河南森林"三最"——森林面积最大，覆盖率最高，蓄积量最大，与"三最"紧密相连，在河南，伏牛山的动植物种类最丰富。壮哉，巍巍伏牛山。

我们选择从内乡县的宝天曼自然保护区上山。

伏牛山是我国暖温带和亚热带的分界线，长江、黄河和淮河的分水岭就在此山，它还是淮河水的发源地。

"站近点，好好看。"我在手机地图上演示。伏牛山太大了，借助科技手段也只能管中窥豹。

宝天曼在伏牛山南坡，是伏牛山建立的六个森林生态系统综合保护区之一。

阿力把我手中的手机拿过去，自下而上滑动，海拔在增高，地图上的绿，由深渐浅，林带在变化。

林带分别是低山灌丛、草甸、农作物带—含常绿树种的针阔叶混交林带—中山落叶阔叶林带—中山针阔叶混交林带—山顶灌丛、矮曲林带。

林带分布，是土壤、海拔、气候变化的结果。反过来，土壤、海拔、气候决定着林带分布。

　　然而，即使同一座山，南坡和北坡的林带也有很大的不同。在秦岭，我有亲身感受——在海拔约八百至一千米的山坡、沟谷，南坡要比北坡多出一个含常绿树种的针阔叶混交林带。地图上的"绿"很明显反映出这个"多"。

　　伏牛山为东西走向山脉，如此走势的山体，一方面削弱了冬季风的

八百里伏牛

南侵，另一方面阻碍了夏季暖湿气流的北上。"削弱"和"阻碍"，犹如两道闸门，影响热量传递和湿润状况的分配，造成山南山北自然景观的较大差别。

登山前，我做过功课，伏牛山南坡植物区系成分以华中地区成分为主，北坡以华北成分为主，西南、华东、西北成分兼容并存。植物反映出伏牛山南北过渡、东西交会的特征。

突然，后悔感涌上心头，怎么不从北坡登伏牛山呢？一个喜好植物的南方人，最该去领略北地植物的风采啊。

是啊，伏牛山建立的六个森林生态系统综合保护区，南北坡各三个，选北坡的一个，不挺好的吗？

后悔没有用，我只好去逗阿力找开心。需要立界碑了吗？他不认识的植物少，又喜欢找这界那界，嚷着保护区的人不作为，没有立个界碑，说界碑立起来，做科普，让更多人领略山川变化、资源分布。

我们笑呵呵地往一条横路上走，一棵权叶槭树从坡上斜生而出，挡住了路，一棵葛萝槭树则立在路中央，一副要我们留下买路钱的样子。

权叶槭和葛萝槭是保护树种，没想到，得来全不费工夫，要交买路钱也值得。

权叶槭和葛萝槭的枝条生长很解人意，该长则长，该节制时又懂得节制，如此，它们树形优美，不看叶果就喜欢上了。

权叶槭叶子成熟时是鲜艳的红色，它还有个本事：同一个季节，不同的时期，多变化呈现红、紫红、深红、黄、橙等色彩。做观赏树，人们盯上了权叶槭。在中医上，采权叶槭的根、茎和枝等入药，对高血压、眼疾、风湿痛，炎症等，疗效独到。

葛萝槭兼具权叶槭的优点，但其树皮色绿且具纵纹，不多见，是一大卖点。

我想起一句客家俗谚，靓女挤破门，好树人人看。对看上的树，哪是只看啊，挖、砍、劈，能用上的手段都上了。市场规律在动植物身上起作用是可怕的，你看，秦岭崖柏一树难求，一树千金，亦是供求关系作用的结果。葛萝槭列入了保护树种，有价值，植物在哪儿都引起广泛关注啊。

　　"贵贵——阳""贵贵——阳"，鸟鸣声在近处响起，像寂静的山村突然响起广播，让人一颤。阿力比我懂鸟，他说，这是鹰头杜鹃，是伏牛山的夏候鸟。它隐蔽于树木叶簇中鸣叫，不分白天夜晚"放广播"。不多会儿，鸟跳动，出现在开白花的高大乔木的枝叶间。五月，满树白花，淡淡的香，是溲疏，虎耳草科溲疏属植物。鸟停止了鸣叫，从溲疏穿到另一棵树上，这棵树也正开花，也是白花，花簇生，四到七朵花为一簇，叶卵形，基部近心形，先端短渐尖。虎榛子，我脱口而出。虎榛子是桦木科虎榛子属落叶灌木，但眼前这棵，具有乔木的特征。许是我的情不自禁，叫虎榛子时，有了吼的调门，惊吓了鹰头杜鹃，"嗖"一声，它飞走了。我看清楚这是一只花鸟，身上是暗褐色和淡灰棕色带斑，感觉很脏，并不好看。

　　鹰头杜鹃习惯单独活动，鸣叫时隐藏于树顶部的枝叶间，也会在树干间穿梭。鹰头杜鹃与其他杜鹃一样，不会做窝，而是将卵产在喜鹊的窝中，由其代为养儿育女。"鸠占鹊巢"的故事，就发生在它们这个家族。也有另一个词形容了它们的不劳而获——巢寄生。

　　这个时候，我希望看到喜鹊做养母的画面，大概是这样的：树上发出一阵响动，树枝晃动起来，一只鸟飞来了，是喜鹊，腹部白色，其他地方是黑色，它带来了虫子，与雏鸟嘴对嘴喂食，喜鹊以养母的身份喂养杜鹃的孩子。

　　等了许久，没有这样的画面出现，连喜鹊的影子都没瞧见。

　　动植物界是人类没有完全认识的界别，它们有许多有趣的事情，其实，这是它们生存的法则。

比如喜鹊，是流浪歌手，它们没有自己的领地，它们个性机警，受惊后能快速起飞，它们还擅长长距离飞行。

有种叫戴胜的鸟，就是贾岛吟咏过的那种鸟：

星点花冠道士衣，紫阳宫女化身飞。

能传世上春消息，若到蓬山莫放归。

这样一种美丽的鸟，别名却难听，叫臭姑鸪。原来，戴胜为了保护自己和后代不受天敌的侵害，它们把粪便涂在身上、鸟蛋上和鸟窝上，这样的味道谁能忍受？以臭换来安全，这代价可大了。真没想到，戴胜鸟是以色列的国鸟，是公众、政客、诗人、艺术家、专家投票的结果。戴胜鸟获选，原因是它美丽、尽职尽责，照顾后代不遗余力。

植物的特征易见，知道其原理的人却不多。比如：

合欢树长尖刺，是为了避免动物吞食，更绝的是，刺里还带有毒液。

芦苇的茎软软的，这是抵抗强风的需要。

榴梿的气味属于异味，可防止虫子侵扰。

我们在一块大石板上休息。金腰、黑松、小青杨、周至柳，这些北方才有的植物站立在我身旁，好像特意要减少我的遗憾似的。

小青杨，带个"小"字，其实它并不小，可以长到二十多米高。它的皮可治疗顽癣疮毒。小青杨注射液抑菌、抗炎和利尿，是常见的中药注射液。

又飞来一只鸟，时而转圈飞翔，时而上下翻飞，一边飞一边叫"嘎嘎"，羽毛黑与暗铜青色相间。这回，我认出了，这是三宝鸟。不是我与三宝鸟有多熟悉，而是有首写三宝鸟的诗，让我关注过它们。诗云："闲林独坐草堂晓，三宝之声闻一鸟。一鸟有声人有心，声心云水俱了了。"诗的作者是日本高僧弘法大师，他为什么写三宝鸟，不得而知。

我就想，古人似乎比今人更了解动植物以及大自然。你看，那些流传到现在的诗词，写动植物、物候等，很细腻，很专业，全然不是两耳不闻窗外事之人所能及。为什么？

有情怀说，对大自然有情怀。情怀之人，情之所至，由了解到熟悉，大自然的万物都是左邻右舍、亲朋好友。

有经历说，经历是最好的老师。俗话说，除非经过不知难；经历者说，除非经过不知晓。

亦有敬畏说，天圆地方，皇天后土，古人很是敬畏。天是什么？地又是啥？目之所及是也。抬头望天，那些蓝色的底、浮动的白云，都代表着天，连哗啦啦的雨都来自天上。那些河流、稻田、山冈、道路……以及葳蕤的草木，都在地之上，为地所生。这些目之所及者，是天地的使者，代表着天地，当与天地一同敬畏。敬畏，敬畏，知之方成敬，先敬而后畏。

以上三"说"，都有道理，我倾向于敬畏说。

这么说，对大自然不甚了解，少识草木，难不成是不知敬畏？也不是。

这要从知行合一找原因。今人强调知行合一，其实恰恰知行严重分离，知是知，行是行，两者"两张皮"，或接近"两张皮"。有一年，八九岁的女儿坐火车去北京，看着车窗外麦苗青青，她说，这么多韭菜。古代有秀才，路过稻田，对着青青禾苗，诗兴大发：韭菜何其多也。今人感慨"韭菜多"者，众。远离大自然，在课堂、书本学植物，看山只有"山"，即使与植物撞个满怀，撞了就撞了，管它是谁，懒得去考究。

继续登山，往葛条爬村方向走，这是景区内一个美丽山村，村里有大面积的原始森林。

在一个山坳，几个汉子坐在石头上歇息。我靠前，问，帅哥，去哪个景点？答，不是看景点，是看树，在一个叫许家窑的山沟，共有十五棵檀树，平均树龄超过一千年。问，认识檀树？答，不认识，先前只知道那里有许多古树，到了后看铭牌，才知道是檀树。问，平时认花识草看树吗？答，对于植物，了解得很少，但会以看某个树群为目标登山看景，有目标，就能把登山的千难万难踩在脚下。这次看到了檀树群，上次在登化山尖看到的是黄山松，那里是宝天曼的最高顶，也是南北分界线，南北的物种都有，我们只认识黄山松。如果认识植物，登山的过程会增加很多快乐。不过，我们在积累，已经认识三四十种植物了。你看，这是木姜子、泡花树。我接过话茬，把他们身边的植物做了介绍——楠木、柃木、苦木、雀梅藤、扁担杆、野桐。

哇！真厉害！他们几个喊起来。跟着哥去登山才过劲。一位胖子说。

植被是山的衣，看山如看美女，哪有忽略美女衣装去欣赏美女的呢？

对，我们定下了目标，下次去老君山看冷杉林、栓皮栎林、水榆花楸林，做做功课，先识名字，后认树的特征，这些树就记住了。老君山是伏牛山北坡的一个植物保护区。

伏牛山脉俗称"八百里伏牛"，这里约占河南全省山地丘陵面积的百分之四十左右。这样一个巨大的山体，受第三纪冰川侵蚀和破坏甚微，即使到了第四纪冰川，伏牛山大的气候环境依然湿润、温暖，成为不少古老植物的"避难所"。现在，不少沟、崖、川和谷等人迹罕至之地，因为没有人的活动干扰或较少干扰，保藏、孕育、繁衍着大量动植物和微生物，成为物种资源的"基因库"，说是物种遗传的"繁育场"，也名副其实。

宝天曼现在开发了三条旅游环线，我和阿力往原始森林生态线缓慢进发。走走停停，寻找合适放飞无人机的位置。

伏牛山山体巨大，怎么走怎么看，都只看到冰山一角。一直以来，我很想多看看大生态系统中的植物类型的多样性，这可是生态系统完整性的具体体现，而森林生态系统又处于大生态系统的核心。借助无人机不愧是一种观察方法。

阿力玩无人机远比我专业。他在栈道的一个转弯处找到了适合放飞无人机的位置。

无人机像一群蜜蜂，发出嗡嗡的声响，缓慢离开栈道，上升、下降、左飞、右移，我指挥阿力，阿力操控无人机，三者是一个奇妙的组合。

针叶林。无人机往南飞，与华山松林有了交集，松树长在山坡、岭脊和陡崖上。缓坡上，树木高大，山顶、山脊的树冠大而低矮，有的偏冠。大风、冷空气、积雪、气温低都是影响植物生长的因素。华山松林是伏牛山重要的水源涵养林。伴生乔木可以清晰分辨出锐齿栎、千金榆、山樱、铁杉，当然，还有许多分辨不出的植物。伴生灌木能分辨的只有黄栌、荆条。北京香山的主打树种是黄栌。荆条花泌蜜多，荆条蜜是蜂蜜中的佳品。

针叶林还有油松林、铁杉林。

接下来是阔叶林。阔叶林树种很丰富，先前看过介绍，有十几种之多，我认识的有栓皮栎林、锐齿栎林、花楸林、山杨林、白桦林、青檀林。

锐齿栎林是伏牛山的优势类型植被，林相整齐，群落分层明显。据说，在较高海拔地区，人为干扰较少，还保留着原始森林，高大的锐齿栎林是主要树种。我脑中很快生成一幅画：森林容颜壮观，遮天蔽日，动物们在这里欢快地栖息、生活。啊，是亘古的画面和气息。

锐齿栎的叶子与板栗叶相似度很高，比板栗树高大，当然，现在的板栗树都是矮化品种。锐齿栎的材质好，有着美丽的纹理，而且其木质坚硬耐磨，使用价值仅次于红木。所幸，通过无人机所看，这里的锐齿栎林保护得很好。锐齿栎树形高大，冠荫阔，叶片较为美丽，被广泛用于观赏。在欧洲、北美和澳洲，锐齿栎是城市森林的主要树种，被称为"圣灵橡树"，其价值正日益凸显。我在宝鸡见过锐齿栎林，是当地城市森林的主要树种。三四月开花，满树米白色，像覆盖了雪，花香甜甜的，沁人心脾，让人一步三回头。

忍不住要说说花楸。花楸最吸引人的是它圆圆的红果，一团团把树枝压弯，要表现丰收，写写、画画花楸是不错的选择。六月开花，九月结果，花白果红，想了可以补脑。在三门峡的小秦岭，我看到大片花楸，可惜季节不对，没见花开也无缘欣赏红果，倒是那一树翠绿十分惹人喜爱。我请黄风老师立于花楸树旁，为他留影。黄老师来自三秦大地，绿对于他以及他的家乡都十分宝贵。

无人机来来回回，嘤嘤嗡嗡，它飞到电量响警报。我过瘾看着图片和视频，雾绕着崖、坡、谷，石、树、花，不断变幻，崖和石湿漉漉，有的爬着藤，有的长着青苔，树叶滴着水，不时有鸟儿飞过，还有极快窜过的黑影，生态，多么好。

植被形成的生态中心系统调节着气候，净化大气和水体，涵养水源，保持水土，保持和美化自然环境，形成"基因库"和"繁育场"。我们能看见植物的叶、茎、干、花、果，以及气温、风雪对它们的影响，但是森林的结构、发育进化、能量流动、物质循环、时空交替、功能协调，有些是看不见的，有些变化是细微的。植物各系统之间一直无声地协调着关系，形成一个生物食物链持续的能量流动和物质循环，保持着平衡的完整系统。

人类在这个系统吃喝拉撒，但日用不觉。看植物，是靠近这个系统，去觉察能量流动和物质循环，认知这个平衡的完整的系统的一个通道，一种方法。

伏牛山的动植物资源非常丰富。有多少？我也不知道，太多了，多到让人记不住。

在动植物资源极为丰富的伏牛山看植物，阿力说，是变零售为批发。我忍不住笑了。

比如，蹄盖蕨科植物，在伏牛山有十属三十二种，"批发"着认，比对着识，认植物的难度就减小了。

一座山、一个生态系统，其实就是一棵树、一只鸟、一群微生物、一滴水。握住"一"，就极有可能打开了一座山，一个生态系统。

作家半夏说，从"人的处境"的角度、高度和维度观照自然，世界因此而"不同"。因而，"看花是种世界观"。

走，到伏牛山看植物去。

李乐明，中国林业生态作协理事、江西省作协会员。已出版散文集《穿花寻路》《这般花花草草有人恋》《草木来相照》。作品散见于《人民文学》《北京文学》《散文选刊》等刊物。

塬上春秋

杨枥

题记：大地是最好的避难所——（美国）詹·豪厄尔

一

塬，中国西北黄土高原地区因流水冲刷而形成的一种地貌。呈台状，周围陡峭，顶上比较平坦——这是"塬"字的名词解释。很多人以为，这个黄河与黄土高原共同孕育的地貌杰作，只是陕西的专利。其实不然，陕州的塬与陕西的塬同出一脉，都是天地造化，自然成就。

地坑院，我不陌生，我外婆家也有地坑院。一岁之后，七岁之前，我就住在里面，它就像个时光盒子，装着我六年的春夏秋冬和喜乐忧愁。幼年的我，不知道它源于何年，最初发明创造的人是谁。当然，那时候我不会想这么多、这么远，因为这个世界上还没有我的时候，我就已经习惯了它的存在。

院里玩腻了，我喜欢跑上马道坡——它是地坑院联系地平面的唯一通道，然后坐在地坑院的拦马墙上，俯视地坑院里的一切。名字叫拦马墙，倒也不是为了拦马，多数是为了拦人，就是地坑院四周地面上垒的矮墙。那时候，物资匮乏，为了节省青砖，多数人家的拦马墙做成了

黄河岸边花似海，人如潮

镂空的。我见过有一家，修不起拦马墙，一圈密密匝匝栽了仙人掌，倒也别致。

居高临下的时刻，我仿佛变得高大，变得自由，因为下面的外婆、毛驴、山羊都变得比我小了，更别提外婆脚边的针线笸箩、水井的木盖和那只一见到我就参翅瞪眼的公鸡。地坑院里的事物，就待在一个四四方方的笼子里，而我是置身在外的观众。依旧高大和自由的，还算那棵根在院子土里、心向蓝天的枣树，梢顶上每颗青色的果实，都被我看得一清二楚。

外婆手里的针和线，完全不见了。她隔会儿就扬起手，在银色鬓角上抹几下，这个动作是膏针，头油更够让秃了的缝衣针变得锐利。看起来却是那么滑稽和可笑。我冲下喊道："婆——"专注于针线活的外婆猛然抬头，接着就大喊道："下去，小心跌下来！"声音短促，饱含着关爱，却不怎么严厉。那只踱步觅食的公鸡不知发生了什么，赶忙跑到墙角，大气儿不出胆小鬼的样子，让我一阵得意。

我嘴里说"好"，却只是溜下拦马墙，躲在半米高的拦马墙后面，见外婆消停了，我再露头喊一声"婆"——四十几年了，这一幕似乎就发生在昨天，外婆依旧在辛劳着，慈祥着。而我，仍是一个扎着羊角辫儿不谙世事的小妮子。

外婆铰窗花的时候，我是不舍得离开的。剪刀在外婆手里，不只是能够剪棉布剪面团的铁器，还是一支画笔。一开一合之间，一张张红纸上，就诞生了花草树木和飞禽走兽。我看得入迷，心里痒痒着，手也痒痒着。"一条狗，靠墙走，不咬它不走。"外婆禁不住我缠磨，说，只要我猜出这个谜语，就让我试试。难为死我了，连猜了几个，外婆都说不是。我急得抓耳挠腮，外婆却笑眯眯的，还故意让手里的剪刀发出"咔嚓咔嚓"的声响。忽然，我就变得聪明了。"是剪刀！"果然是了。古老的土墙土壁、陈旧的木门木窗，有了窗花的装点，日子忽而变得神奇，就像沙漠绽出了花朵，就像朽木结出了果实。哪怕我剪出的猪不像猪，狗不像狗，但清贫寡淡的岁月，似乎也由此丰盈和充满生机，让我忘了想回家的念头。

二

小时候，没有真正打量过地坑院的样子，也没有质疑它为什么要这样建造，更谈不上有什么所谓的建筑美学和建筑智慧，就好像从来不会质疑太阳为什么在白天出来，而月亮只能在夜晚出现一样。只认为，有了它，在土里刨食的人们，风就刮不着，雨也淋不着了，就连猪狗鸡牛羊驴也得到了庇佑。

长大后，才逐渐明白，看似寻常朴素的地坑院，却被称作是中国建筑民居史上遗存的活化石。"建筑之始，产生于实际需要，受制于自然物理，非着意创制形式，更无所谓派别。其结构之系统及形式之派别，乃其材料环境所形成"——四千年以前，人类为了繁衍生息，学会了顺应自然，学习着抗争自然，也因此黄河流域及北方地区的居所多数以穴居和半穴居为主，地坑院，就是人们顺应自然、改造自然的典型例子。

豫西地区的地坑院遗存，就属陕州地坑院规模最为宏大，构造功能最为齐全，完美呈现出我国古人尊崇的"人天合一"的哲学理念。陕州，如今是河南省三门峡市的下辖区，位于三门峡西部。它北临黄河，河对岸就是山西平陆，地貌整体地势南高北低，东峻西坦，呈东南向西北倾斜状。南部、东北部多为山区，东部多是丘陵，西部则为塬川区，黄土层厚度达到几十米，甚至近百米，地面由南向北呈阶梯降落，这部分黄土层厚的地方，被称为"塬"。这些黄土层，富含天然的石英和粉沙，因此土质结构紧密，抗震、抗压还抗碱腐蚀——这些原本属于大地的秘密，逐渐被勤劳智慧的人类勘破，他们利用自然条件因形造势，挖呀凿呀，挖出了窑洞，挖出了院子。这一挖一凿可简单，硬把人类的活动空间从树上、天然的洞穴扩大到了地下。

除了人类的勤劳智慧，地坑院的产生，还要感谢一条被称为"中华民族母亲河"的大河——黄河，因为黄河的每一次呼啸，每一次沉默，每一秒奔腾，每一秒干涸，从古至今都与国运息息相关，它主宰着流域内千千万万个生灵的生死哀荣。而黄河的黄，则由黄土高原赋予。当一条大河流经一座高原时，是相爱相杀，是此消彼长，矛盾中蕴含和谐，和谐中暗藏天道，"塬"就是它们的产物。

地坑院就建在塬上。第一个凿地坑院的人，我想是受到挖井的启示。寻一处土层厚实、平坦的塬，向下挖呀，挖呀，挖出一个矩形方坑，就有了豁然开朗的四面墙壁，再垂直纵向挖呀挖，凿出两孔、四孔、八孔或者十二孔的窑洞——就这样，人们就巧妙无比地把家安在了土地的怀抱，这种富含地域特征、下沉式的地下建筑，既节省了大量本地短缺的木材，又节省了制作不易、价格昂贵的砖石。于是，一个学一个，一家照一家，千百年过去，在陕州这个地方，就形成了"见树不见村，进村不见房，入户不见门，闻声不见人"的地坑院民居特征。

三

秋天过后，地坑院变得富足。

金黄的玉米柱子一根根搭了起来，红辣椒一串串挂在墙上，两三千斤红薯也下到了地窖——用我外公的话说，哪怕刮一冬天的风、下一冬天的雪，也不用怕了。

此时的地坑院，就是一个独立的王国。牲口在窑里，再也不用早出晚归耕田犁地，和忙碌了三季的人们一样进入冬闲。此刻的塬上，除了临风的树木和呼啸的西北风，大地上的事物似乎陷入一片沉寂。北风来了，刀刀寒彻骨头。接着又下雪了，片片白羽纷飞。此时的地坑院，俨然是人类的避难所了。早中晚，从地坑院里升起的缕缕炊烟，告诉这个世界，属于人类的热火日子照常在继续。

冬天的窑洞，无疑是最佳的居所，里面一派安然。下雪了，支上火盆，并非为了取暖，因为地坑院的窑洞冬暖夏凉，非常宜居。生火只是为了烤红薯烤花生，烤土豆或者胡萝卜，用作安抚小孩子的零嘴儿，唯有吃食，才能拴住一颗孩子不看时令的心。

暂时告别农事的男人，宛如卸套的老牛，要么围坐在炕上打纸牌或者下棋，再不然，央女人弄个小菜儿，抿几口小酒儿。女人们你来我家，或者我去你家，三五成群，做针线、纺棉花或者织布、铰窗花。更有吃嘴的小媳妇，在灶间炸油货，那勾魂的香味儿盘旋着飘出灶间，飘上天空漫漶着，一会儿工夫，整个塬上都散发着浓郁的烟火气息。

进入腊月，地坑院里喜事不断。过去的年月，塬上办喜事总赶在寒冬，杀一头年猪，喜事办了，年也过了，一举两得。红红的喜联贴起来，红红的窗花贴起来，喜庆的锣鼓响起来，新人的喜事办起来。往上看，人影晃动；往下看，人头攒动。院下院上，连根针也难扎进去。喜车在马道坡口停下，点喜草、放喜鞭，新娘被人簇拥着，走上那条一直铺到地坑院的红毡，寓意着以后的生活一路红火。

"一拜天地"——头戴一方蓝天，脚踏一方黄土，再也没有比地坑院的天地分明了；"二拜高堂"——上下崭新衣着的喜公公喜婆婆，眼睛笑得也睁不开了，咋能不高兴啊，"下院子，箍窑子"可不就是为了今天，为了"娶妻子，坐炕子"吗？塬上每对父母的愿望都与黄土一样质朴，挖一座地坑院，掏几孔窑洞，才是家人真正意义上的家。"送入洞房"——地坑院的洞房，才最名副其实。鸣炮奏乐过后，喜宴开席。推杯换盏，酒肉飘香，人欢马叫——这是当年地坑院里娶我舅母的情景，虽然早已过去，但地坑院里举办婚礼的那份质朴和热烈，无论岁月的潮水如何冲刷，也永远不能够磨灭。

四

有人说，在陕州的空中俯瞰地坑院，一口口地坑院就像一个个雕刻在大地上的"回"字，时刻在等待着，召唤着每一颗远走的心——说得真好！仔细算来，地坑院的生活距离我已经远去了四十多年，然而当我回溯过往时，却发现我最美好最珍贵最天真的时光，居然是被地坑院所承载的。它也像一个酒坛，尘封着往事，年岁越久，滋味越是醇厚悠长。

告别地坑院的生活，大约到了二十世纪九十年代，因为时代的车轮，风驰电掣往前滚动，很多事物都被它抛在了身后。坐落在陕州大地之上的地坑院也毫无例外，里面的老人，老了；孩子长大了，走了。一座连一座的地坑院也空了，就像分娩后变得空虚的子宫。

然而，陕州地坑院这座"地平线下的古村落"，却成为历史镌刻在大地之上的烙印，当作文化遗产保护了起来，成为千万游客停泊乡愁的港湾。曾记，多少人走了出去；如今，多少人又赶了过来。古老的地坑院，重新焕发着生机，人们都愿意来塬上走走看看，下地坑院听段陕州锣鼓书，铰几页窗花，品尝陕州十碗席，任时光慢下脚步……

杨栎，原名杨亚丽，洛阳文学院签约作家，中国自然资源作家协会会员、第三届签约作家，中国作家协会定点深入生活项目签约作家，《牡丹》杂志编辑。散文作品见《山东文学》《黄河文学》《福建文学》《散文选刊》《大地文学》《黄河》等刊。征文多次获奖，曾获第二届"罗峰"全国非虚构散文大赛二等奖、第五届"大地文学奖"。

感受黄河生态之美

李亚梓

　　第一次来到三门峡这个陌生的城市，是在一个春天的夜晚。一下火车，扑面而来的空气清新、湿润，夹杂着一丝甜甜的气息。我不由感叹，环境真好啊。从高铁站乘车十几分钟，就到了位于天鹅湖景区的三门峡天鹅湖国际大酒店。天鹅湖景区非常大，据说有一万两千余亩，一路郁郁葱葱，绿树成荫，这里的夜晚是那样的静谧怡人。

　　由于我的行程比较紧张，第二天一早，便迫不及待地乘车去参观被誉为"万里黄河第一坝"的三门峡大坝。三门峡大坝距市区大约四十分钟车程，沿着黄河边的一条公路行驶，景色极美，两边绿树环绕，鸟语花香，黄河就在一旁蜿蜒流淌，河面很宽，清晨的阳光照在平静的水面上，碧波荡漾。我惊奇地问，这真的是黄河吗？怎么水如此清澈，如此碧绿，这样的绿水，似乎只应在南方，竟然也会呈现在黄河里。同行的人告诉我，这是近些年来三门峡环境修复、治理后的结果，三门峡人为保护黄河，建设生态之城，付出了艰辛的努力。我们走的这条绿色环抱的公路，就是三门峡百里黄河生态廊道的一段，这条廊道还真真是给黄河"镶了一道绿边儿"。沿着这条"绿边儿"一路前行，一路被大自然沐浴、洗涤，让人的精神一下子放松下来，像是放肆地躺进了大自然的怀抱，去吸吮着青草和野花的芳香，沁润身体和灵魂。打开

黄河生态之美

　　车窗，春天的风，从水面上吹来，似乎把这一缕缕绿波也送到了人的心里，顷刻间使人滤掉城市带来的浮躁和焦虑，变得柔软而安逸。

　　这一路的美景还没看够，三门峡大坝已经到了。这是我国在黄河干流兴建的第一座大型水利枢纽工程，因此被誉为"万里黄河第一坝"。二十世纪五十年代，全国各地的水利精英齐聚三门峡，修建了三门峡水利枢纽工程——这座新中国水利史上最值得纪念的大坝，于一九六一年建成。三门峡大坝的建成结束了黄河三年两决口的局面，使两岸人民得以安居乐业。现在的大坝，也已成为三门峡一个重要的旅游打卡景点。此时正值四月库区蓄水期，黄河在三门峡谷形成了一个美丽的湖泊。登上大坝，俯瞰大坝周边的黄河水，微波不兴，平静秀美，像一面深绿色的镜子，"潭面无风镜未磨"，在两边更青的山的衬托下，更显得青翠剔透。这不禁让人再次感叹，气势雄浑的黄河，我们的母亲河，竟也有如此温柔清秀的一面。

　　三门峡大坝在青山绿水的衬托下，显得古朴、壮观。土黄色的坝体，历史感迎面而来，这里凝聚了多少建设者辛勤的劳动和智慧啊。黄河自古以来难以治理，中游流经黄土高原，挟卷了大量泥沙，奔腾而来，咆哮而去，到了下游流速减缓，泥沙沉淀，导致河床逐年抬高，形成"悬河"，直接威胁黄河下游人民的生命和财产安全。因此，黄河的危害一直是历代统治者的心腹之患。中华人民共和国成立后，党和国家领导人立即着手治理黄河。但因为三门峡大坝的原设计是苏联专家，而他们对黄河的泥沙问题又了解不多，所以在设计时只求坝高，库容大，忽视了泥沙淤积问题，导致泥沙淤积量增多。从一九六四年开始，大坝工程多次进行改建，采用"蓄清排浑"的运作方式，使库内泥沙淤积得到控制，最终使库区淤积大为减轻，进出库泥沙基本平衡，实现了防洪、防凌、灌溉和发电、供水等综合效益，不仅为治理和开发黄河提供了宝贵经验，也为世界各国治理多泥沙河流和浑水发电提供了成功的经验。"黄河安澜，国泰民安"八个大字赫然凝刻在坝体上，这是三门峡大坝的使命和意义，也是治理者和建设者致力达成的目标，更是人民的心愿和福祉。

参观三门峡大坝的同时，也了解了有关三门峡的许多古老而动人的传说。相传远古时代，这里有一块硕大无比的巨石，挡住了黄河的去路，大禹治水时运神力挥神斧将巨石劈成"人门""神门""鬼门"三道峡谷，引黄河之水滔滔东去，三门峡也由此得名。

相传古时候水从三门流过，风高浪急，惊涛拍岸，尤为险恶，千百年来，不知多少舟筏在这里遇难，人船均葬身河底。现在我们依然能看到矗立在大坝下的这块叫作"中流砥柱"的山石，还有着这样一个动人传说：古时有一条船途经三门峡，遇天气突变，狂风暴雨，峡谷间雾气弥漫，看不清水势辨不明方向，眼看就要船毁人亡，正在这时，老艄公大喊一声，"掌好舵，朝我来"，他只身跳入滚滚波涛中，竟化为了一座石柱挺立在那里，成功地为船工们避开了明岛暗礁，使船安全驶出了三门峡峡谷，所以这座岛还有一个名字，就叫"朝我来"。抬眼望，看到对面耸立的高山上有一块大石，上面铭刻了"朝我来"三个大字，我想这既是纪念老艄公，也是彰显我国传统文化中舍己为人、勇于担当的中国精神吧。

从三门峡大坝归来，汽车依旧沿着风光旖旎的百里黄河生态廊道行驶，途经几个网红打卡地，我们禁不住停下车来，步行到黄河边感受一下。清风拂面，绿树浓荫，黄河水面宽阔，碧波荡漾，人们三三两两漫步，驻足拍照。这里最引人注目的是三门峡黄河公铁两用特大桥，位于山西省运城市平陆县与河南省三门峡市陕州区之间，连接黄河南北两岸，桥身像一条浅蓝色的飘带，不仅给黄河增加了一个漂亮的装扮，它的作用也不可小觑。这是一条纵贯南北的能源运输大通道，并创下三个"世界之最"：世界顶推长度最长、顶推重量最大、设计荷载最重的连续钢桁梁桥，为行业建设提供了实践经验。这里之所以成为网红打卡点，应该是因为站在正对桥洞的石栏处，从这个角度望去，粗大的桥柱一根套一根地往前延伸，像一扇扇打开的门，越往里，门越窄，像是走进了一个神秘宫殿，艺术感十足。

三门峡为保护生态，各行各业都付出了绝对的努力。据介绍，在建造这座大桥时，三门峡一直秉承"宁可加大施工难度，也不破坏生态环境"的原则。这座大桥位于三门峡水库上游，穿越河南黄河湿地国家级自然保护区、运城湿地省级自然保护区和黄河中游国家级水产种质资源保护区，桥址还毗邻三门峡天鹅湖国家城市湿地公园。为了保护湿地公园的天鹅，从声控、光控、水保等细节上都做足了"功课"。为了适应天鹅敏感的性格，桥身颜色也由原本艳丽的橘红色改成了天空蓝这一相对柔和的颜色。说到这里，我想起了三门峡还有一个"天鹅之城"的名片。同行的人告诉我，一到冬天，白天鹅们就会成群结队地飞到三门峡。沿着三门峡百里黄河生态廊道，不少地方都能观赏到三五成群、嬉戏打闹的白天鹅。三门峡市对白天鹅的呵护真是无微不至，不仅为天鹅栖息地减少机动车通行，还成立了天鹅救护队二十四小时轮班对天鹅进行不间断看护，并把每年的十一月二十二日定为"保护白天鹅宣传日"……遗憾的是现在是春季，没能看到冬季来三门峡的白天鹅。

三门峡的短暂行程结束了，去高铁站的路上有幸与著名摄影师杜杰老师同行，他背着沉重的摄影设备上了车。杜老师皮肤黝黑、风尘仆仆，想是这几日跟着采风团操劳得厉害，他拍的照片也受到所有人的称赞。杜老师一路跟我聊他曾经在北京求学、就业，待了十几年。车上另一位同行者补充说，杜老师本来可以留京，是为了爱情回到三门峡的。真是令人感动。我知道白天鹅是一种爱情鸟，一旦结为情侣便终身形影不离。这次旅行虽然没看到真的白天鹅，杜老师不就是飞回三门峡的"白天鹅"吗？我想不只因为爱情，三门峡宜居的生态环境和蓬勃的发展势头将来会吸引更多的"白天鹅"。

李亚梓，作家出版社编辑部主任。

又见枣香峪

孟国栋

一

我曾妄想这里能变成一片绿洲。即使那些树木生长缓慢，也可以遮盖住这满山的伤痕；即使河里没有鱼蟹，溪水也不再那样的浑浊；即使山上没有虎狼，也会有鸟儿不停地歌唱……

我坐在小秦岭的一块麻子石上，俯视着近处的山坡、河沟和远处的黄河，河沟里的水与黄河水是一样的颜色。山坡上到处都是采矿工人倾倒的废石渣，白生生的，一团一团的，活像人造的石头瀑布。身下的麻子石不知什么时候被人弄坏了一角，石碴是新的，犹如人的伤口。我想，可能是采金人为了扩宽进入巷道的路面，专门对它做了"修正"吧。

对了，我的左侧可以看到华山，隐隐约约的。不是因为距离远，而是中间隔着一层雾，纱布般地蒙罩在空中。右侧是一堆淡黄色的沙石，小山一样，足有几千吨吧。这是矿区里几位老人淘金时留下的杰作——从枣香河混浊的河水里捞出沙子，用铁簸箕慢慢地摇筛着，把细微的金子装进帆布袋里，将废沙倒在山坡上。长年累月，这座沙山越积越大，就成了一处淡黄色的"风景"。

我当然不是来此欣赏美景的。我是应朋友之约，到这里探访这堆沙石。朋友是选矿厂的化验员，他告诉我，淘金的几位老人，有一位是他的父亲，原来在矿食堂做饭，退休后几个人结伴到山里淘金子。他说，金沙是淘不净的，明金淘走了，沙里含的金元素还在，如果含量高的话，那一堆几千吨的金沙可以再次利用，也能卖不少钱。因为现在矿区采的矿石金元素含量已不足十克，说不定还不如这堆沙的含金量高呢。

我坐了良久，溜下麻子石，拿出朋友给的小帆布袋，在沙堆上随便扒拉了几下就把袋子装满了，沉甸甸的，往麻子石上一放，又爬上石头歇息起来。我正要抬眼往远处眺望，忽听到山背处"咚咚咚"响起了一串炮声，随着炮烟升腾，一群山鸟尖叫着向我这边飞来。它们正准备往一棵秃树丫上落去，山坡的对面又响起一排石炮声，鸟儿似乎无处可落，不断地踅来踅去，最终向着山的南边逃走了。

我看着远去的群鸟，又看了一眼那棵放山炮时被石头炸得皮开肉绽的秃树，轻轻地叹了一口气，提起沙袋，沿着被矿石铺就的山道往工区返回。

二

拜命运所赐，我曾在秦岭金矿做过一段采金工人。我们的矿区在海拔两千多米的金洞岔上，这里看似远离尘嚣，实乃嘈杂无比。不但有我们上千名的国有金矿工人，还有县办金矿、社办金矿、村办金矿的采矿人员，更有一些说不出名字的私有矿主开的矿口，整个小秦岭的崖壁下、山坡上、沟渠里都搭着油毛毡棚子，那些采矿人员就在这样的简易棚下居住着。

来小秦岭先要走一段几十里的山沟，这条沟名曰枣香峪。据说历史上这里有满沟的枣树，每到秋后大枣熟透了，整个山沟都飘着枣香味儿。

一条清泠泠的溪水，将风吹枝摇落下的大枣顺沟漂下，前川里的人们不用上山采摘便可捡到红枣。冬天，家家户户都储存着又大又甜的红枣，或招待客人，或自家在节日里做枣糕、蒸枣馍，无不透着生活的甜味儿。可是现在，从河西村进峪后，五里村、红土岭、四范沟、长安岔，顺着河峪每一段都有矿口，一直翻过岭，南山坡上也是鳞鳞状状的矿口。成千上万的采金大军拥挤在这条狭窄的山谷里，开山洞、倒石渣、碾精粉，直把山沟折腾得河水混浊、绿坡露石。

我的工作也和别人一样，对小秦岭"挖心掏肺"——每天钻在几千

如今秀美的小秦岭

米的矿井里，打风钻、扒矿石，然后将废石倒到矿井外的山坡上，再把富矿转到溜井，用空中索道运到远在几十里外的枣香峪口选矿厂。我们打风钻的时候，尽管给风钻机里注入了很多的水，但从钻眼冒出的仍然是浓烟一样的粉末。久之，有人就得了硅肺病，咳嗽得厉害，后来不得不住院治疗或是病退。

我的师傅是一位胡姓工程师，他是整个枣香峪里唯一的一位高级知识分子。有一天，他带着我们翻过母猪壕，到四范沟测量，为那里的巷道定位。我们一大早就往山脊上爬，即将到山巅时，发现路边的崖壁上有两朵花儿。初春时节万物萧条，只有这两朵鲜艳的花儿傲然挺立在石壁上随冷风摇曳。大家七手八脚搭了个人梯，把我凑到他们的肩膀上去采摘，我颤颤巍巍地伸出手，"叭"的一声折断干枝，将花儿拿给了师傅。师傅把花儿放在鼻子上嗅了嗅，告诉我们，这是小秦岭上特有的大杜鹃花，样子像牡丹，花茎却是杜鹃，只能生长在海拔一千五百米以上。我们爱不释手，把花儿传着欣赏。师傅继续说，过去这山上到处都可以看到大杜鹃，现在很少了。我禁不住问他，为什么现在少了？师傅顿了一下，望着远方，良久没有说话。这时，一连串的石炮声传来，他指了下炮声响过的地方，说道，原因就是那个。

我们收好了杜鹃花，继续前行着。

临近四范沟的一座山梁上，我们又停下脚步。师傅让大家坐下来歇息一会儿，我们就寻找石头或是木头疙瘩坐了下来。我们的身边是没有化掉的冰坨子，师傅把随身带的挎包放在冰上，对我们说，他当年来矿上的时候，这里还有豹子出没，现在没有了。豹子？我们来了精神，用疑问的目光看着他。他说，就在我们面前的冰坨上，曾经有很深的豹子爪印，那是他在这儿搞地质测量时亲眼所见。那时候，他就像今天一样坐在这儿小憩，放挎包时忽然发现了豹子爪印，他抬眼远看，那豹子正好就站在对面悬崖边望着他。他很害怕，背着仪器慢慢向山梁背后退去。他担心豹子会追过来，但山脚下几声石炮响过之后，豹子夹着尾巴向老鸦岔那边逃走了。

老鸦岔就在山梁的西边，被称为河南的屋脊。听了师傅的话，我们几个人的目光同时往老鸦岔方向看去，灰蒙蒙的天空中，露出老鸦岔尖尖的头部。有人接着问师傅，今天会不会也要遇到豹子？师傅略显沉重地回答道，不会了。为什么？那位工友打破砂锅问到底。师傅没有回答，山脚下又传来一阵隆隆的炮声，算是替他回答了。

那天我们很晚才返回宿舍，我找了一个罐头瓶，注上水，把两朵杜鹃花插在瓶子里。躺在床上，我翻来覆去睡不着，于是翻开日记本，记下了这样几句话：原来这里有大杜鹃，还有金钱豹，现在金钱豹消失了，大杜鹃也很少了。

那两朵杜鹃花在罐头瓶里开了半个月，引来上百名工友到我们的宿舍里观赏。

<h1 style="text-align:center">三</h1>

我为朋友背的那袋金沙被他化验后，居然每吨的黄金含量达到了一百五十克，朋友激动万分，雇了一辆卡车上山往下拉时却被驻扎在河西村的矿管站工作人员截住了，说他是非法的，不仅没收了金沙，还要罚款。朋友找了好多关系才把这事儿平息。

那天下午，朋友把我叫出来散步。他愤愤地说，枣香峪里到处都是开山炸矿石的，为什么那堆被风吹雨淋的沙子不能往山下拉？他知道我也回答不了，只好自己找台阶，算了，本来想废物利用，现在实现不了啦。我们转悠到了天黑，他找了家酒店请我喝酒。我们刚坐下，便看到一个文了身的男人进了包间，朋友告诉我，那人是矿老板，在枣香峪开了两个矿口，现在身价有好几千万。朋友的话没说完，就听见包间里传来另一个人的声音，曲老板，我可是为你担着风险的，到时候别忘了兄弟。朋友往包间里瞟了一眼，又告诉我，说话那人正是截他金沙的那个矿管站的人。

一九八五年夏天，我被调到了矿地质队做描图员。我把自己关在地质队的小楼上，每天将从省地矿厅申请来的矿脉分布图和矿山地质结构图分解下来，变成一张局部图为矿上所用。看着小秦岭地区的一百七十二条矿脉线，我的心情有些复杂。主矿脉是我们国有矿山按国家的计划正在开采，而那些副矿脉也就是含量少的矿脉被周围地方的小矿占去了一大半儿，还有那些私人矿主，他们凭着感觉到处找矿。因为没有技术支持，他们往往揭开山皮，截住矿脉线，挖多少是多少，完全没有章法。枣香峪里那些裸露的矿口大部分都是他们开的。

大约过了一个月，突然有人敲门，那是一位胡子拉碴的男人，说起话来瓮声瓮气的，一见我就开门见山说道："兄弟，我知道你是弄矿脉图的，你给哥指一个矿口，只要我打着矿，就给你两万块！"

我立刻明白了他的意思，我一个月的工资只有八十块钱，两万块自然很诱人。我想起了那天在饭店里见到的文身男人，警惕地说："那是犯法的。我这里只有地质结构图，矿脉图锁在矿保密室里。"

那人不肯走，拉着我要请我吃饭，我说我生病了，正发着烧，他只好悻悻地离开了。

过了两天又有人来找我给他指点矿口，我把他支走后，卷起地图离开了小楼，找了一处隐秘的地方继续描图。地质队长知道后，表扬我做得对。他说，矿脉图一旦泄露，后果不堪设想，那些贪财的人会一拥而上，能把小秦岭打成马蜂窝。

一个星期天的早晨，我顺着枣香峪往五里村方向慢步，走到一处山脚下，忽然一股刺鼻的怪味儿飘来，我掩鼻往前走，那味道更加浓烈。原来，一块巨石的背后，藏着一台正在滚动的铁碾子，两名妇女在碾矿石。我还未到，一条绑着绳子的大狗便狂叫起来，女人喝止了狗叫，上下打量着我。

我说："这啥味儿呀，真难闻！"

年长的女人指了指身边的一个泡着矿粉的池子说："氰化钠。"

我走上前去看时，那女人制止了我："不敢碰着了，剧毒。"

我停了下来，盯着那个泥池子，看见它几经转弯，最后被一根管子直通枣香河。

再往上走，又发现一处碾矿的，而且是两台铁碜子在转动，我不敢往前走了，转身退了回来。返回的时候，我看到不远处的公路上，一辆接着一辆的卡车拉着氰化设备和开矿设备往枣香峪深处奔去，车后冒着一股股浓浓的黑烟。

那段日子里，我喜欢爬山，喜欢爬到一处山巅上远望。有时候，我望着枣香峪，常常这样想：这山这树，不知道生长了多少年多少代了，却在隆隆的石炮声中一点一点变成了秃子。我居然还把远处山坡上一处处被倒掉的废矿石看成了山的泪痕。

四

三年之后，我离开了矿山。于是，枣香峪便成为记忆中的地方。

那段时间是忙碌的，忙碌得顾不上去回忆往事，更顾不上思念枣香峪里的流水和树木。然而，到了夜里，枣香峪会在睡梦中出现，九号脉、三十一号脉、五十号脉……有一次我居然半夜里叫着矿脉线的名字，把同事吓了一跳，他把我摇醒，问我九号、三十一号、五十号脉是什么意思，我愣愣地看着他，不知所以然。

单位搬迁时，我翻出了一张夹在日记本中的三十一号脉矿脉图，看着曲曲弯弯的矿脉线，便想起矿山岁月。一天，一位工友到市里办完事儿，顺便来看我，我把那张矿脉图交给他，让他还给矿上。工友瞥了一眼，不屑地说，没用了，早采完了。我吃惊地问他是怎么回事。他告诉我，这些年乱采滥挖更严重了，那些小老板、暴发户占山为王，一条矿脉线就有十来个矿口。

我听完，随手将矿脉图撕得粉碎。

那年临近春节，听说我所在矿山的一个明代开采的富矿洞被抢了，一百多号人趁着矿山春节放假摸到那个洞口，扒开了封闭的浆砌石，将富矿用编织袋装起来背到山下直接碾成矿粉提纯。起初我以为是谣传，几天之后才发现是真的。此事动静很大，公安机关将那些带头抢矿的不法分子都逮了起来，有的拘留有的被检察机关起诉。为此，国家还派出武警黄金部队在枣香峪专门设立了七个检查站，严格禁止私自采矿行为。

看着这条消息，我长长地吁了一口气。

然而，不多久，又一个不幸的消息传来：一场突如其来的大暴雨袭击了枣香峪，造成山洪暴发。洪水将满山满坡的"泪痕"裹挟下来，咆哮着从金洞岔、长安岔、四范沟顺流而下，因为是深夜，也将一些为私人开矿的民工们刮走了，使整个小秦岭地区受到了巨大的损失。

那些天，有新闻连续报道说，领导深入一线指挥抢险救灾，公安干警和武警官兵在各个沟岔清点人数寻找失踪人员，当地群众上山为志愿者送食品……

坐在电视机前，看着现场惊心动魄的画面，我默默地祈祷着。

过后很长时间里，那些画面都在我的脑海里晃动着。

不久，我参加了市里的一个会议，主题是矿山治理整顿。这样的会议开过多次了，实在不新鲜，我也就尽一个参会者的义务，领个会议精神万事大吉。但是到会后才发现，似乎这次是动真的了，领导轮番讲话，下了死命令，除国家矿山外，封闭一切地方和私人矿山，实行责任制，一级抓一级，限期整改到位。会议还安排，把枣香峪口的国营河西林场更名为小秦岭国家级自然保护区管理中心，负责小秦岭地区的生态修复和管理工作。

随着时间的推移，过往的一切渐渐模糊，如同走了一段很长的路。想想也是，快四十年了，多少旧事被新事冲断，多少认知被世界的变化刷新。在我人生的日记本里，枣香峪只占去了很少一部分。我知道，我应该忘记那些，但那一道道"泪痕"始终无法从我的内心深处抹去，只要有当年的工友相见，只要一说到小秦岭或是枣香峪，我的脑海里第一个呈现的便是那瀑布般的白生生的废石渣子。

有一次，有朋友提议去汉山景区游玩，他问我知道汉山吗？我说当然知道。朋友说汉山这些年打造得很好，花草树木、高山流水，非常值得一看。我却摇摇头，不想去。因为汉山入口就在枣香峪里，它再好也难免会有些"泪痕"的存在。

前年"五一"，几个文友邀我一起上老鸦岔上看小秦岭大杜鹃花，并从网上下载了一张图片，那是一棵合抱粗的杜鹃树树上开满了鲜花，因为它生长在河南屋脊，引来了成千上万名游客上山观赏。我也摇摇头，不想去。因为那棵杜鹃树根本不是小秦岭大杜鹃，只是它长成了大树而已，真正的大杜鹃就是四十年前胡师傅带我们采摘的那种牡丹形的杜鹃花。

我好像钻进了一件事情里，无论谁说枣香峪里怎么好，我也不相信。我只知道那布满"泪痕"的山坡、那遍体鳞伤的枯树，还有那混浊不堪的污水，想使它们改变模样，只是一种奢望。

五

正是春暖花开的季节，我被派往小秦岭采访。虽然有点不情愿，但工作任务还是必须要完成的。

那是一个春光明媚的日子，我先来到小秦岭国家自然保护区。接待我的是管理中心的老赵，我们很熟悉，他也知道我曾经从枣香峪走出去，便没有客套，直接带着我往枣香峪去。

久违了，枣香峪！

也许是害怕再见那伤痕累累的山，抑或是怕他们的宣传不是我要的结果，坐上车的那一刻，我的心情有些复杂。老赵看出了我的心思，提醒我尽可放心，那里一定有我意想不到的东西。

汽车绕过河西村，顺着弯弯曲曲的山路往沟里驶。我最初留意的是第一个山弯背后，因为那里有我见到的氰化池，但现在已经无影无踪了，旁边的河水也变清了，哗哗地流淌着。转了弯，崖壁上有两只鹞子在悠悠地飞翔，抬眼望去犹如城角里老人手中的风筝。

"泪痕"不见了，枯丫的树木也不见了，进入眼帘的是满山满沟的翠绿和传进耳朵的各种鸟叫。我惊喜地看了一眼老赵，他故意不说话，提醒司机一直把车往前开。到了红土岭，车停了下来，老赵招呼我下车，把我引到一处开满连翘花的土堰边，指着对面的山坡问我："还记得那儿吗？"

怎么不记得！多年前，那儿有个矿口，开矿的人用两根鸡蛋粗的钢丝绳从半山的矿口上拉下，利用下滑的惯性把竹筐拴在钢丝绳上，将矿石往山下运。有时候惯性太大，竹筐翻了，矿石便撒落在山坡上，久而久之，山坡便被矿石所覆盖，整个山坡没有一点儿生机。每次我们上山经过时，都会盯着那一串装满矿石的竹筐看，希望它不要再翻倒在山坡上。现在，山坡上一片绿荫，还香树、山榆树、连翘树一丛一丛的，没有了一丁点儿裸露的痕迹。

我们的车继续往前走，穿过四范沟口，再过长安岔，最后来到那个叫"东蹄子"的地方。路边的悬崖像一只牛蹄插在河里，第一代采金工人在这儿搭棚搞基建，人们便叫它"东蹄子"。几十年前，这里是最忙碌的地带，拉矿的、住宿的、吃饭的，狭窄的山谷中积满了油毛毡棚，每到晚上热闹非凡。崖畔的几棵华山松，也被做饭的烟雾熏得死去活来。这儿终于寂静了，崖下一片刺槐树替代了往日的简易棚，刺槐树已经冒出了尖尖的嫩芽儿，微风吹来，轻轻地摇动着，真像一只只小手在向我们打招呼。

老赵指着崖两边的水泥墩子告诉我，那些都是封闭的矿口。自从管理中心成立后，他们一刻也没有放松，先是将采矿人从山上往下撵，然后用水泥把矿口一个挨着一个全部封了起来。沿着一个一个封闭的矿口往前看，我的目光停留在一处石壁上。"保护环境，人人有责"，多么熟悉的字啊，那是一九八四年冬天，矿里参加国家企业验收时，让我用红漆刷下的黑体字，它居然还在。

望着标语，我感叹道，口号喊了几十年，想不到如今终于落实了。

上了金洞岔，我们顺着九坑道往零坑道慢慢攀着，到了五坑道口，坐下小憩。老赵说，这几年他们可没少费周折，整个矿区方圆百十公里内，坑口挨着坑口，设施邻着设施，矿渣连着矿渣，端掉利益复杂的"金窝"真是太不容易了。三年时间，他们硬是把这块"骨头"啃了下来。说着，他掰起指头数起来：三年间共封闭了五百二十多个采矿口、清除了一万四千座生产设施、处理了两千五百万吨矿渣。他们在矿场种草，在"泪痕"上栽树，彻底根除了环境污染隐患，还原了小秦岭的绿水青山。

末了，老赵自豪地告诉我说，他们的这一做法，入选了联合国《生物多样性公约》第十五次缔约方大会"生态修复典型案例"。

我们翻过零坑口的那座山岭，来到曾经坐过的麻子石上，抬头眺望，满眼绿色。我问老赵："你知道这里有一种像牡丹一样的杜鹃花吗？"老赵点头回答道："怎么不知道，前些年几乎绝种了，通过生态修复，慢慢又多了起来。"他又补充说："那是国宝啊！现在不但大杜鹃保住了，动物也开始多了起来，锦鸡、黄羊比往常增多了，还有斑羚、豹猫哩。"

豹猫？我当年搞测量时见过一次，那是稀有动物。老赵从包里掏出一张图片让我看。是一只豹子形的猫儿，它站在一棵青冈树下，目光炯炯地看着前方，精神十足。看着图片，我自言自语："真希望金钱豹也能重返小秦岭。"

"会的，只要山上的森林不再被破坏，若干年后，金钱豹肯定会再回来的。"老赵坚定地说。

夕阳西下，我们开始返回，下山的路上，老赵又如数家珍地给我介绍了他们在生态修复中所做的许多感人之事，我手中的采访本也记下了足有一半儿。

回到市里，我第一个给那位曾经让我采金沙的朋友打电话，邀请他回枣香峪看看。朋友三十年前调到北京的中金公司，已经是国内权威的黄金成分检测专家。我把看到的听到的一股脑儿告诉了他。我说，现在的枣香峪就是一个大公园，值得一看。他爽快地答应说国庆长假就回来。

我说："你若回来，我亲自陪你上山给你当导游。"

孟国栋，中国作协会员、中国散文学会会员、河南省三门峡市作协主席。曾当过兵，做过采金工人、新闻记者等，已出版散文集四部。

三门峡的N个生态传奇

王永武

位于豫、陕、晋三省交界处的三门峡是一个拥有众多传奇故事和正在创造传奇的地方。

三门峡的名字由来本身就是一个传奇：相传上古时期，大禹负责治水，他一改其父鲧"以堵为主"治水理念，变为"以疏为主，疏堵结合"的治理方略，因势利导，在黄河中游凿龙门、开砥柱，用神斧将挡水大山劈成三道峡谷，还分别取了"人门""神门""鬼门"的名字，于是后人便将这里称为三门峡。

这里的另一个传奇与一本书有关：老子五十六岁那年辞官，倒骑着青牛，一直往西，准备过三门峡境内的函谷关到秦国讲学。当时函谷关令尹喜夜观天象，见紫气东来，知道有贵人来临，便想方设法留下道高德崇、学问渊深的老子。老子感其虔诚，写了五千言《道德经》，这里遂成道家文化的发祥地，其所倡导的"道法自然"生态理念在这里扎下了深根。

无论传奇还是传说，无历史资料记录可查。但我在今年春天应邀参加"黄河之约·绿水青山三门峡生态文学周"活动，经实地采访考察后，对三门峡的传奇有了更加真切的感受。

在实地参观庙底沟遗址和虢国博物馆时，从出土的近四千件展品

三门峡黄河生态廊道

中，发现其中彩陶文物数量大、类型全。在这些彩陶制品和玉（石）器上，我们看到了堪称"早期中国文明的第一缕曙光"，同时佐证了三门峡地区是中华文明的重要发源地，是史前时期中华民族活动的核心区域。

庙底沟遗址和渑池仰韶村遗址以及灵宝北阳平遗址，共同构成了仰韶文化整体框架中的关键坐标，成为研究和展示中华文明形成的重要原点。新石器时代仰韶文化遗址的发现打破了"中国无石器时代文化"的观点，而虢国车马坑群的发掘更使得我国的冶铁历史向前追溯了一个世纪。

除此之外，三门峡还是"周召分陕""甘棠遗爱""鸡鸣狗盗""公孙白马""终军弃繻""唐玄宗改元""杜甫写《石壕吏》"等众多历史传奇故事的发生地，不赘述了。

而当我们站在雄伟的三门峡大坝之上，感念中华人民共和国成立初期，在"一穷二白"的境况下，老一辈建设者们众志成城修建了这座被誉为"万里黄河第一坝"的三门峡大坝，结束了黄河三年两决口的局面。在赞叹先辈们创造"黄河安澜，国泰民安"的丰功伟业的同时，更加让我们感到神奇的是这里的黄河水竟然是碧绿的，彻底颠覆了原先固有的"黄河水是混浊黄色"的认知。

三门峡市这座因河而生、依河而建、伴河而兴的城市是如何做到的呢？

三门峡水利枢纽建成运行后，在防洪、防凌、发电、供水、灌溉、减淤、保护生态环境和发展旅游等方面不断发挥着巨大效能，在保障黄河长治久安中贡献"三门峡力量"：下游引黄灌区的"中国粮仓"里有了黄河水的"幸福味道"，豫西电网获得了源源不断的绿色能源；一汪碧水造就了库区湿地。

事情往往说起来容易，做起来却很难，过程更是曲折艰辛。三门峡水利枢纽工程在投入运用不久，就因为规划和设计的先天不足，不得不进行两次改建，三次改变运用方式。加之与后建的小浪底水利工程进行综合协调管理，水库运用方式也由"蓄水拦沙"先改为"滞洪排沙"，再改为"蓄清排浑"，调水调沙控制运用，对水量和泥沙进行双重调节，一般水沙年份水库可以达到冲淤平衡，保持长期有效库容，为世界河流泥沙治理和水利科技研发开拓了"试验场"，留下许多宝贵经验。

在对黄河水利治标的同时，三门峡人更加注重生态建设的治本之策。特别是近年来，他们以黄河流域生态保护和高质量发展为统领，实施"十百千万亿"工程联动，山水林田湖草沙并举，坚持综合治理、系统治理、源头治理，标本兼治、建管并重、远近结合，高质量保护沿黄生态，建成二百四十公里集生态屏障、文化弘扬、体育赛事、休闲观光于一体的沿黄复合型生态廊道，成功创建黄河流域唯一全域"天然氧吧"城市。仅仅几年时间，其境内的十八条黄河一级支流全部实现"清

沿黄美景如画卷

水入黄"。三门峡市水体达标率百分之九十三点七，成为河南省唯一一个水体达标率超过百分之九十的省辖市。

对于三门峡生态保护，可以从河南小秦岭国家级自然保护区综合治理上看到其"壮士断腕"的胆气和豪气。

我们在小秦岭生态文明建设教育实践基地，聆听和看到小秦岭矿山环境治理和生态修复历程。从原始照片和录像中，我们看到曾经由于长期粗放无序的开采，让小秦岭"伤痕累累"：溪流被严重污染流淌着黑水、山体植被被破坏、碎石矿渣及生活垃圾遍布四野……珍稀野生动植物失去了赖以生存的生态环境，泥石流、山体滑坡、山体崩塌等地质灾害频频发生，令人触目惊心。

而当真正深入小秦岭腹地，我们却真切感受到近几年生态环境保护的显著成效：野花灼灼遍布山野，随处可闻的鸟鸣响彻清涧，山泉淙淙，矿山被郁郁葱葱的森林覆盖，焕发出勃勃生机。系统施策修复的近六千公顷矿山，已经由点及面建设全域绿色矿山，成为包括林麝、狼、黄喉貂等大型动物以及蝴蝶、甲壳虫等二百余种昆虫类动物在内的众多生物的乐园。昔日被生态环境部长期挂牌督办的负面典型，蝶变为联合国"生态修复典型案例"。

伴随三门峡全区域内"水清、滩净、岸美、山绿、河畅"的生态环境转变，另一个传奇生态使者纷沓而至：从二〇一七年伊始，每年十月至次年三月，从遥远的西伯利亚飞来的成千上万只白天鹅，聚集在三门峡黄河岸边宽阔恬静的湿地湖泊栖息越冬。二〇二二年冬季，来三门峡黄河湿地越冬的白天鹅数量更是达到一点六万只，占全国三分之二以上。翩翩飞舞的白色精灵为冬日增添了灵动和生气，为三门峡的传奇增添了浓墨重彩的一笔。

四面环山三面水，半城烟树半城田。三门峡这个富有朝气和生机的地方，正不断延续和创造着新的传奇，成为名副其实的中国优秀旅游城市、国家园林城市、国家森林城市、中国大天鹅之乡、首届《魅力中国城》"十佳魅力城市"、中国摄影之乡，被誉为黄金之都、黄河明珠、文化圣地、天鹅之城。

王永武，一九九二年参军到武警部队，先后在《人民日报》《解放军报》《人民武警报》《解放军文艺》《中国武警》等报刊发表三千多篇各类作品，有《青青的橄榄》《俺是山东人》等作品集出版。中国散文学会会员，中国诗歌学会会员，中国纪实文学学会会员，中国传记文学学会会员，北京海淀区作家协会理事，今日国土生态文学委员会特聘作家。

印象三门峡

王永武

行"寻根之旅",赴"黄河之约"。二〇二三年四月,我作为今日国土生态文学委员会特聘作家,有幸参加了由《今日国土》杂志社、今日国土生态文学委员会、中共三门峡市委宣传部主办,三门峡市文学艺术界联合会、三门峡日报社承办的"黄河之约·绿水青山三门峡生态文学周"活动,奔赴河南省三门峡市这座"黄河明珠·天鹅之城",沉浸式感受大美黄河,用双脚丈量生态崤函,用心灵感受人文崤函,用文字记录青山绿水,用心灵叩响三门峡的生态之门。

三门峡初印象

对于三门峡,我的最初记忆是从贺敬之先生《三门峡——梳妆台》里感知的,从简单易懂、朗朗上口的诗句里,感觉就是二十世纪五十年代,当时年轻的共和国在万里黄河上修建的第一个大坝,在那个一穷二白的国家境况下,中国人民展现出战天斗地的精神,创造出高峡出平湖的黄河安澜奇观。至于三门峡市,不过是伴随着大坝的兴建而崛起的一座新兴城市。

而在北京中国现代文学馆四月八日举行的"黄河之约· 绿水青山

生态三门峡

三门峡生态文学周"新闻发布会上，听到著名作家梁衡谈起此次活动周选在三门峡的缘由："三门峡不但在历史上是一个坐标点，在地理上也是一个坐标点。"

在出发前的一段日子里，我收集阅读了大量有关三门峡的相关文献资料，才慢慢认识到自己对于三门峡的孤陋寡闻和见识的浅薄，渐渐了解到其悠久的历史和灿烂的文化：七千年的仰韶文化，在这里点亮了中华文明第一缕曙光；五千言的《道德经》，在这里彰显了巍巍中华的东方智慧。这里不仅是"周召分制""甘棠遗爱""鸡鸣狗盗""公孙白马""终军弃缗""唐玄宗改元""杜甫写《石壕吏》"等众多历史传奇故事的发生地，而且是刘少奇同志创作出中国共产党人精神丰碑式著作《论共产党员的修养》的地方……

四月二十五日上午，怀着崇敬的心态，我踏上了奔赴三门峡生态之旅高铁动车。

车过新乡，上来一位身着少数民族服饰、年龄约有六十多岁的大婶，坐在我身边的空座上。没过多久，这位操着一口河南口音、快言快语的大婶便主动和我聊了起来，她自己介绍说是土家族，姓杨，听我说要到三门峡下车，高兴地说自我就是三门峡灵宝人，问我吃过那里的苹果没有。我不好意思地说听说过没吃过。大婶热情地邀请说有时间让我去位于小秦岭深处的家中做客，品尝灵宝苹果、黄桃和山中香菇、大刀面还有羊肉汤。我应允如果行程方便，有空一定去灵宝解馋。

在与杨大婶的攀谈中，我了解到她的丈夫和儿子、女婿都曾经是小秦岭金矿里的工人，那里金矿人数最多时有十多万人，吃住都在山上，不少人通过挖矿淘金挣了大钱。五六年前小秦岭开始封矿育山，他们都下岗了，只有老伴儿转成了护林员，儿子、女儿两家都到新乡打工创业。她是照顾完刚刚生下二胎的女儿，心里牵挂着在老家山上护林看矿的老伴儿，回家去看望。

杨大婶关于封山关矿的话题引起了我的兴趣，问起她最初的真实情况和想法。文化程度不高的杨大婶毫不隐讳地说道："守着金山不让挖，我们'毕兹卡'（土家话，意为当地人）起初是想不通的，可看到山上被开采得乱糟糟的，到处是拉矿的车，尘土飞扬，走过路过，头上脸上眉毛鼻子嘴巴里都是土。好好的树林子变得光秃秃的，没有了几棵树，溪水变成了黑色，隔着老远就闻着刺鼻臭味，喝水要去买桶装的外地水喝。大家手里钱倒是有了些，可山毁了，心痛啊。现在老头子负责的封山育林工作，不仅看矿不让人偷偷开采，他们还组织往山上运好土，种树造林，山上又慢慢绿了起来，泉水溪水也开始变清了，可以直接喝了。"

身材不高、看上去一脸纯朴憨厚模样的王旭国一路上介绍着沿途的市容市貌。宽敞洁净的迎宾大道上车辆不多，与车水马龙拥挤的北京街道相比冷清了许多，但路两旁的花草树木极多，特别是车子拐到太阳路上时，两旁树木参天，车子在遮天蔽日的林荫大道上驶过，简直就像在树叶包裹而成的绿色树洞里穿行，道路中间的古牌坊成为支撑绿色的支架，路边的宝塔苑、博物馆成为绿色通道的关节点，一闪而过。"在我们三门峡城区，现在真正实现了推窗见绿、出门迎绿、生活融绿的'醉氧生活'。"王旭国自豪地说道。

办完入住手续，安顿放置好行李。我推开房间的窗户，哇，一股清新河水的气息迎面而来，透过窗外树梢的间隙，竟然能看到不足百米远的大河。我顾不上旅途的劳累，快步下楼，绕过酒店大门，沿着陕州公园的夕阳路，飞奔着来到黄河岸边。

以前曾经多次坐车路过黄河，也曾在济南黄河段浮桥上眺望过黄河，看滚滚泥沙打着旋涡从脚下流过。但现在如此真切零距离地感受黄河，却被眼前的景象惊呆了，不敢相信自己的眼睛：河面开阔数十公里，可以清晰地看到对岸山西境内的黄土高坡。此刻夕阳西下，阳光洒在波光粼粼的河面上，不仔细察看竟感觉不到河水在流动，不时飞起的水鸟，伴着河中驶过的游轮，构成水天一色的立体画卷。更加令人惊奇的是，这里的黄河水不是黄色混浊的，而是青绿色清澈透亮的。

沿着黄河旁边的廊道向南走，绕过黄河游码头，走进了如诗如画的天鹅湖景区。

湖边人流如织，紧邻岸边的堤坝上，走不了几步，都会看到一些刻在石头上歌咏天鹅及湖光山色的诗作。波澜壮阔的万里黄河，在这里造就了北国江南的秀丽景色，吸引了翩翩起舞的天鹅。据介绍，每年冬季都有数以万计的白天鹅在这里聚集栖息，数量占全国总数的三分之二。离岸不远的小沙洲上，数十只没有迁徙飞走的天鹅，一点也不惧怕游人，悠闲地或立或食，或来回踱着步，或一时兴起掠着水面飞起，自由飞翔，任由游人们观赏和拍摄。

岸边小广场上，数百名中学生装束的少男少女席地而坐，聆听着辅导员老师关于如何从自身做起，保护好天鹅栖息地的讲解。多年记者的习惯，让我和身边一名叫申思的生物老师很快攀谈起来。据他说，他们这些人是三门峡高新一中的师生，正在组织高一学生沿黄河廊道进行"少年志·黄河情·中国梦"研学活动，让师生们通过实地考察，深入了解黄河文化，崤函文化，感知青山绿水带来的变化，树牢生态保护理念，展现人与自然和谐共生之美，在家门口尽享"诗与远方"。这样的活动，学校每年都要搞几次。

白天鹅是极具灵性的生物，对空气质量和水质十分挑剔和敏感。据了解，为了增强民众保护生态环境的意识，三门峡市坚持人水和谐的原则，以天鹅湖为中心，不断建立健全管护机制，先后颁布实施了《三门峡市大天鹅保护区管理办法》《三门峡市大天鹅及其栖息地保护条例》，持续提升天鹅湖景区的综合管理和服务能力。此外，他们还广泛开展大天鹅宣传日、野生动物保护日、共护母亲河等宣传教育活动，推动保护湿地生态意识深入人心，让母亲河、白天鹅和市民和谐相处，共生、共存、共荣。

夕阳落下，最后一抹余晖被远处的高塬吞没，黄河边的景色渐渐暗淡下来，可我对三门峡这座沿黄城市中距黄河最近的一座城市的印象却越来越清晰起来。

古陕州的清晨

"天鹅是一把标尺，它量出了人与自然和生命的距离。三门峡能够留住白天鹅，靠的是优质的水体、绿色的生态环境和人们的爱心，生态文学的境界是发现美、构建美，而天鹅便是一个'美'的象征和符号。"

在此次生态文学周活动启动仪式上，著名生态作家李青松用饱含诗意的语言庄重地说："让天鹅告诉世界，在三门峡的碧波里，黄河拥有最美的早晨……三门峡是生态文学新的出发点。"

为了真实体验三门峡黄河碧波里最美的早晨，第二天凌晨五点，我早早起床出了宾馆的大门。

太阳还没有升起来，空气湿润清新，富氧离子明显增多，吸入口鼻舒适无比，沁入心肺神清气爽，顿生脑清目明之感。从黄河上吹湿气生成的薄雾，宛如一袭薄纱，笼罩着陕州公园里道路两旁争奇斗艳的花草和粗壮挺拔的雪松。

路旁一块石碑引起了我的注意，只见上面写着"河南省重点文物保护单位：陕州故城"几个大字。想起昨天晚上，与三门峡作协主席孟国栋先生的谈话中，曾听他说我们现在所在的地方，就是古陕州遗址，还是著名作家二月河小时候住过的地方。临睡前又阅读了他的著作《古今三门峡》一书，了解到三门峡旧称陕州，因其地理位置南靠伏牛山，北依中条山，又有波涛汹涌的黄河流过。"陕"在远古的时候被称作"夹方"，大概指被两面的大山夹住的意思。周灭商后，按周文王演示易卦的思路将"夹方"合而为一，成为一个"陕"字，此地以后就叫作"陕"了。

这一点还可以从"分陕石"上找到佐证。周王朝到成王时期，由于他年幼登基，为了维护新建立的政权方便治理和协调内部关系，便由辅佐的开国重臣周召二公，以古陕州的"陕"为分界线，凿了一根高三点五米的石柱栽于土中"立柱为界"，共同商定把周朝的统治区域划分为东西两大行政区，由他们"分陕而治"。于是，"自陕而东者，周公主之；自陕而西者，召公主之"。

据考证，"周召分陕石柱"是中国历史上迄今为止有文字记载的最早一块界石。古代所称"陕西",均指今三门峡市陕州区以西的地区。元、明两朝之后,陕西省得名亦源于此。成语有"分陕之重",意指古代朝廷对守土重臣的委任。

为了目睹这块"分陕石",我按手机地图索引,沿着青龙大坝,动身前往位于天鹅湖湿地公园南侧的周公岛。

出了陕州公园南大门,前面就是天鹅湖。此时,东方渐渐放亮,露出鱼肚白,将静谧的天鹅湖从睡梦中唤醒。一位好心的晨跑者看到我胸前的嘉宾证,主动和我攀谈起来,自愿成了我的向导和解说员。

我们一起通过召公岛与周公岛之间连接的双龙桥,找到绿树掩映中

三门峡庙底沟考古遗址公园

193

的那块"分陕石",并让晨跑者给我和它一起合影。最后,晨跑者还提醒我,这块石柱是个复制品,真正的原件现在已经移到虢国博物馆保护收藏,如果有时间可以去那里参观,瞻仰其真容,我高兴地答应了。

太阳升起,朝霞映红了远方大朵的层云,将云朵下鳞次栉比的高大建筑物都染上红晕。"那是国际文博城、天鹅城国际酒店,还有涧河大桥。"晨跑者一边用手指点一边向我介绍着。他健康的黑色脸庞也被霞光涂成了彩色,与湖边上松树、柳树及其倒影,清爽的晨风吹动岸边和沙洲茂密的芦苇荡,还有掠着水面惊起飞过的野鸭,一起融入波光粼粼的湖光山色之中。

"我们这里的天鹅湖景区是被住房和城乡建设部命名为河南省内唯一的一家国家级城市湿地公园。二〇一〇年三月,我们三门峡市还被中国野生动物保护协会授予'中国大天鹅之乡'称号。"晨跑者带着自豪的语气对我说,"您这次来的时机不对,不能看到成千上万的天鹅。到了十月至次年三月,这里会引来数万只白天鹅到这里栖息越冬,那时候才能领略到真正的'天鹅之城'的魅力。"

晨跑者还把我引领到岛上的驯养基地,和看护员说明来意,竟得到允许,可以"近距离"观赏留守此地的数十只天鹅。这位五十多岁徐姓看护员真切地向我们介绍:"这些白天鹅有的因为孵育幼小天鹅,有的是因为体弱不能随群迁徙,留在这里的。看,看到我们,白天鹅都不惊走,它们很相信我们哩!特别是在二〇一五年,六只小天鹅在我们三门峡这里成功诞生,打破了黄河流域不能繁衍白天鹅的论断!"多年的守护和培育,使老徐对白天鹅无比熟悉,也和这些美丽的精灵结下了深厚的友谊,亲密相处得就像自己家人一样。

著名诗人舒婷来到三门峡天鹅湖后曾留下这样的诗句:"白天鹅落脚的地方,是我们心中的光明的河!"

这次我虽然没有看到成千上万只天鹅起舞的场景，但美丽的遗憾丝毫没有影响到我的情绪，反而激起我下定决心在冬季再来天鹅湖的憧憬：遥想在风寒雪飘的季节里，成千上万只白天鹅从遥远的西伯利亚飞到这里栖息越冬，在这片广阔明澈、碧波荡漾的湖面上，悠然自得地生活，展现出千姿百态，或浮游水面，或翱翔高空，或巡视大河，勾画出一幅万物空灵、人间仙境的水墨丹青画卷。

那时候三门峡的清晨与黄昏，将会更加美好，令人神往。

黄河之滨话生态

四月二十六日上午，"黄河之约·绿水青山三门峡生态文学周"在天鹅湖国家城市湿地公园黄河岸边露天启动。温暖祥和的太阳为灯，湛蓝的天空为幕，青山绿树为墙，旁边紧邻波澜不惊、纯净闪着蓝光好似玉带一样的黄河碧波，启动仪式舒适简约，既新颖别致又赏心悦目。

作为一个名不见经传的生态文学爱好者，我有幸和人民日报社原副总编辑、著名作家梁衡，原环境保护部副部长周建，《今日国土》杂志社社长、今日国土生态文学委员会主任柳忠勤，中国报告文学学会原常务副会长、文学评论家李炳银，中国作家协会小说委员会委员、小说家马俊杰，《人民日报》文艺部原副主任、散文作家王必胜，今日国土生态文学委员会副主任刘军萍，来自全国各地的知名作家、学者等出席启动仪式。

周建在致辞中说，三门峡市坚持以习近平新时代中国特色社会主义思想为指导，以黄河流域生态保护和高质量发展为主线，以建设文化名市和大旅游产业为目标，践行"绿水青山就是金山银山"和"人与自然是生命共同体"的生态文明理念，统筹推进"五位一体"总体布局成效显著。此次活动在三门峡举办，用文学的形式弘扬生态文明，讲好中国生态环保故事，将进一步提升全民生态意识、绿色发展意识，推进生态文学繁荣发展，推动生态文明建设，促进人与自然和谐共生。

柳忠勤在致辞中说，生态文学是以自觉的生态意识反映人与自然关系的文学。用文学的形式，以文化的名义来宣传生态文明，提升全民生态意识，助力地方绿色发展、高质量发展，是当代作家义不容辞的责任。此次生态文学周活动的目的是创作描绘母亲河的山水人文，展现三门峡大美景象的生态文学作品。希望作家们的作品融入自己独特的理解和感悟，通过各自不同的视角和笔触，描绘三门峡美丽的新时代。

王清华在致辞中说，近年，三门峡市坚持以习近平生态文明思想为指导，积极践行"两山"理论，大力实施黄河战略，奋力打赢"蓝天、碧水、净土"保卫战，谋划实施山水林田湖草沙综合治理项目，铁腕整治矿山开采乱象，走出了一条生产发展、生活富裕、生态良好的发展道路，为生态文学创作提供了最鲜活的现实题材。希望各位作家创作出更多立足崤函大地、反映时代风貌的精品力作，为文化强国书写三门峡经典，为民族复兴贡献生动文学力量。

在简短的活动启动仪式后，我们又与数百名现场嘉宾和观众一起呼吸着黄河清新湿润的空气，品味着阵阵飘来的花香，参加了"黄河之约·绿水青山生态文学周"三门峡对话活动。此次活动由河南电视台主任播音员任炜主持，采取实景对话的模式，围绕对生态文学的理解和认知，开展现场对话。

对话由《人民日报》原副总编辑、著名作家梁衡，中国报告文学学会原常务副会长、文学评论家李炳银，《人民日报》文艺部原副主任、散文作家王必胜，中国报告文学学会副会长、生态文学作家李青松，市作协主席孟国栋，市发改委副主任刘爱伟就生态文明建设与生态文学等相关话题进行交流探讨。

梁衡老师现场讲述了自己与三门峡的不解之缘。他说，三门峡在黄河流域地理位置独特，首个以生态为主题的文学周选在三门峡举办，有特别的意义。他认为，生态文学应该分两个部分，一个是记录物质方面的人和自然的共生状态，一个是记录文化方面的人和自然的共生状态。

长期从事生态文学研究与创作工作的李青松谈了自己对三门峡的印象——三门峡有"四奇"："奇水"（清水黄河）、"奇人"（老子）、"奇书"（《道德经》）、"奇关"（函谷关），令人震撼。他认为，《道德经》蕴涵着丰富的生态美思想，对开展生态文学创作至关重要。

李炳银谈了令自己印象深刻的优秀生态文学作品。他说，生态文学的延伸发展，改变了人们传统的生态文明观念，前景非常广阔。

王必胜认为，新时代生态文学创作需要眼光，要站在人类生态文明建设的大局通盘考虑；需要情怀，突出人在生态文学作品和生态保护中的主体地位；需要实践，博古通今，理论与实践相结合，确保作品可读性更强。

孟国栋谈了三门峡黄河岸边的生态文学传承与创新。他认为，生态文学在三门峡不断传承和发展，应把更多感悟、反思和希望体现在生态文学作品中。

刘爱伟从创新实施"十百千万亿"工程、持续推动矿山生态修复等方面，介绍了三门峡市在推动黄河流域生态保护和高质量发展方面的亮点工作。能在现场聆听学习这些文学大咖和专家的真知灼见，对我们这些有志于生态文学创作的文学爱好者们来说是一顿饕餮盛宴，有醍醐灌顶之感，同时还结识了许多志同道合的朋友。

"生态文学周是一场美丽的'双向奔赴'，三门峡的青山绿水吸引了各位目光，引发了他们的诗情，激发了他们的灵感。大咖的莅临，一场场活动的举办，又为三门峡推开了一扇生态文学的新世界大门。"后来和我成为好友文友的三门峡市作协副主席、青年作家卢姣姣说，全国首个生态文学周活动在三门峡举办，是对三门峡近年来生态实践的充分肯定，必将对三门峡的文学艺术发展带来深远影响，相信作家们会创作出丰富精彩的生态文学作品。

黄河之上的风

九曲黄河如龙舞，青山绿水画中来。四月二十六日上午十一时许，刚刚参加完黄河边生态文学对话活动，与会作家们登上"天鹅号"游轮，徜徉在母亲河的怀抱中，零距离沐浴着这段清水黄河的润泽。

著名作家梁衡兴奋地走到船头，迎着四月的黄河春风，尽情感受大美黄河三门峡段的魅力："黄河在经过黄土高原后，在三门峡段居然还能这么清澈，很漂亮，令人大吃一惊！真是特殊奇观！"著名生态作家李青松不顾身体有恙，坚持站在甲板上，眺望着波澜壮阔的黄河，也动容地说："在三门峡，我感受到了黄河的极美！"

我和著名作家彭程虽然同住在北京海淀区，两家相距不远，却是二〇二三年三月一起出席《中国2022生态文学年选》新书发布会时刚刚认识的，后来阅读了他的许多散文作品，尤其是那篇《海淀的公园》，将身边的公园写得如此传神生动，令人拍案叫绝，感叹其语言那样真切自然、结构构思严谨巧妙、情感真挚细腻，仔细研读数遍，给我的散文创作带来很多的启迪和指引，受益匪浅。

我与他一起登上游轮天台，欣赏波澜壮阔的黄河风景。"三门峡的风景很壮观，有种豪迈的气魄，让人看了心旷神怡。"彭程不禁发出感叹。这是彭程第一次来三门峡，清澈的黄河水让他耳目一新。"古人云，

'俟河之清，人寿几何'，意思是人的寿命很短，等待黄河变清是不可能的，可我们今天切实看到了黄河水变清，这一点三门峡做得很好。"彭程说，"同时这里也是白天鹅的栖息地，这都是三门峡生态环境优美的印证。""这里居然是黄河！"女作家张子影被眼前的景象深深触动，这里颠覆了她对黄河的印象，"黄河到了三门峡，便将奔放豪迈的性格收敛起来，变得温柔、斯文。"

"清水黄河，不可思议！"这是《今日国土》杂志社社长、今日国土生态文学委员会主任柳忠勤与美丽天鹅城——三门峡的第三次约会。站立船头，如萍水临风，柳忠勤感叹："前两次来三门峡都很匆忙，没能在这里住下，此次真正住下，果然获得了别样的感触。"和许多人一样，柳忠勤最初了解到三门峡，是因为黄河上的第一个大型水利枢纽工程——黄河三门峡水利枢纽工程，这也是柳忠勤几天来最为震撼之处。"三门峡是'绿水青山就是金山银山'的一个成功案例，在这个经济社会发展绿色转型的热潮下，它用事实向全国人民做出了回答，做出了榜样，做出了经验，更做出了质量和水平。"

作为此次活动的组织者，柳忠勤建议，三门峡在"双碳"引领下，做好县域经济发展，写好乡村振兴这篇大文章。目前，中国国土经济学会正在中国科协领导下，着力推进科创中国·乡村振兴百县千村工程，计划在全国选择一百个县一千个村，围绕"双碳"引领下的乡村振兴作典范、作案例、作标准。初步有把三门峡各县（市、区）选入"百县千村"的计划，让三门峡在"绿水青山就是金山银山"的成功实践基础上更进一步。

"久闻三门峡山美水美人更美，曾有两次机会来这里，皆因中途有事未能成行。"《黄河》杂志主编黄风是一位性情豪爽、快人快语的山西汉子，对黄河这条母亲河有着极其特殊的情感，坐上游轮沐浴了黄河上的清风，他赞叹道："我采访过黄河沿岸的许多城市，发现三门峡不仅具有深厚的人文历史和文化底蕴，更有山青水绿的美好自然风光，为生态文学创作提供了丰沃的土壤。在这里举办生态文学周活动，是一件很好的事。一方面，可以让三门峡在生态文明建设上做得更好，使山水与人文相得益彰，焕发更加亮丽的光彩，进一步推动三门峡生态文学蓬勃发展；另一方面，这也促使晋陕豫三省更加重视生态文明建设，从而推动生态文学创作，使生态文学在三省得到进一步发展，刷新其深度和高度，进一步彰显历史厚重感。" 在谈到生态文学写作时，黄风以自己的多年创作经验现身说法："生态文学正值方兴未艾、风生水起之时，需要我们挖掘深度、提升高度，写作生态文学时要兼具文学性、思想性和生态性的有机统一。"

河风清朗，吹开黄河两岸盛景；水波翻涌，激荡生态文学创作之光。"这个因水而兴的城市，生态环境这么令人惊喜。"中国报告文学学会副会长李炳银也是第一次来到三门峡。面对眼前的好山好水，昭示了生态文学的美妙前景。这位敏锐沉稳的文学评论家不由赞叹起三门峡人民的智慧："人类在适应自然的同时，其实也在改变着生活的这片土地。三门峡人民能智慧地做到顺势而为、借势而上、乘势发展，推动水土建设，提高人民生活水平，书写了一个个全新的故事。"

关于如何用生态文学讲好三门峡故事，李炳银在接受随行记者的采访时分享了他的一些思考："三门峡是一个动能城市，具有许多新时代的特性素质，如果把这样的素质蕴含与前沿的生态文学加以很好地结合，三门峡定会给人一种全新的面貌展现与性格建设。"李炳银表示，三门峡今天发生的巨大变化以及许多文化积淀遗存，为生态文学作家提供了很好的题材对象和表达可能。"希望这么丰富的内容，能够经过作家的努力得到更好的传扬。"

虽然是乘船欣赏这段清水黄河美景，作家们却透过眼前美景，思考着许多关于生态文学创作的深层次问题，让人听闻后如沐春风，随着清水黄河上掀起的波澜一起跳跃，闪耀着思想的光芒。

小秦岭的大变化

按照文学周活动安排，四月二十六日下午，作家们乘车前往位于灵宝市境内的小秦岭地区，实地考察当地的生态环境修复情况。

途中特意走了百里黄河生态廊道。只见绿廊一路一景，林木相连、林水相依、长廊覆绿，多姿多彩、错落有致、立体生动的生态景观让人目不暇接，它宛如一条黄河母亲河绿色的裙摆，把一大片一大片的湿地连起来，把城区与乡村串起来，把黄河文化元素展出来，自然风光与人文景观交相辉映，黄河之景融入现代之城，领略人与自然美美与共的生态画卷。

陪同采访的《三门峡日报》社长马占方介绍，近年来，三门峡以黄河流域生态保护和高质量发展为统领，"十百千万亿"工程联动，山水林田湖草沙并举，坚持综合治理、系统治理、源头治理，标本兼治、建管并重、远近结合，高质量保护沿黄生态。

著名作家马俊杰说："我是写小说的，从文字、图片、视频等资料中了解的黄河和实际看到的差别很大，走在黄河之畔，心里总有一种美滋滋的感觉。"马俊杰忍不住赞叹："像保护眼睛一样保护生态环境，像对待生命一样对待生态环境。黄河是我们的母亲河，我们要像儿女一样守护她。在践行黄河流域生态保护和高质量发展、讲好黄河故事上，我希望能做一名义务宣传员，把这里的黄河故事、黄河文化、黄河精神等讲给每一个人听。"

经过近两个小时的长途奔波，终于来到小秦岭，亲眼见识她的真容。

小秦岭国家级自然保护区位于河南省最西部，秦岭最东端，沿着黄河南岸自西向东绵延三十一公里、南北宽平均十二公里。凭借得天独厚的地理区位和海拔优势，小秦岭境内生物垂直带谱完整、生物多样性丰富，森林覆盖率百分之八十一点二，是我国中西部宝贵的物种基因库，也是黄河中游重要的生态屏障和水源涵养地。

小秦岭是大自然赐予人类的一座真正"金山"，曾因是全国第二大

小秦岭生态经过多年修复重回"青青世界"

黄金生产基地而蜚声四海。数据显示，一九七五年至二〇一五年，小秦岭区域累计生产黄金四百五十余吨，为当地经济社会发展做出了巨大贡献。

在小秦岭生态文明建设教育实践基地，我们聆听和看到了小秦岭矿山环境治理和生态修复历程。从原始照片和录像中，看到由于长期粗放无序的开采，让小秦岭"伤痕累累"：溪流被严重污染流淌着黑水、山体植被被破坏成荒山秃岭、碎石矿渣及生活垃圾遍布四野……珍稀野生动植物失去了赖以生存的生态环境，泥石流、滑坡、山体崩塌等地质灾害频频发生，令人触目惊心。大家一边听一边看，一边拍照记录。

著名作家王必胜在讲解员的介绍下听得聚精会神，并不时提问。"小秦岭主动退矿还山，做得很好，这是把过去欠的'环保债'都还回来，而且这个举措实施起来十分不易，饱含'愚公移山'精神。"王必胜表示，这对于纪实文学或生态文学来说是一个很好的题材，弘扬生态环境保护的优秀做法是生态文学的应有之义。

而当真正深入到小秦岭国家级自然保护区的腹地，我们却真切感受到近几年生态环境保护的显著成效：野花灼灼遍布山野，随处可闻的鸟鸣响彻清涧，山泉淙淙，矿山被郁郁葱葱的森林覆盖，焕发出勃勃生机。系统施策修复的十万亩矿山，已经由点及面建设全域绿色矿山，成为包括林麝、狼、黄喉貂等大型动物和蝴蝶、甲壳虫等二百余种昆虫类动物在内的众多生物的乐园。昔日被生态环境部长期挂牌督办的负面典型，蝶变为联合国"生态修复典型案例"。

"谁能想到，遍布绿树繁花的小秦岭，曾是满目疮痍的矿山。"中国报告文学学会原常务副会长、文学评论家李炳银也不禁发出感叹。他当即表示，以小秦岭为例，人们面对大自然要秉持理性，而且要在总结经验教训的过程当中，尊重大自然，这样才会得到大自然的回报。生态文学就是要弘扬这种精神，影响更多人为大自然"疗伤"。

从小秦岭采取的这些综合治理上，我们可以看到三门峡人对于生态保护"壮士断腕"式的胆气和豪气。

这些背后又有谁知道，在近三年里，保护区管理中心积极探索出"拉渣、固渣、降坡、排水、覆土、覆网、种草植树"的修复路子，不论严寒酷暑，不怕风霜雨雪，干部职工甘守寂寞、扎根深山、默默工作，最终成功在石头窝里种活了片片新绿。我想，这里面一定有我在动车上认识的那位土家族杨大婶老伴儿的一份功劳，虽然不能离队去他们家赴约，当面去吃当地的特产，但我将手中的笔，去向他们一样的劳动者们致以崇高的敬礼。

参观完小秦岭生态文明建设教育实践基地，车队继续前行，进入小秦岭国家级自然保护区深处，一路虽然颠簸，但郁郁葱葱的高山森林风景让大家心潮澎湃，满眼期待。

车队到达小秦岭植物科普园，这里移植了保护区内各类珍稀植物。大家不仅聆听了相关坑口的修复历程，感慨生态治理的决心，更被满是绿意的群山包围，在鸟鸣林香中品读山水，陶冶情操。

看着眼前人与自然和谐共处的生动画面，来自江西的散文作家李乐明忍不住举起手机拍照记录。"震撼、感动，这是我现在的心情，小秦岭的治理彰显了坚韧不拔的精神，即使跟我们南方秀丽的风光相比，我都觉得震撼。"李乐明激动地说，"生态文学需要影响人去创造美景，要用富有情感的风物去唤醒人们对生态的爱护和珍惜，在这个主题上，生态文学大有可为。"

"这是我第三次来三门峡，与以往不同，这次深切感受到三门峡丰硕的生态文明成果。作为此次活动主办方，我们深切希望作家们看到三门峡以及全国各地为生态建设所做出的努力，从而借助生态文学笔法去叙述生态之美，用文学的力量为大美中国鼓与呼。"今日国土生态文学委员会副主任刘军萍真诚地说。

最后，作家们来到小秦岭动物科普馆。在这里，林麝、狼、黄喉貂等大型动物标本栩栩如生，仿佛刚刚穿林而来。还有蝴蝶、甲壳虫等二百余种昆虫类标本，其物种之丰富，令嘉宾们啧啧称奇。

刚一进门，散文作家杨亚丽就被门口的一只狐狸标本吸引，她赶忙用手机将其拍下。"我对动植物很感兴趣，生态文学我也关注了两三年时间，想在这方面进一步充实沉淀自己。这次来三门峡采风，让我对生态文学又有了新认识，我之后会以三门峡生态保护为背景尝试撰写生态文学作品，希望能够与三门峡作家产生共鸣。"杨亚丽说。

著名作家王必胜在小秦岭下的晚饭桌上，顾不得吃饭，就在手机上创作了一首律诗：

> 生态名城三门峡，黄河清碧大坝安。
>
> 百里湿地留天鹅，逶迤秦岭绿荒川。
>
> 一石分陕周召异，二步前后豫晋连。
>
> 道法自然文宗地，仰韶函谷拜先贤。

大坝之上的诗篇

四月二十七日上午，作家们按计划参观三门峡大坝，用脚步丈量当年建设者的雄心壮志。

据导游介绍，一九五七年四月十三日，三门峡水利枢纽工程正式破土动工。一九五八年十二月，三门峡水利枢纽工程在河水流速快、合龙难度大的艰难条件下，提前十七天截流成功。一九六〇年九月，三门峡水库实现下闸蓄水。三年多的秣马厉兵，一千余天的夜以继日，一九六一年四月，比原定工期提前一年十个月，主体工程宣告竣工。这座肩负光荣与梦想的"万里黄河第一坝"，以主坝长七百一十三米、坝顶高三百五十三米、最大坝高一百零六米的大型混凝土重力坝的巍峨身姿，在滚滚洪流中毅然崛起。

而当作家们站在雄伟的三门峡大坝之上，感念中华人民共和国成立初期，在"一穷二白"的境况下，老一辈建设者们众志成城修建了这座被誉为"万里黄河第一坝"的三门峡大坝，结束了黄河三年两决口的局面，由衷赞叹先辈们创造"黄河安澜，国泰民安"的丰功伟业。

三门峡水利枢纽建成运用后，在防洪、防凌、发电、供水、灌溉、减淤、保护生态环境和发展旅游等方面不断发挥着巨大效能，在保障黄河长治久安中贡献"三门峡力量"：下游引黄灌区的"中国粮仓"里有了黄河水的"幸福味道"，豫西电网获得了源源不断的绿色能源。

事情往往说起来容易，做起来却很难，过程更是曲折艰辛。三门峡水利枢纽工程在投入运营不久，就因为规划和设计的先天不足，不得不进行两次改建，三次改变运用方式。加之与后建的小浪底水利工程进行综合协调管理，水库运用方式也由"蓄水拦沙"先改为"滞洪排沙"，再改为"蓄清排浑"，调水调沙控制运用，对水量和泥沙进行双重调节，一般水沙年份水库可以达到冲淤平衡，保持长期有效库容，为世界河流泥沙治理和水利科技研发开拓了"试验场"，留下许多宝贵经验。

三门峡大坝巍峨耸立，坝上高峡出平湖，碧波万顷如同一面镜子，代替了被炸平的"梳妆台"，折射出黄河三门峡的前世和今生；大坝下巨流奔涌飞溅处的中流砥柱，巍然屹立于惊涛骇浪之中，树立成一种激越万丈的黄河精神，同时也是中华民族的精神象征。

《中国校园文学》主编徐峙是一位朗诵爱好者，望着中流砥柱石，背对着梳妆台，他情不自禁地吟诵起著名诗人贺敬之的诗作《三门峡——梳妆台》片段：望三门，三门开，/黄河之水天上来！/神门险，鬼门窄，/人门以上百丈崖。/黄水劈门千声雷，/狂风万里走东海。……语句铿锵，激情澎湃。

朗诵完诗句，徐峙说："三门峡最打动人的地方，就在于三门峡大坝。"三门峡大坝水利枢纽工程经过几代人艰辛努力和不懈探索，终于实现了初始目标，对黄河下游地区发挥了防洪、防凌、发电、供水、灌溉等综合社会效益，让人与自然和谐共生的画卷在这片土地上舒展开来，促使大家更加深刻地思考大自然的内在规律，以及人与自然如何才能和谐相处。

"三门峡是践行'绿水青山就是金山银山'的一个成功案例，在这个经济社会发展绿色转型的热潮下，它用事实向全国人民做出了回答，做出了榜样，做出了经验，更做出了质量和水平。"《今日国土》杂志社社长、今日国土生态文学委员会主任柳忠勤感慨地说。在三门峡大坝上，他动情地说："这是一个我从孩提时就开始向往的地方，今日终于如愿以偿！"他在兴奋中遍游大坝上、下、内、外，被大坝的美丽、壮观所震撼，口占七绝诗句：

三门峡里千峰秀，四围岑间万木春。

黄河之水从天降，奔腾此处即安澜。

庙底沟的光芒

四月二十七日上午，采风活动的最后一站便是参观三门峡庙底沟博物馆。

在四十多分钟的采风途中，性格泼辣、心直口快的《牡丹》杂志编辑杨亚丽主动为大家唱起了河南越调唱段《收姜维》："四千岁，你莫要羞愧难当，听山人把情由细说端详。想当年，长坂坡您有名上将，一杆枪，战曹兵无人阻挡……"唱腔沉稳、朴实、豪放，铿锵有力、掷地有声，赢得同车人的热烈掌声，引得大家纷纷拍照、录音、录像。

庙底沟博物馆，距离黄河仅一公里左右，位于三门峡市区内的庙底沟考古遗址公园，西邻迎宾大道，南邻召公路，东北为庙底沟沟体，西南侧有现存黄土台塬遗迹，占地面积约六公顷。其外观看起来和名字一样质朴，以"交融"为设计构思出发点，将建筑体量南北分为七个楔形体块，西高东低或东高西低交错布局，如同交握的双手。整体空间宏伟大气，色调以沙黄色为主，寓意史前文明在豫西黄土地上生根发芽，彰显鲜明的地域特色。

走进博物馆内，抬头便看见恢宏的序厅高堂之上，镂空花饰的巨型穹顶在灯光下通透晶莹，若幻若真，形成浑然浩渺的时空感受。

在璀璨夺目、满天星斗的漫漫中华文明的天际中，仰韶文化庙底沟类型，是满天星斗中最耀眼的恒星。仰韶彩陶，到了仰韶时代的庙底沟文化时期发展到了顶峰，成为史前华夏文明进程中的里程碑。庙底沟类型彩陶最常见的纹饰是花瓣纹，影响范围遍及大半个中国，被俗称为"庙底沟之花"。

花瓣纹是庙底沟彩陶上的典型纹饰，根据不同的形态，花瓣纹可以分为叶片纹和双瓣式、四瓣式、多瓣式花瓣纹。庙底沟文化彩陶上的花瓣纹，是绽放在中原地区的"中华文明之花"。据相关报道，考古学家苏秉琦先生认为庙底沟彩陶的花卉纹以菊科和蔷薇科的花瓣为母体，可能与"中华""华山"和"华夏"的得名有着密切的关系。考古学专家苏秉琦先生认为，古代的字义"华"字就是花朵的意思。以"华"为族名，"华夏"与"中华"名称里"华"字的源头，从庙底沟便可揭开这一谜底。而考古学家严文明先生也曾经提出中国史前文明的"重瓣花朵"格局，这一格局形成于庙底沟时代，豫晋陕交界一带就是"花心"。

庙底沟博物馆馆内以"花开中国"为主题的陈展，正是以著名考古学家严文明先生"重瓣花朵"理论为依据，在整体设计中采取多维通道、幻影成像、可触摸式透明数字独立柜等，使观众在观展过程中形成浑然浩渺的时空感受，营造若幻若真的情感体验。据了解，该展览是首个在中华早期文明发展背景下，展现仰韶时代最繁盛、影响力最大的原创性庙底沟文化陈列展览，是目前国内展示仰韶文化彩陶数量最多、类型最全的史前文化陈列展览。

厚重的庙底沟遗址，是历史给我们最好的馈赠。通过参观庙底沟博物馆，我们可以触摸了解史前文明的古老和神秘。在陈列馆内，各种修复的彩陶琳琅满目，令人眼花缭乱。展出文物三千三百多件，大部分为近年来仰韶文化考古发掘的最新成果。其中包括了完整的弧线三角纹彩陶盆、瓮棺葬群等，大量纹饰精美的彩陶器物为观众展示出史前文明的繁荣图景。

在环幕影院厅，科教片《中华文明的第一缕曙光》映入眼帘，全景展示为大家带来了一次沉浸式的文化体验，让大家在如梦如幻中体验到仰韶文化不愧是中国史前文化的巅峰，而庙底沟文化则是仰韶文化鼎盛时期最具代表的文化类型，成为中国史前文化最辉煌时期的最绚丽、最具代表性的文化符号，堪称"早期中华文明的第一缕曙光"。

作家们用耳朵聆听来自仰韶文明的风声——这里每一片瓦罐器皿都闪耀着中华文明的曙光，静听花开中国的召唤。"大道之源，文明之光，壮美之峡，青绿之水。三门峡是寻找文化根脉、感受自然之美的最佳地方。"参加活动的今日国土生态文学委员会副主任刘军萍由衷赞叹。

磨道学堂走出来的一代宗师

曹靖华是我国近现代杰出的文学家，新文化运动的先驱者，"五四"以来我国翻译介绍苏联革命文学的开拓者，翻译的《铁流》《保卫察里津》等作品，给进步青年们带来了宝贵的精神食粮，给革命者也带来了无穷的希望。

我们怀着对曹靖华的崇高敬仰，专门前往河南省三门峡市卢氏县五里川镇，近距离探寻他的成长轨迹，感悟这片孕育出一代文学大师的沃土。

驱车从濒临黄河边的三门峡市区到卢氏县，有两个多小时的车程。车子驶入熊耳山区，这里是秦岭东段规模较大的山脉之一，是长江流域和黄河流域的分水岭。五里川镇的地理气候也由黄河流域逐渐过渡到了长江流域，其境内淙淙流过的老鹳河，发源于栾川县小庙岭(伏牛山主峰北麓)，本是西南流向至卢氏县，到五里川镇后却转向东南，经朱阳关镇入南阳市西峡县境，至槐树洼入淅川县境，经上集镇至马镫镇注入丹江，最终汇入长江。

曹靖华出生地——五里川镇路沟口村(亦称河南村)，四围山势灵秀，村落屋舍俨然。北面背靠雄伟峻峭的熊耳岭，可远望青山千佛窑，西临九龙山，群山环绕如眉黛，东濒奔流不息的老鹳河，水流清澈如明眸，掩映着绿树野花，这里的植被茂密，空气湿润，满地落红的杏树生发出的青杏，散发出撩人的清香。高大粗壮的核桃树刚刚伸展出的嫩叶像羞涩少女的头发，叶面望上去绿得发青，油汪汪、亮晶晶……与黄河流域的植被有着明显不一样的色泽，这里位于中国两大河流长江、黄河流域交汇之地，果然是山清水秀地，人杰地灵处。

走进通往故居的弄堂，两边院落的灰白相间的墙壁上，镶写一些曹靖华写给故乡亲人和朋友的信里的话语，其中一则写给青年的信："一个人什么也不要怕，所怕是没有坚忍不拔，耐劳任苦的志气和魄力。环境的一切艰难都是驱赶我们向上的鞭子……"读之，朴素的话语充满力量，令人深思顿悟，激情澎湃。

曹靖华故居是一座我国北方农村极具代表性的土木结构组合式庭院，其建筑为砖石筑基护角为架，土坯垒砌为墙，青瓦盖顶，飞檐斗拱，古朴典雅，是有着传统文化特色的两进四合院。院外墙壁上刻着"耕读传家，三余读书"等诸条曹氏家训。听当地人讲，这个院落始建于清代早期，距今已有三百余年历史。

故居门前的一副石磨、一块无字碑和一眼辘轳井吸引了我们的目光。据介绍，曹靖华的父亲曹植甫是晚清的一名秀才，因痛恨政治腐败，无意功名，自愿选择躬居山野，耕读传家，设校授徒，专心致志开办新式教育，启迪后进。曹靖华六七岁时就开始和父亲一起在这副石磨上推磨磨面，曹植甫老先生将磨台上的面粉抹平，用手指写出"礼义廉耻"等字样，逐字诵读、逐字解释，每推一圈磨，父亲就教他认一个字，曹靖华后来回忆起这段往事，称自己启蒙于这所"磨道学堂"。

旁边的那块无字碑更是曹植甫老先生耿直秉性的真实写照。与曹靖华有着深厚情谊的鲁迅先生，了解到曹靖华父亲曹植甫的事迹，一九三四年抱病几易其稿，写就《河南卢氏曹先生教泽碑文》，且在文末署名"会稽后学鲁迅谨撰"。当年，曹植甫先生已六十五岁，在山区任教整整四十五年。收到鲁迅亲笔撰写的碑文后，曹植甫的学生们一呼百应，纷纷捐款，购买了一方碑石，想将鲁迅先生所撰写的文稿刻于石碑上。可是曹植甫却坚决不同意，当场指挥运输队把碑石运到门前那眼清泉喷涌、百年不竭的辘轳水井旁边，作为乡民汲水用的垫脚石，其

"品节卓异"的品格操守由此可见一斑。

"品似春山蕴藉多，文如秋水波涛静"，在曹靖华故居大门两旁，映入眼帘的是这样一副对联，也是对曹靖华一生光辉事迹的客观评价。

走进这座古朴幽静、书香典雅的普通豫西民居，西厢房客厅正中央悬挂着鲁迅先生亲笔撰写的"河南卢氏曹先生教泽碑文"，桌上摆放着曹靖华先生的半身雕像和一摞摞厚厚的作品。在南北厢房展厅，分别以"走出伏牛山""奔赴光明地""窃火异邦""引木刻之玉""文化使者""教书育人""最后十年"等版块，以实物、图片、题词等形式详细展示了曹靖华先生伟大又光明的一生。

在"磨道学堂"进行启蒙后，曹靖华酷爱上读书，不到两个月就能把一本《三字经》背得滚瓜烂熟。曹植甫看到后非常高兴，和蔼地问他："人之初的'人'字你知道怎么写，是什么意思？"曹靖华一时语塞答不出来。父亲一边提笔写"人"字，一边说："人分好人坏人，要当个堂堂正正的好人，写人字要迈开两脚才能站得稳、走得远；要顶天立地、不偏不倚，才是个真正的人。若写得歪斜不正，就成了邪曲小人和坏人。读书光死记硬背不行，还要懂得意思。"朴实严谨的家教，通俗易懂的讲解，谆谆善诱的教导，在曹靖华幼小的心灵里留下极深的印记。

一九一六年，曹靖华考入开封省立第二中学。走出伏牛山那一刻，他就立下志向："愿做一只报晓的雄鸡，把人们从睡梦中唤醒；愿做一根小小火柴，将藏有豺狼的原野烧他个烈火熊熊；或像一头辛勤的黄牛，默默地吃草，不停地耕种。"

一部部作品，一张张图片，记录着曹靖华做出的巨大成就，也反映出他的伟大品格。一九一九年在席卷全国的五四运动中，曹靖华与进步同学成立了"青年学会"，并创办《青年》杂志宣传五四精神。一九二一年，曹靖华到上海外语学社跟杨明斋学习俄语。当时的外语学社实际上就是社会主义青年团的基地，他在此加入了青年团，并被派往莫斯科东方大学读书。

从诸多展品中可以看出，瞿秋白、鲁迅两人和曹靖华关系密切，对他的影响也最大。在莫斯科，瞿秋白与他相识并成为挚友。瞿秋白鼓励曹靖华说："中国的文艺田园太贫瘠了，希望你做一名引水运肥的'农夫'。"一九二三年回国后，由曹靖华翻译的苏联作品《蠢货》被瞿秋白发表在《新青年》杂志上。一九二五年，曹靖华受李大钊派遣，赶赴开封任国民革命军第二军苏联顾问团翻译。其间，他将鲁迅的《呐喊》推荐给瓦西里耶夫。瓦西里耶夫读后很感兴趣，遂把其中的《阿Q正传》译成俄文本。曹靖华为作者和译者之间传递信件，两人结下了深厚的情谊。

在展示柜里的各种版本的《铁流》中，一九三一年由曹靖华翻译、瞿秋白代译序言、鲁迅编校并自费印刷的《铁流》最初版本最为珍贵，也最为亮眼。这部当时仅印了一千册的禁书，凝聚了曹靖华、瞿秋白、鲁迅的大量心血。大革命失败后，曹靖华再一次赴苏联，先后在莫斯科中山大学、列宁格勒东方语言学院及国立大学任教。他受瞿秋白委托，把介绍苏联革命文艺作品和文艺理论当作革命政治任务来完成，并鼓励他"给起义的奴隶偷运军火"。于是，曹靖华便开始大量翻译苏联革命著作，并寄给鲁迅，再由鲁迅转给已经回国的瞿秋白。由于他们坚韧不拔的努力，《铁流》译本这部作品在岩石似的重压下终于得以问世，在读者眼前开出了鲜艳而铁一般的新花。林伯渠曾说，参加过长征的老干部，很少没有看过《铁流》这类书。

此外，曹靖华在险恶的环境中坚持翻译，又陆续译出《列宁的故事》《列宁格勒日记》《保卫察里津》等三十余部三百多万字作品，极大地鼓舞了成千上万的读者投入到党所领导的革命洪流之中。

除了翻译作品，曹靖华还坚持自己创作，写出了《抗战三年来苏联文学之介绍》《论达卡耶夫》《高尔基生平》《抗战以来苏联文学在中国》等文章和大量的散文作品，主要代表作有《曹靖华译著文集》《曹靖华散文选》等。

中华人民共和国成立后，曹靖华以巨大的热情投入到社会主义建设事业中，担任了北京大学教授，用很大的精力投入到教书育人培养人才中去。他衣着朴素、神态谦和，说话还带着河南口音，讲起课来语言生动、声情并茂，很富有情趣，深受学生喜欢。他还先后担任中苏友好协会全国理事兼北京分会副会长、中国文联委员、中国作家协会书记处书记等职。

纵观曹靖华的一生，是在孜孜以求、夜以继日的辛勤工作中度过的，即使生病后躺在病床上，还坚持撰写文章、审阅文稿、接待来访，关心教育、文艺工作的健康发展，直至生命最后一刻。董必武同志曾以"洁若水仙幽若菊，梅香暗动骨弥坚"的诗句，赞赏他高尚的革命情操和不凡的风骨。

在展厅最后版块，有一张老一辈无产阶级革命家习仲勋看望慰问曹靖华住院治病时的照片，旁边还有一副题词："靖华同志一生为革命事业和文学、教育工作奋斗不懈，功劳卓著，他是我的良师益友，高风亮节，殊堪怀念。"

敬师亭中映教泽

四月二十七日下午，与会作家们在参观完位于卢氏县五里川镇河南村的曹靖华故居后，来到曹靖华的启蒙学校——五里川完全中学参观，这里也是曹靖华父亲曹植甫先生生前长期任教的地方。

走进两旁粗壮挺拔的松柏排列的学校甬道上，一阵高亢激越的童声朗诵迎面而来："夫激荡之会，利于乘时，劲风盘空，轻蓬振翮……"数十名统一身着红白灰相间校服的学生，整齐排列在学校松柏掩映的大路上，一个个幼稚的面孔，一声声催人奋进的嗓音，大声朗诵着《河南卢氏曹先生教泽碑文》，回荡在校园中。

在一座由曹靖华亲笔所题的"敬师亭"前，几张桌子上堆满了上百本各种图书，这是参加此次采风活动的作家们将自己创作或编印出版的图书，赠送给这所学校的孩子们。

《今日国土》杂志社社长、今日国土生态文学委员会主任柳忠勤主持了此次图书捐赠仪式。仪式虽然简约，但参加捐赠的作家个个都是当代文学大咖：人民日报社原副总编辑、著名作家梁衡带头向孩子们赠送了刚出版不久、图文并茂的新书《天边物语》，随后，李炳银、王必胜、彭程、劳马(马俊杰)、周伟、黄风、徐峙、王朝军、李亚梓、刘慧娟、冷杉、李乐明、杨亚丽等全国知名作家，纷纷捐赠自己的著作。《中国青年作家报》主编周伟当场表示，将向完全中学长期赠送所主编的报纸合订本。中国报告文学学会副会长、生态文学作家李青松将自己新出版的图书《北京的山》及所主编的《中国2022生态文学年选》交到学生代表手中后，用亲切地语调寄语："希望我们大家在读纸质书本之书的同时，也要读自然这部大书。"关爱之情，溢于言表。

完全中学学生代表一一从作家们手中接过散发着墨香的图书，激动万分，这些作家的名字原先都是在课本和书报上看到的，现在都活生生地站在面前，亲切握手，交谈鼓励，那么和蔼可亲、语重心长……简单的赠书仪式，却是一种传承，肇始于曹植甫、曹靖华父子，孕育于作家身心，薪火相传于莘莘学子。

图书捐赠仪式结束后，作家们走进敬师亭，伫立在教泽碑前，一字一句瞻仰这篇由鲁迅先生亲自撰写的碑文。

鲁迅先生一生只写过四篇碑文，这篇《河南卢氏曹先生教泽碑文》是唯一为在世人所作，更是被收录进鲁迅作品集《且介亭杂文》中的唯一一则碑文。曹植甫先生逝世后，他的学生们才将碑文刻石，放置在曹植甫生前所任教的五里川完全中学的敬师亭中。据相关文献记载：一九四五年八月，毛泽东赴重庆谈判期间，与曹靖华进行了亲密交谈，谈起鲁迅抱病为曹靖华父亲曹植甫先生撰写教泽碑文之事，毛主席称赞其是"以不朽之文，传不朽之人"。

敬师亭中，不仅有记录曹植甫先生"耕读传家，三余读书""作时世之前驱，与童冠而俱迈""专心一志，启迪后进""诲人不倦，惟精惟一"等不同时期的生平评价，而且有发生在曹植甫先生身上的"秀才与挑夫""直面陈沛抗日""为子弟兵筹粮"等轶事，还有他创作的诗歌作品，其中《劝学篇》《实话篇》等，读来朗朗上口，通事明理，通俗易懂。

作家们聆听到讲解员述说一则曹植甫授课时的趣事：曹植甫当时虽然上了年纪，但和年轻的学生们相处，赤诚相待，绝不摆出严师的架子，也不维护虚假的"师道尊严"。一年夏天，老人拿着书本，在课堂上讲得兴致正高时，忽然眉头一皱，放下书本，匆匆出去，学生们不知发生了什么事，个个纳闷。几分钟后，老人微笑着回来，随手在黑板上写下一首诗：一声不住一声催，腹中无雨但有雷。撩衣紧走十多步，平地斜撇一枝梅。有的学生开始不解，聪明的学生想起老师刚才急迫的样子，猜想老师得了腹泻，跑到厕所解手去了。课堂上不由发出一片会心的笑声。

作家们听到这里，也被曹老先生风趣幽默的授课趣事逗笑了。

往事悠悠，追思的旧时光像封坛许久的美酒，日久弥新，透出浓烈的香气。师泽缕缕，质朴的话语像开启心灵的钥匙，豁然开豁，放射耀眼的光芒。作家们在教泽碑四周徘徊驻足，凝思体悟，久久不愿离去。

即将落下西山的太阳余晖，透出苍松翠柏茂密的枝叶间隙，射进敬师亭，提醒作家们要离开了。临行前，梁衡提笔为五里川完全中学写下题词寄语："文章为思想而写，为美而写。"李炳银和王必胜也挥毫泼墨，分别在敬师亭中以后学身份向曹植甫、曹靖华父子致敬。

云山苍苍，河水泱泱，先生之风，山高水长。走出学校大门时，已经是星斗满天，大家还沉浸在对一代文学宗师曹靖华和曹植甫老先生的无限追思和崇敬中，一位同行的作家动情地感叹道："瞧，天上那两颗最亮的星，一定是两位曹先生的眼睛，他在指引和激励着我们，全身心投入文学创作中去。"

三门峡的树

对于三门峡，我对她的最初认知里，除了三门峡大坝和贺敬之先生的诗篇《三门峡——梳妆台》，还有三门峡的树。在和著名作家梁衡近期的几次接触时，曾多次听他讲起与三门峡的缘分。二〇一四年十一月，他来三门峡参加一个全国性的黄河金三角经济论坛。论坛结束后，他就想打听一点三门峡当地文化方面的素材，因为当时已开始了《树梢上的中国》的创作。当问到三门峡有什么古树时，时任三门峡日报社总编辑孟国栋向他推荐了陕州区观音堂镇的七里古槐。

后来梁衡老师创作了《死去活来七里槐》等散文名篇，就这样和三门峡结下了不解之缘，在多个文学场合宣传三门峡这个因河而生、依河而建、伴河而兴，黄河臂弯里的美丽城市。

我这次之所以能参加三门峡生态文学周活动，有李青松老师的极力推荐，也有对梁衡老师那篇《死去活来七里槐》散文所描绘影像的无比向往。

在几天的采风中，我感觉到三门峡地域内的树木特别多，人们对树也特别崇敬爱护。

走进三门峡市区，无论是道路两旁，还是公园里、居民小区里，到处都能看到高大粗壮的松树。雪松是三门峡的市树，作为世界著名观赏树种，它适应当地的自然生长条件，广泛种植在这片兼有北亚热带和暖温带两个区域的气候特质，形成南北植物群落交会带。雪松不仅在三门峡具有栽培历史较长的优势，且分布广，种植在公园绿地、街道巷陌、小区庭院，而且其自身具备生长快，寿命长，病虫害少，树体高大，树形优美，树冠秀丽，苍劲挺拔，四季常青的优秀品质，深受当地人民的喜爱，在二〇〇八年十一月三门峡全市范围内开展市树市花评选活动中，与月季一起在众多候选品种中"占魁首""压群芳"，成为三门峡城市形象的重要标志、优秀文化品格的浓缩，也是该地区繁荣富强的象征之一。

四月二十七日的行程中，在傍晚时分，我们曾到卢氏县委所在地进行短暂参观。没想到这个县委大院与众不同，县委书记和其他工作人员一样依然在一九五七年建成土坯房中办公。走进县委常委的办公室，依然是寝办合一。里面没有引进自来水，干部们日常都是打水洗脸，没有保洁人员，都是干部们自己打扫卫生，却是窗明几净，整整齐齐。用当地干部的话说，艰苦朴素不是"破破烂烂"，而要"精精神神"。尤其奇特的是县委大院没有院门和栏杆，并且没有配备专职保安。白天来办事的村民不用登记，畅通无阻，可以直接走进县委书记办公室，去汇报办事，没有人阻拦。

院子里树木参天，道路两旁既有名贵的红豆杉，又有普通的椿树、桐树，婆娑的竹子在雨中显得更加青翠欲滴。花木掩映下，道路西面四排、东面五排外墙涂着赭红色涂料的平房，在日晒雨淋下早已褪色斑驳，露出混着麦秸的土坯。夜晚来临，附近的居民可以自由来这里纳凉，三人成群，五人围坐，摇着蒲扇，很是惬意，就像在自家院落里休闲一样。

在院门处，有一棵已经高度倾斜的松树，下面用木桩支撑着，看起来有点大煞风景，可听时任县委书记王清华说："这也是一种蓬勃向上的精神，只要成长，我们就会珍惜每一棵树。"而在门外不远处，建有一个宽敞雄伟、现代气息浓厚的人民广场，无数的市民在里面自由散步、跳着广场舞，在广场四周香菇造型的路灯照耀下，享受着幸福的时光。

在我们住的三门峡市区白天鹅宾馆东北部仅有二百米之遥的地方，有一处"甘棠苑"，里面的设置更是别有一番清新廉风的韵味。

我是利用一个午休时间独自走进甘棠苑的。甘棠苑是为西周时期辅佐周成王的召公而重建的纪念地，因召公一生节俭自律、勤政爱民，史上留下了"甘棠之爱""召公遗爱"等佳话，被誉为"廉政始祖"。孔子对召公极为尊崇，视为有德之人，曾言"见于甘棠，甚于宗庙"。

《诗经·召南·甘棠》有诗句："蔽芾甘棠，勿翦勿伐，召伯所茇。蔽芾甘棠，勿翦勿败，召伯所憩。蔽芾甘棠，勿翦勿拜，召伯所说。"传说召公执政时，常到封地巡行，体察百姓疾苦。在天气炎热的夏天，召公就在一棵茂盛的大甘棠树下处理公务，老百姓遇到问题和纠纷，都到甘棠树下找召公解决。人们为了感谢召公，送来很多礼物，可召公都坚决不收。后来，召公要离开的时候，当地老百姓都非常不舍，说召公不仅肯到百姓中来，而且一点也不铺张，他公正无私，心里装着老百姓，如果天下官员都如召公，那老百姓就幸福咯！

在甘棠苑入口处是高大雄伟、气势恢宏的钟鼓楼，又称谯楼，始建于唐，跨街而建。楼下是用大青砖砌起的大拱门，楼上有鼓，系古代"晨钟暮鼓"敲击之用。在钟鼓楼的正面是书法家启功亲笔题写的"钟鼓楼"和范曾题写的"云浮千秋"；背面是范曾题写的"江山万古"，两边是由著名作家贾平凹书写的楹联："世长势短莫以势欺世，人多仁少须以仁择人"。

苑内不仅有高大雄伟的召公塑像，而且有历代文人贤士所作诗词涉及召公、甘棠的诗作，据统计有三千余首。清风亭内立有甘棠苑石碑，刻有吴启民先生撰写的碑文《甘棠苑记》，记述了他捐建甘棠苑的初衷。这位出生在灵宝的农民企业家，自己致富后，没有为自己修屋建房，而是重建了召公祠，又修钟鼓楼，再建甘棠苑和甘棠书院。

重建的甘棠苑与钟鼓楼巧妙地连为一体，秉承古祠遗风，亭台楼阁、幽径曲水、怪石修竹、浮雕名匾错落有致，里面不乏启功、范曾、钟明善、爱新觉罗·溥佐、茹桂等名家的丹青墨宝。在院内不仅设置了古代三门峡十大廉吏和贪官壁画、清风亭、静心桥等人文景观，而且修建了廉政文化长廊，并将这里建为廉政教育基地，以党风廉政教育为主要内容，室内设置有古代厅、现代厅、阅览厅、电化放映厅。古代厅有廉吏篇、贪吏篇、古代廉吏制度与思想文化三个部分；现代厅有决策篇、榜样篇、正气篇、惩治篇、学习篇、国际篇六个部分。突出"勤政为民"主题，主要依托召公的廉政思想，对党员干部开展廉洁从政教育。

人们在重建甘棠苑的同时，也在心中栽下了一棵树——甘棠树，以便完成当地人的共同心愿：把召公精神、甘棠遗爱，从几尽湮灭的历史烟云中召唤回归现实时代。

我想，这也是许许多多像卢氏县委大院里的共产党员们所坚守的初心和使命吧。

三门峡不仅栽种下这棵甘棠树，而且培育成一片一望无际的森林。

地坑院的韵味

根据行程安排，我们与会作家在四月二十八日到陕州地坑院进行调研采风。

陕州地坑院位于三门峡市陕州区张汴乡的陕塬，距三门峡市区十一公里，作为一种古老而神奇的民居样式，地坑院蕴藏着丰富的文化，被誉为"地平线下古村落，民居史上活化石"。二〇一一年，地坑院营造技艺被列入国家级非物质文化遗产保护名录。

四十多分钟的路途中，作家们一边欣赏着车窗外不断变幻的景色，一边议论着当地浓郁的地方文化，尤其对即将亲眼看到的地坑院充满无限期待。据有关考证记载，早在轩辕黄帝时期，陕塬先民们已经掘地为穴而居，在《诗经》中就有"陶复陶穴"的说法。

汽车由开阔的市区进入黄土高原区域，沟壑纵横，高坡壁立。这里的黄土层堆积深厚，主要以石英和粉沙构成，土质结构紧密具有抗压、抗震、抗碱作用。此外，此地的地下水位较低，一般在三十米以下，这些都为"地下挖坑，四壁凿洞"提供了得天独厚的条件。

"见树不见村，进村不见房，入户不见门，闻声不见人"，果真是对地坑院的真实写照。走进 "陕州地坑院" 高大的门楼，里面却是一马平川，在地面上再也看不到高耸的建筑，只能看到高出地面三十至五十厘米的拦马墙(也称女儿墙)，这些矮墙有三个作用：一是为防止地面雨水灌入院内，二是为保障人们在地面劳作活动和儿童的安全所设。三是根据建筑装饰的需要，使整个地坑院看起来美观协调。

地坑窑院建造十分巧妙，颇具匠心。通过向下倾斜的斜坡，沿着凿成阶梯形弧状甬道,拐个斜向直角通向门洞,是地坑院的入口——地洞门,地坑院的入口有直进型、曲尺型、回转型三种。门洞窑大多数只有一道大门(也叫锁门),有的做两道门,分称为大门和二门。在门洞窑一侧挖一个拐窑,再向下挖深二三十米、直径一米的水井,加一把辘轳向上打水,解决人畜吃水问题。

三门峡地坑院

走进院落，四方的天空下，四周开凿的各个窑洞布局合理有序，根据功用分为主窑、客窑、厨窑、牲口窑、茅厕、门洞窑等。窑洞内多用土坯垒成火炕，一般另有单独的窑洞做厨房、粮仓及鸡舍、牛棚。院内可以圈养牛、羊、鸡、狗等，人畜共居。窑洞内还可以再挖小窑洞称之为拐窑，用于储藏杂物或用于窑洞与窑洞之间相连的通道。院中间地面通常还栽植梨树、榆树、桐树或石榴树，树冠高出地面，露出树尖。当天下午正逢刮起大风，院落之上地面所插的旗子被风吹得哗哗响，飞沙走石，而地下院落却风平气和，感觉不到任何风吹沙飞，一片安静祥和景象。

地坑窑院虽系农家院落，但受历史传统文化影响，建造十分讲究。在黄土地上的风土民俗建造的地坑窑院称为方院子，是一种关系到家庭兴衰、子孙繁衍的大事。这种看似"向下挖坑、四壁凿洞、穿靴戴帽、美化装饰"的简单营造技艺，却与传统的阴阳八卦方位密切结合，显示出古人卓越的智慧。整个窑院为方形，站在院中间看天空，天似穹隆，是天地之合的缩影，体现出方圆之美，是中国古代"天人合一"的哲学思想的反映，更是人与大自然和睦相处，和谐共生的典型范例。这种神秘、奇特的民居，在中国乃至世界都是独一无二的。二〇一一年，陕州地坑院营造技艺被列入国家级非物质文化遗产保护名录。

现在的陕州地坑院，在原有院落的基础上，将二十二座地坑院相互打通，分别设置了不同主题，全方位向世人展示地坑院的历史演变及陕州地区人民的生活风貌与民俗技艺。这些窑洞与黄土相通，深深扎进高原大地之中，随大地的脉搏跳动，实用价值具有防震功能。

地坑院里的穿山灶更是勾起人们的好奇，我对这种锅灶产生了浓厚的兴趣，围绕灶台观摩琢磨了好几圈。发现这种穿山灶虽然外观粗糙朴素，用砖石和泥巴糊成，但灶里面结构巧妙，充满了当地人的生活智慧：

一排灶呈斜坡状依次向上，灶膛心心相通，根据热气往上升腾走的原理，依次开九个灶孔，可以同时放置九个大锅，分别进行蒸、煮、炸、炖、焖、保温等不同操作，很高效，往上炉温逐减，最大限度地利用了热能，也非常节能，可根据火候烹饪地坑院的特色美食"十碗席"。

说起"十碗席"，更是勾起了来自小吃之城天津的薛印胜的欲望，拉着我一边围观正在忙碌准备各种食材的大师傅们，一边请教一些问题。一位姓李的师傅说起这陕州十碗席，滔滔不绝，妙语连珠：这里的十碗席包括小酥肉、焖丸子、红烧肉、杂烩菜、红油豆腐、清炖三珍、高汤海带、糯米饭等八种热菜，外加胡萝卜丝菠菜、粉条豆芽两个清爽利口的凉拌菜。利用农家养殖的猪，种植的大白菜、萝卜、黄花菜，自制的粉条、豆腐、豆芽和田野菜，全部食材来自当地农家，都非常常见，价格也很便宜，却名扬海外。原因是一九〇一年的九月初八，慈禧太后在八国联军侵华后逃难途经此地，在品尝当地勉强凑齐的这十种菜后，竟然赞不绝口，随口说出"十碗水席，十全十美"的赞誉，这个免费的广告一下传播了三百多年。

地坑院内展示的民俗表演与非遗展示同样精彩纷呈，吸引了我们的眼球，诸如陕州剪纸、捶草印花、锣鼓书、澄泥砚、木偶戏、皮影戏、糖画、红歌表演、陕州特色婚俗表演等，蕴含着丰富的文化，体验互动性强。剪纸艺人当场为陈军萍剪了一幅民俗图，让她惊叹不已，连声道谢买下小心放入包内，说要带回家好好珍藏起来。

在陕州锣鼓书表演现场，只见六名民间艺人手拿乐器列坐在一张八仙桌边，中间的那位女艺人坐在桌后，左脚踩梆子，右腿打竹板，手上还拉着四股弦琴……一人操作多种乐器，用宽厚质朴的嗓音、豪放激昂的唱腔，十分投入地用豫西地方土语和腔调吹拉弹唱着，其他艺人不时进行合唱，在整个表演过程中，都眉飞色舞，神采奕奕，亮光闪动的眼神里，紧跟节奏，每个人都全身心投入到表演中。铿锵有力的锣鼓声、高亢粗犷的旋律，令听者动容，深醉其中，引得观众纷纷叫好喝彩。

陕州锣鼓书是一种古老的说唱艺术，从古代敬三皇神开始，表演者击鼓打锣唱曲，早期以铰子、锣鼓、筝伴奏，后逐渐加上弦乐器，主要为四股弦，又被称为"四股弦书"，也叫"神鼓书"。这种集"敲、说、唱"于一体的表演形式，被现代人誉为中国的"架子鼓"和"爵士乐"。

李炳银是陕西临潼人。观看了陕州锣鼓书表演后，勾起了他的乡土情怀，兴致高昂地邀请表演乐队伴奏，唱起了《梁秋燕》唱段：阳春儿天，/燕去田间。/手提着竹篮篮，/又拿着铁铲铲。/慰劳军属把菜挖。/人家的小伙上了前线，/为保卫咱们的好家园。/金字光荣匾，/高高门上悬，/要把那美名儿天下传……引得众人纷纷按唱腔节奏鼓掌击节叫好。唱罢，这位满头白发的老人还眉飞色舞地给我们讲解，这段眉户现代戏讲的是中华人民共和国成立初期青年男女破除封建传统约束，自由恋爱的故事。

热烈的气氛和浓厚的乡土情怀也感染了《北京文学》执行主编师力斌，他动情地说："这里的一切都那么令人熟悉，就好像回到了自己的家乡一般。地坑院是一种建筑，也是一种文化，是老祖宗智慧的象征，这种生机勃勃的神奇民居应该得到更多的保护和传承。"

三门峡的门

五天的生态文学周活动，计划安排得满满当当，既有参观采风，又有创作交流，还有实地教学传道解惑和捐献图书活动。大家看到了不少当地生态美景，但由于是参加集体活动，大都走马观花、浅尝辄止，没有细细地去品味、探索和思考，难免美中不足，但从中可以感受到组织者的良苦用心，总想在有限的时间里，让作家们看到更多的东西，提供尽可能多的创作素材，以便他们创作出更多更好书写当地生态的文学作品。与会的作家们也想尽可以多地去观看、去探寻这片古老与现代文明交织共振的文化宝地，去触摸三门峡的门径，去挖掘更多的创作素材宝藏。

就在要离开三门峡前的两三个小时，听来自河南洛阳的女作家杨栎说，在我们下榻的宾馆不远处，有座宝塔苑，里面的宝轮寺塔，因其塔内回声类似蛤蟆的叫声，俗称"蛤蟆塔"，值得一看。

听到这个信息，我和薛印胜、师力斌两位老友，都毫不犹豫地欣然步行前往。走了大约不到一里路，就走到宝塔苑，但此时大门已经紧闭，一看门前张贴的参观时间，下午截止到五点，而我们到达时间是十七时三分，刚好过了关门谢客时间。

刚要带着遗憾离去，年长的师力斌说不妨敲门说明来意，看能否取得看门人同意，进去短暂一观。

于是，我们三人一起敲起木门的铜环。

听到敲门，里面传来保安看门人的声音："已经下班了，参观时间已过，明天再来吧。"

"可我们今天晚上就要回去，我们是来自北京、天津的客人，来三门峡参加会议的，等到下次来不一定要什么时间呢，能否让我们进去十分钟，看一下就走？"

里面好长时间没有动静，我们正打算悻悻而去。这时，传来开门声音，里面的门卫师傅打开一条门缝，看到我们的面相，不像坏人，特别是师力斌和薛印胜，都戴着眼镜，文质彬彬，一看就是学者，再仔细查看了我们的嘉宾证，门卫师傅闪开门缝，让我们进去，约定只能看十分钟就离去。

我们说着感谢的话语，快步走进宝塔苑。

此时夕阳西下，白白的太阳正好落在宝塔顶尖上，我们赶忙轮流站立，与宝塔、太阳以及晚霞合影，留下最难忘的影像时刻。

围着宝塔四周转了一圈，来不及亲自验证宝塔里的回声效果，看到约定时间已经到了，只好在无比的兴奋与不舍中离去。

回宾馆的路上，我们兴奋地交谈着。诗人师力斌更是即兴朗诵着刚创作的诗歌《三门峡黄河》：河清是大事也是奇迹／出天鹅湖酒店一百米即见／波浪从容推送岸边的绿树和远山／宝轮寺看到／没有壶口飞溅的浑浊／花园口泛滥的泥沙早已远去／古岸终于等到了休闲之水／来此同行的朋友幸运无比／是清澈改变了历史的坏名声／是飞来的天鹅用美颈点了天地之赞／是仅有五天的生态文学周捕捉到了／小雨后美妙的历史瞬间。

我不禁暗想：这次短暂的蛤蟆宝塔参观经历竟然和此次文学周情境如此相似相像，都只是短暂敲开三门峡的大门，既有一睹宝藏后的兴致盎然，又有浅尝辄止的些许遗憾，还有沧桑的崤函古道、神秘的老子创作地函谷关、死去活来的七里古槐等，没有来得及去探寻，预示着我们有时间还要来这里仔仔细细地研究探索。

关于三门峡的门，古有大禹治水用神斧劈山而立"人""鬼""神"三门的传说；近有举国之力拦坝筑堤，高峡出平湖，锁住灾害之门，改写诗仙诗句的壮志；现有三门峡人民壮士断腕，恢复生态宜居之门的气魄。

回想在三门峡的几天采风，都是围绕着其独特的门里门外展开的：雪松是三门峡门内门外的迎客松，安静清澈的黄河是她的护城河，雄伟的大坝是门楣，分陕石是门闩，崤函古道是一条通向院里的小径，中流砥柱是迎客石，庙底沟遗址和渑池仰韶村遗址以及灵宝北阳平遗址照亮仰韶堂屋的三个灯盏，道德经、诗经是书房里最耀眼的藏书，老子、周公、召公、杨震、姚崇、杜甫、宋之问、曹靖华等都曾是这里的主人或过客，"四面环山三面水，半城烟树半城田"是三门峡无限风光写照，千万只天鹅是三门峡赡养的大自然的宠物……所有的一切都是那么神奇而瑰丽、独特而神秘。

三门峡生态文学周时间虽然短暂而紧凑，但是大家又感到内容饱满而丰厚。大家不仅看到了不一样的风景，领略到远古雄浑的灿烂文化，结交了志同道合的生态文学之友，同时感受到三门峡人的热情，市委和政府领导的重视，主要领导多次到现场看望交流，听计问策，大家用心用力用情叩响三门峡的生态之门，众志成城，共同迎接和见证三门峡生态建设的涅槃与重生，谱写辉煌和壮丽的新时代篇章。

期待再次去敲开三门峡的门，体验其中更加深厚更加独特的生态文化风景。

王永武，《今日国土》生态文学委员会特聘作家。代表作有《青青的橄榄》《俺是山东人》。

书中图片由《三门峡日报》摄影记者杜杰拍摄

寄语

三门峡是黄河生态文明
的梦想之门。

——梁衡

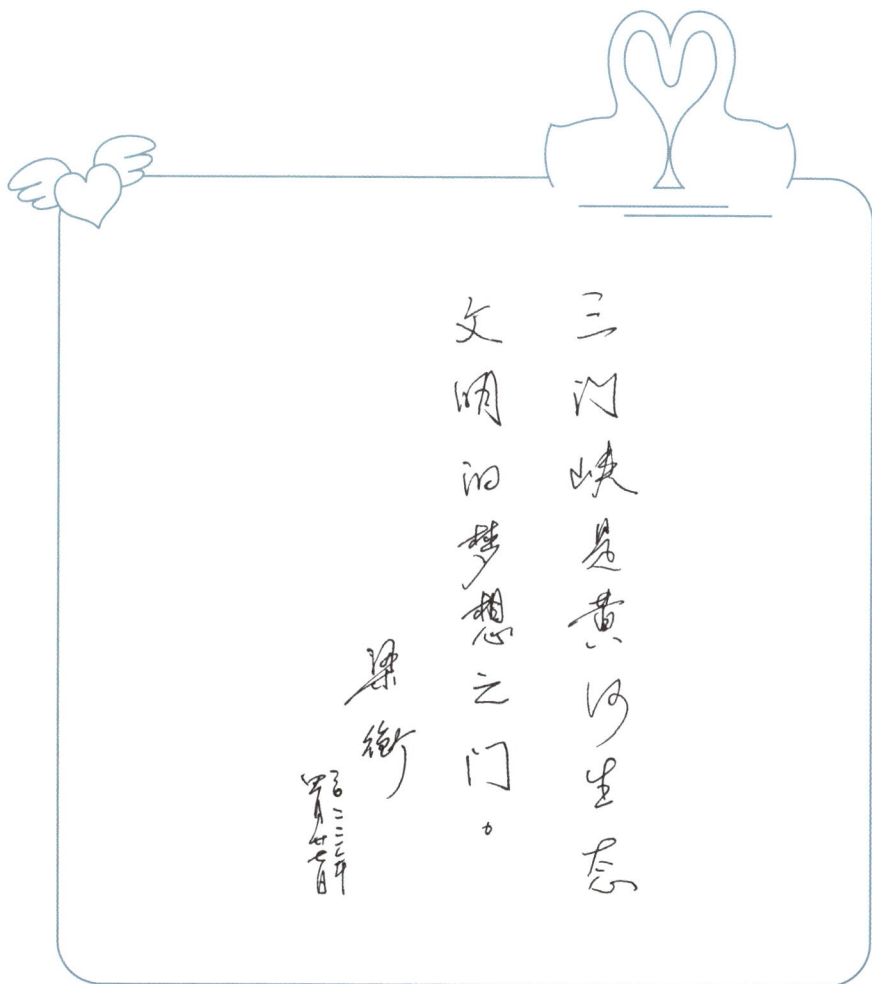

三门峡市是一座生态之城、和谐幸福之城、文明传承之城。

——周建

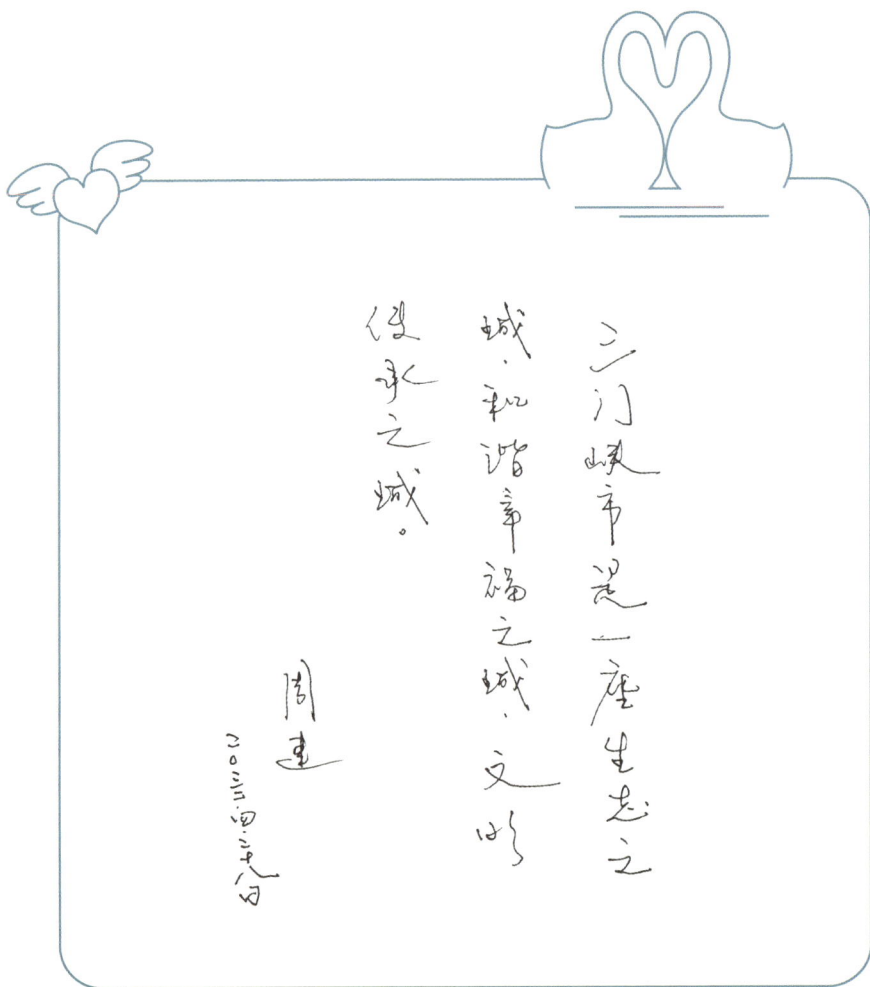

三门峡市是一座生态之城、和谐幸福之城、文明传承之城。

周建

二〇二三.四.二八日

幸福之水黄河来——致敬
三门峡

　　　　——柳忠勤

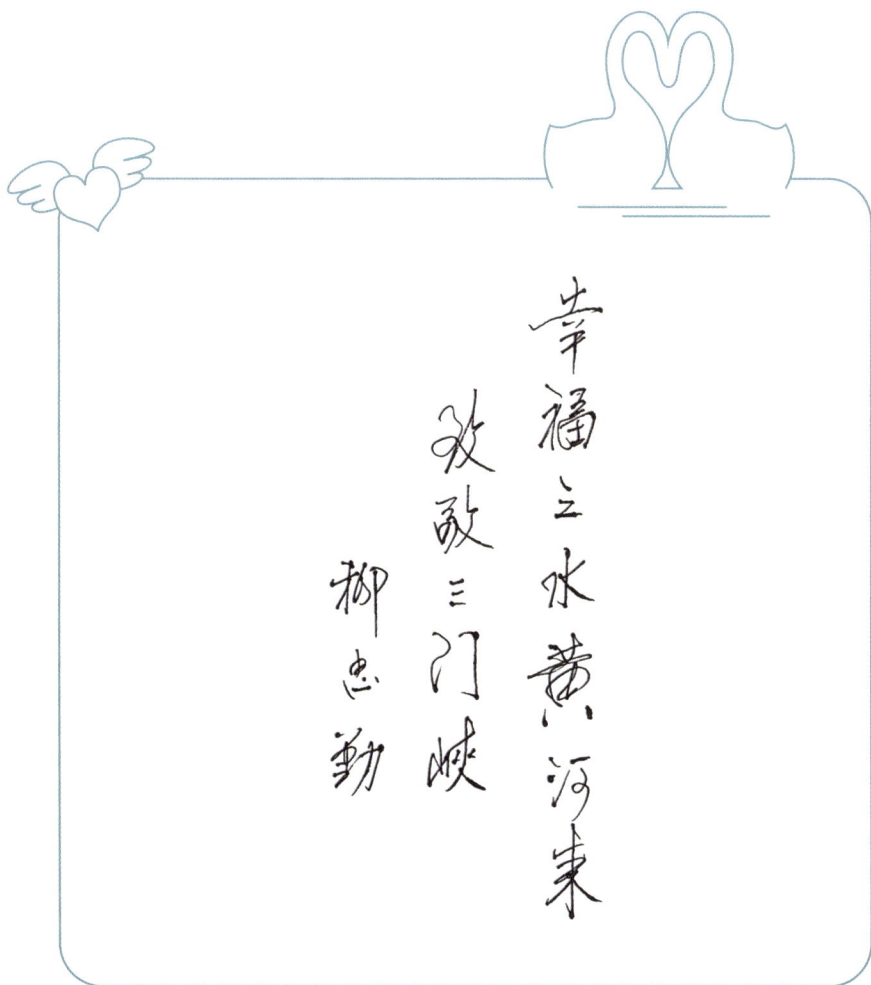

三门峡三门开，万年的福祉年年来！祝愿三门峡市在新的时代更上层楼再修新貌！

——李炳银

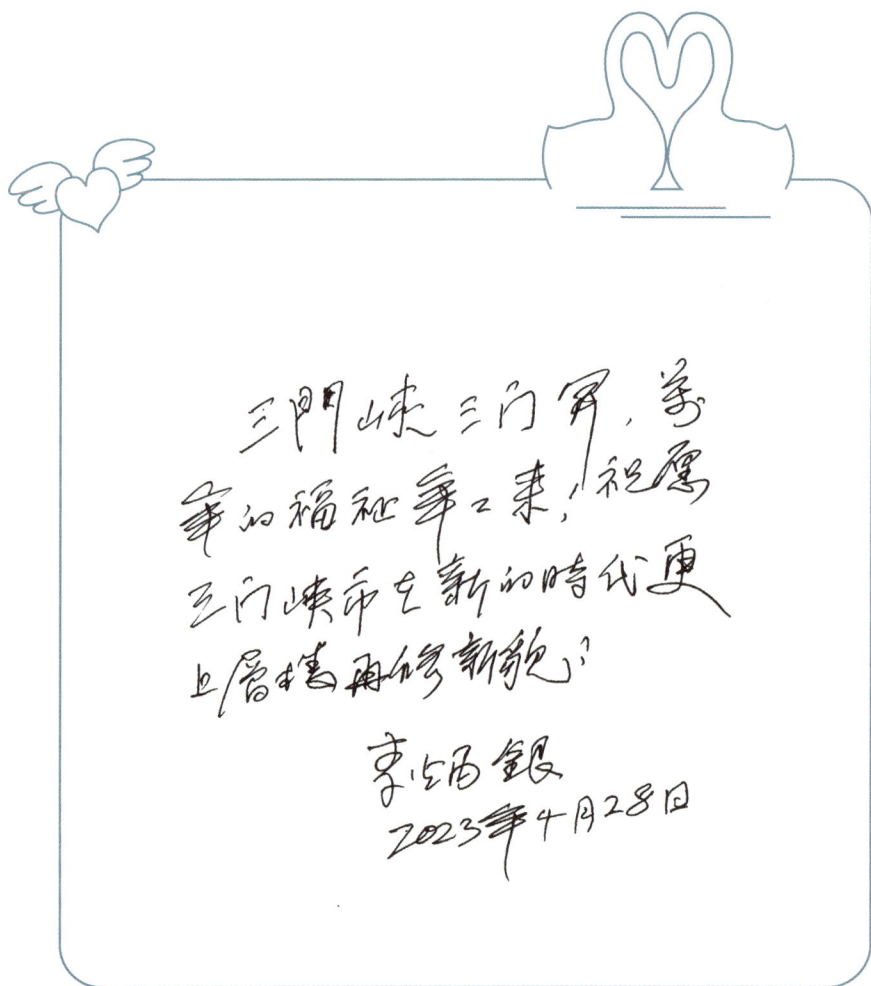

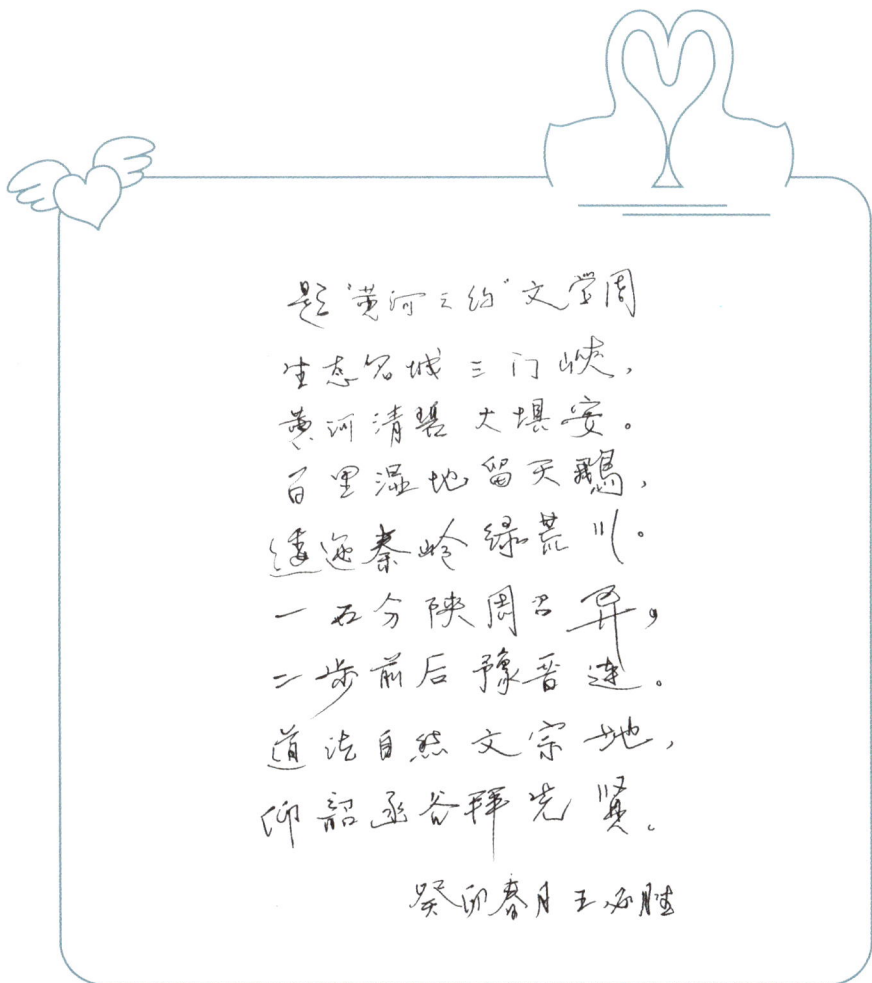

生态名城三门峡，黄河清碧大坝安。百里湿地留天鹅，逶迤秦岭绿荒川。一石分陕周召异，二步前后豫晋连。道法自然文宗地，仰韶函谷拜先贤。

——王必胜

题"黄河之约"文学周

生态名城三门峡，
黄河清碧大坝安。
百里湿地留天鹅，
逶迤秦岭绿荒川。
一石分陕周召异，
二步前后豫晋连。
道法自然文宗地，
仰韶函谷拜先贤。

癸卯春月 王必胜

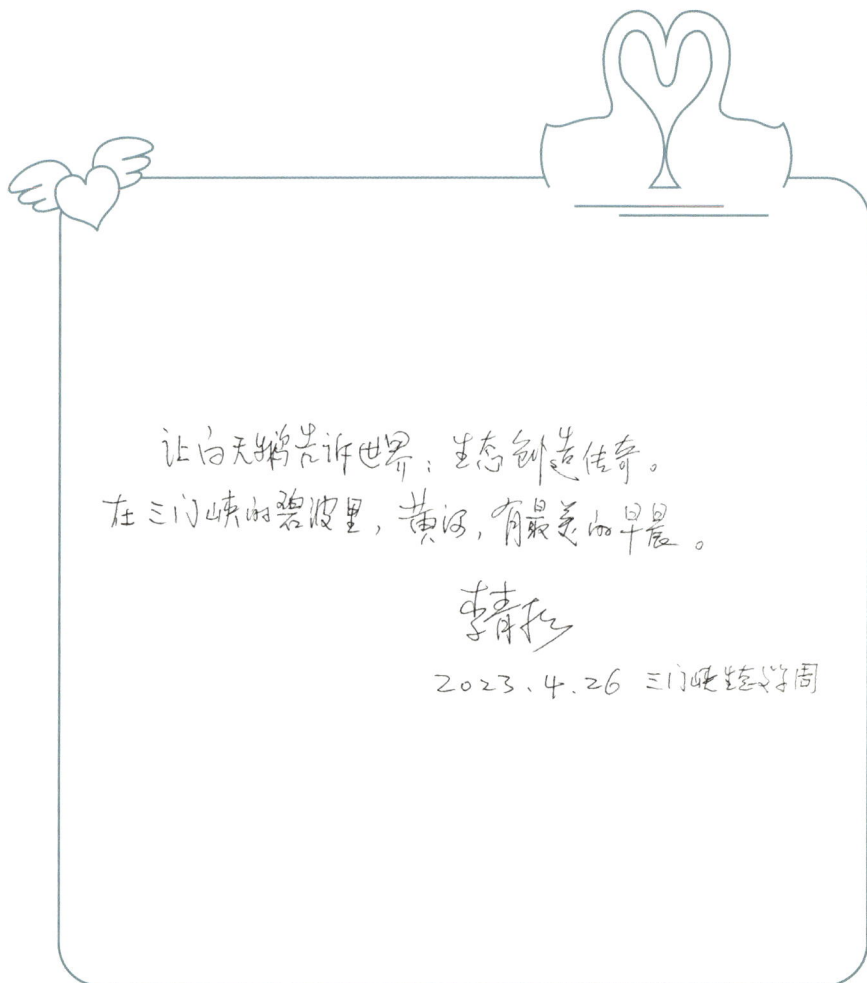

让白天鹅告诉世界：生态创造传奇。在三门峡的碧波里，黄河，有最美的早晨。

——李青松

让白天鹅告诉世界：生态创造传奇。
在三门峡的碧波里，黄河，有最美的早晨。

李青松

2023.4.26 三门峡连珠周

美在山水，道法自然。善始克终，
止于至善。

——彭程

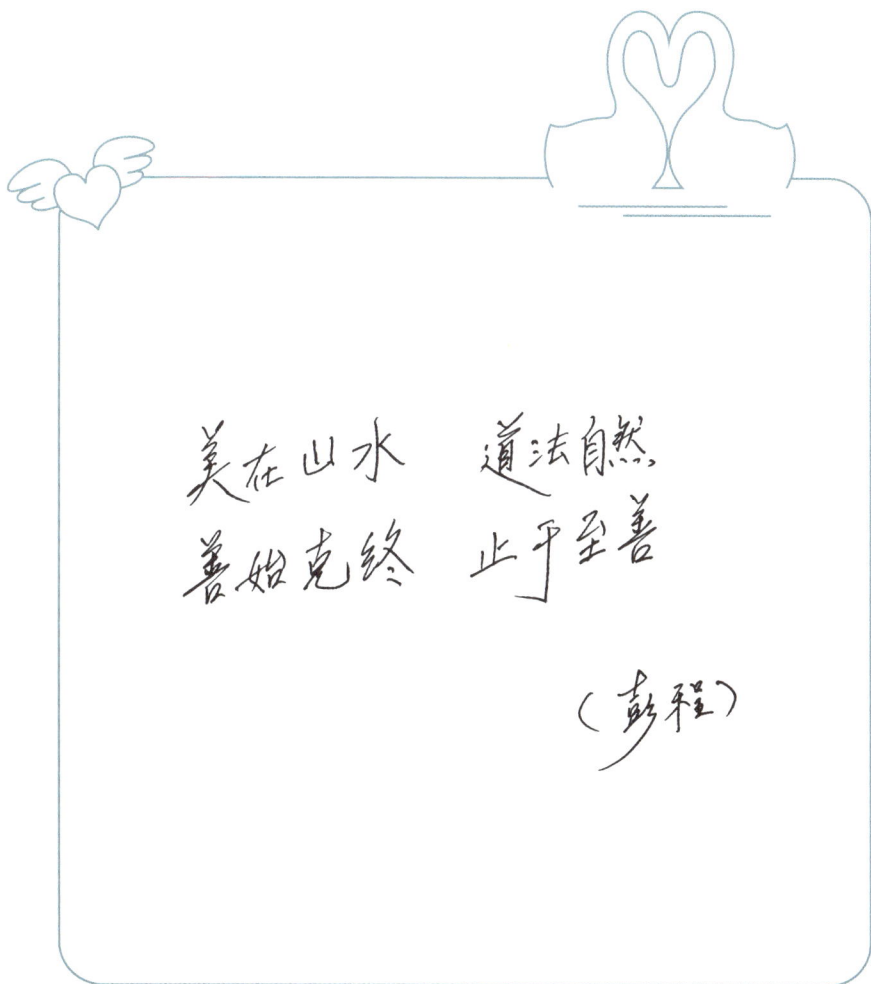

奏响自然文化生态文明的时代强音，书写绿色发展与环境保护的精彩华章。

——马俊杰

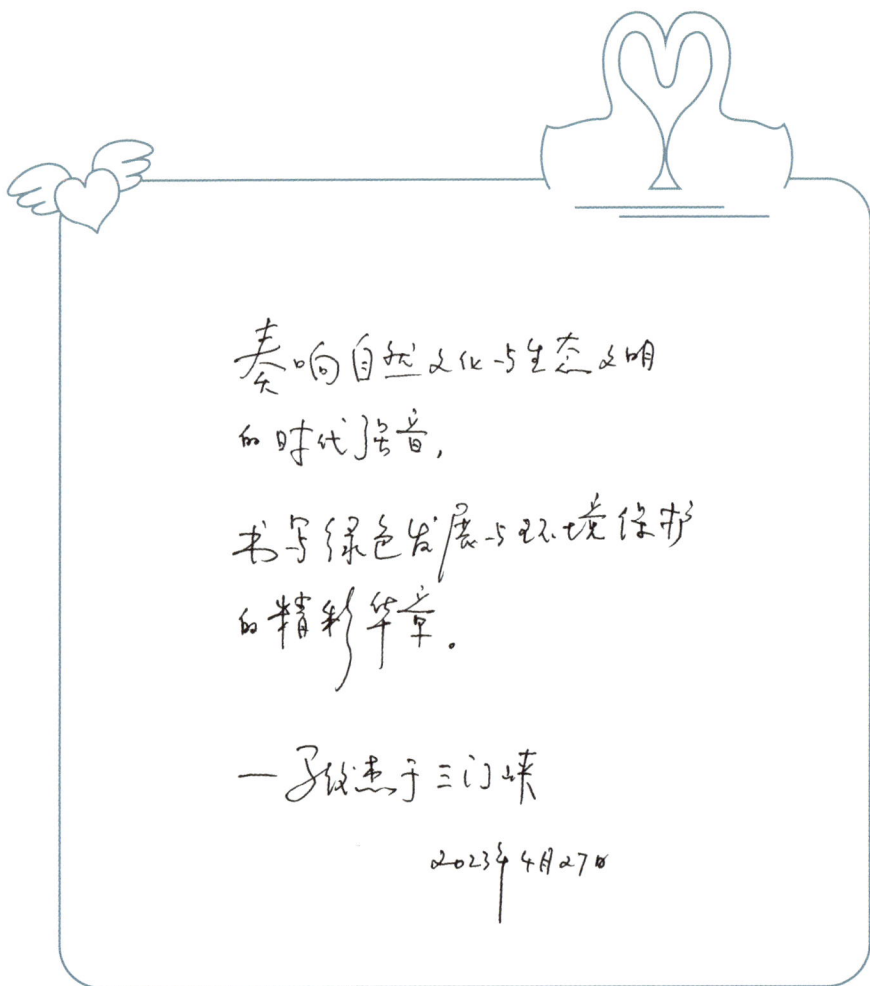

黄河之约三门峡，绿水青山
看大坝。生态文学浪潮涌，
金山银山说文化。

—— 王辛夫

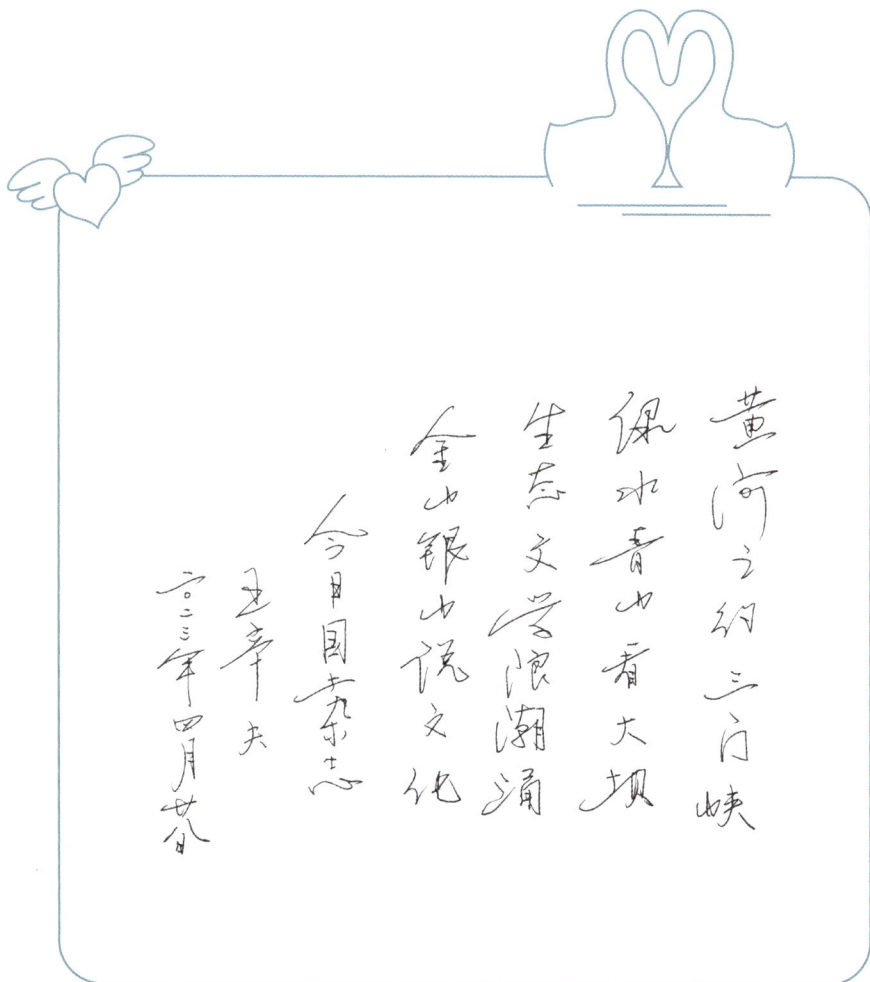

大道之源，文明之光。壮美之峡，碧青之水。祝福三门峡，赞誉三门峡。

——刘军萍

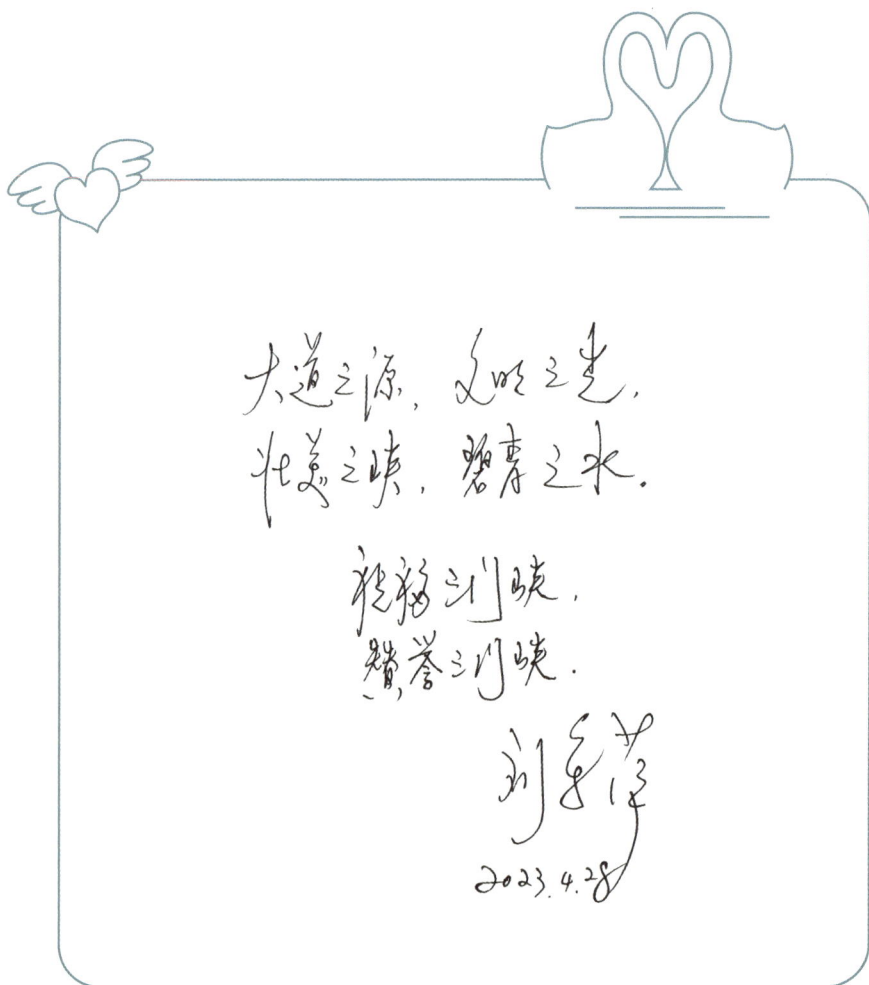

三门峡，这座依黄河而生、偎黄河而长的城市，在经历了与黄河艰苦曲折的斗争后，走出了一条生产发展、生活富裕、生态美好的道路。三门峡是一颗明珠，启示了人与自然相辅相存、和谐共生的美好；三门峡更是一种样板，见证了党领导的人民团结奋斗，走向胜利的光荣与辉煌。

——张子影

三门峡，这座依黄河而生，偎黄河而发的城市，在经历了与黄河艰苦曲折的斗争后，走出了发展、生活富裕、生态美好的道路。

三门峡是一颗明珠，启示了人与自然相辅相存，和谐共生的美好；

三门峡更是一种样板，见证了党领导的人民团结奋斗，走向胜利的光荣与辉煌。

张子影

2023年4月4日
于三门峡

在人与自然和谐共生的三门峡，探寻生态与文学合一之道。

——周伟

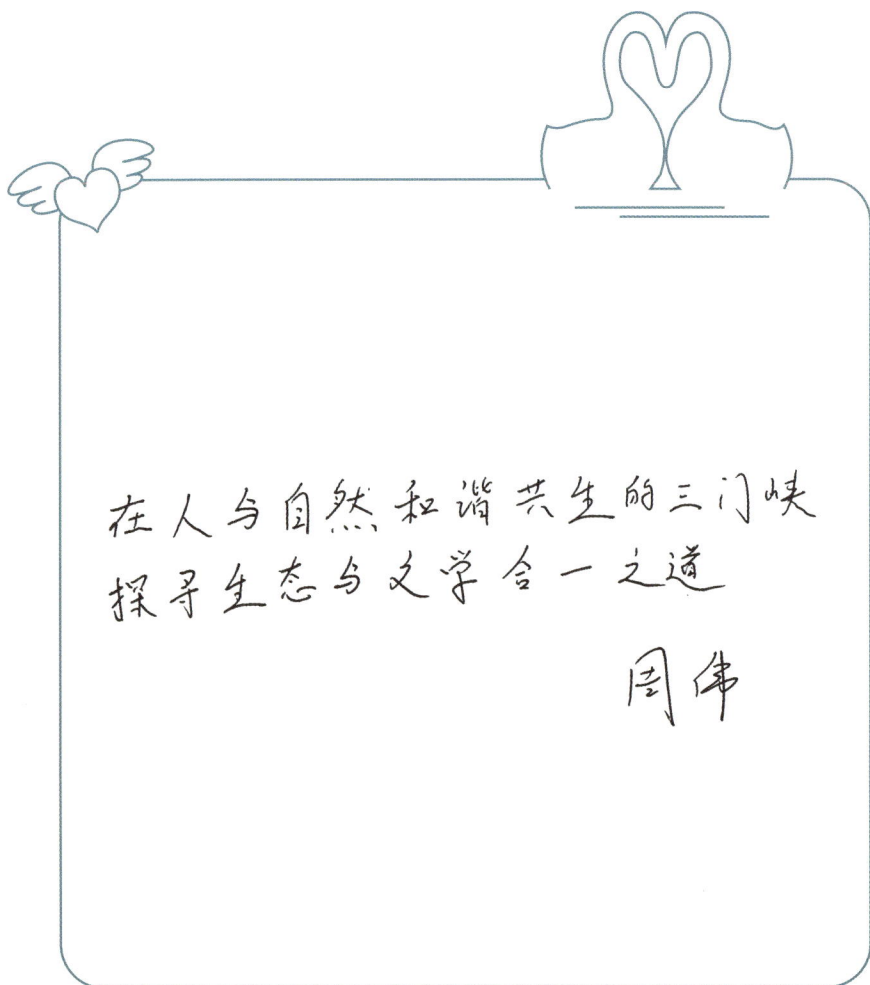

美丽天鹅城是"两山"理论生动实践的标高，在这里我们能被大自然所治愈，在这里我们能从万物生灵中获得前行的力量。三门峡不但有山、有水、有文化，更是有情、有范儿、有未来，祝福三门峡明天会更美！

——薛印胜

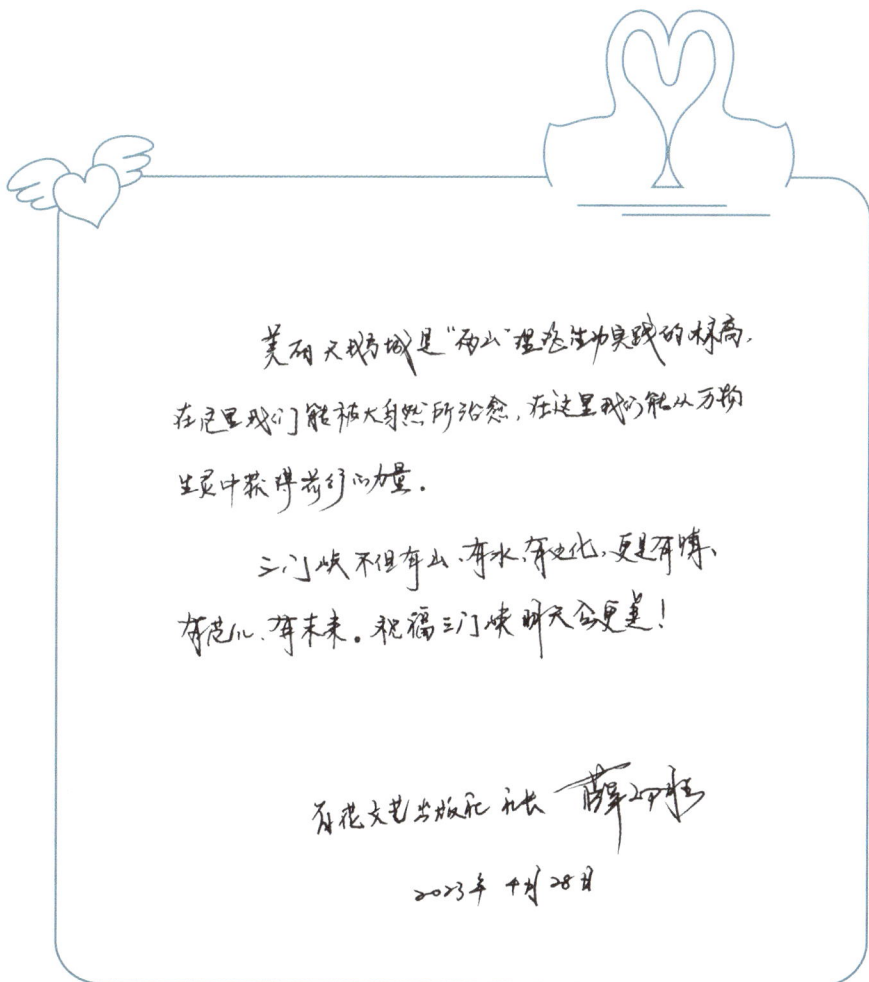

山环水绕的三门峡兼有古老
的气质和现代靓丽的面容。

　　　　　　——师力斌

山环水绕的三门峡兼有古
老的气质和现代靓丽的面容

　　　　癸卯春 师力斌

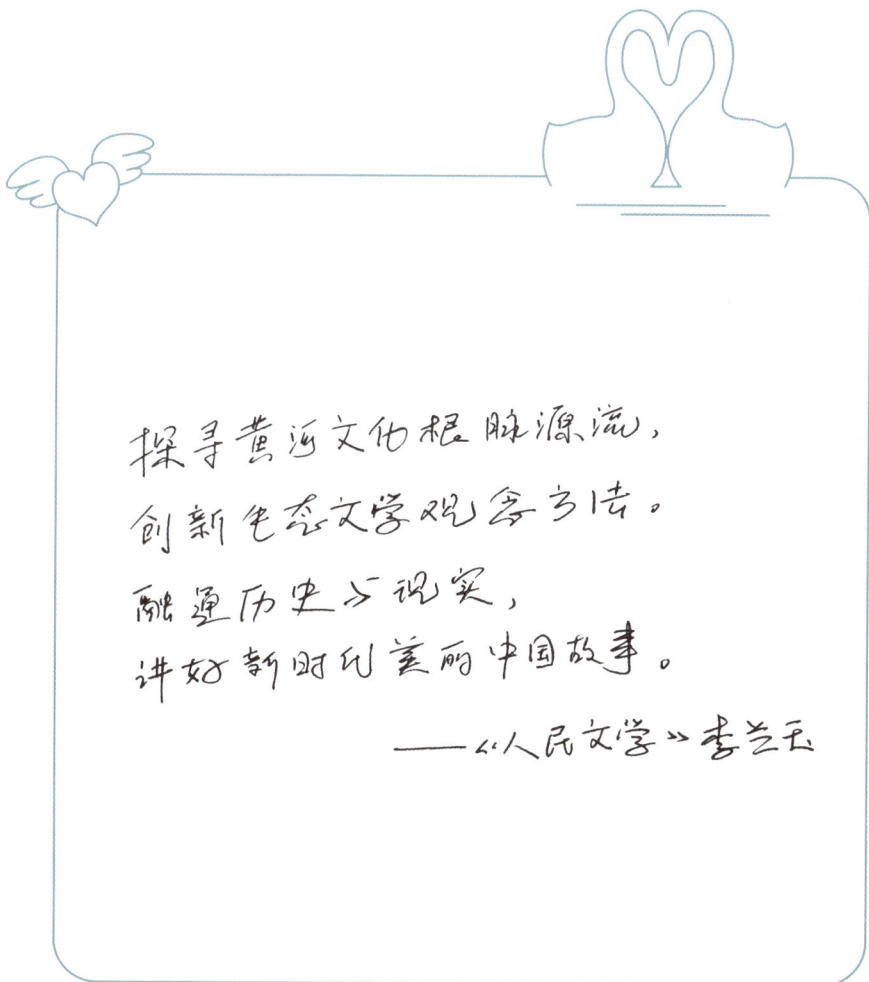

探寻黄河文化根脉源流，创新生态文学观念方法。融通历史与现实，讲好新时代美丽中国故事。

——李兰玉

探寻黄河文化根脉源流，
创新生态文学观念方法。
融通历史与现实，
讲好新时代美丽中国故事。

——《人民文学》李兰玉

三门峡山美水美人美，让踏进
此地的人乐而忘返。

——黄风

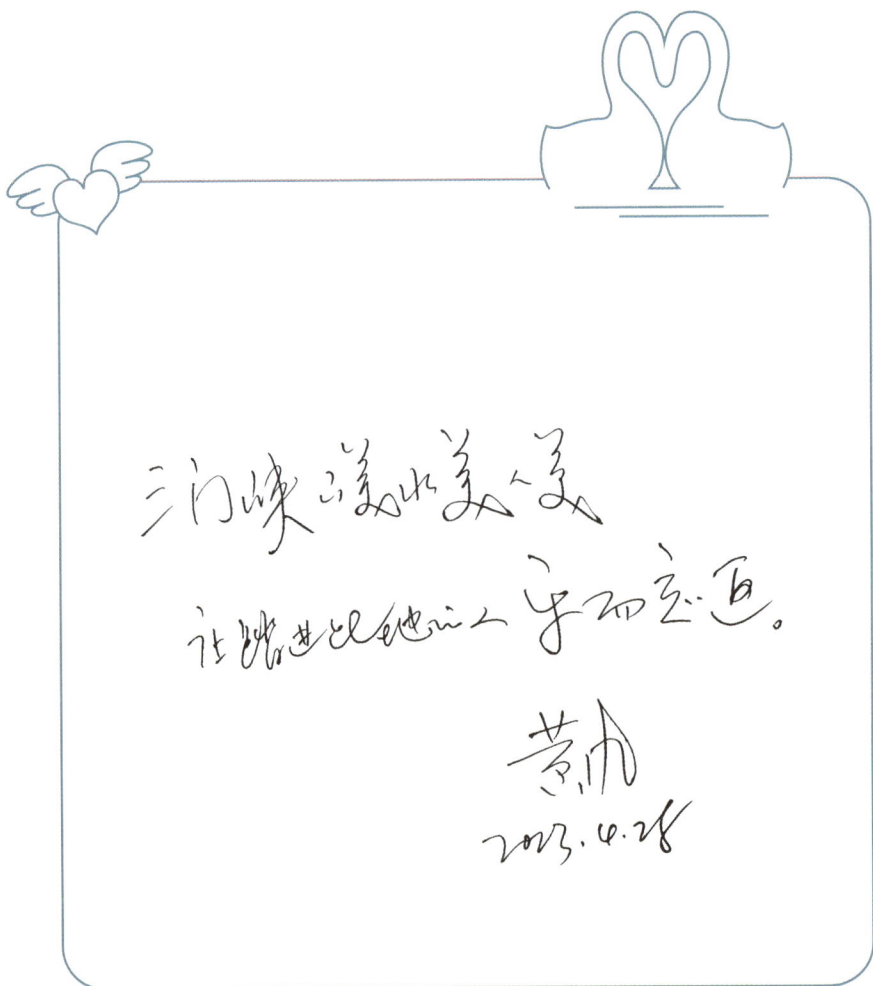

绿水青山看不够，多情最是三门峡。

——徐峙

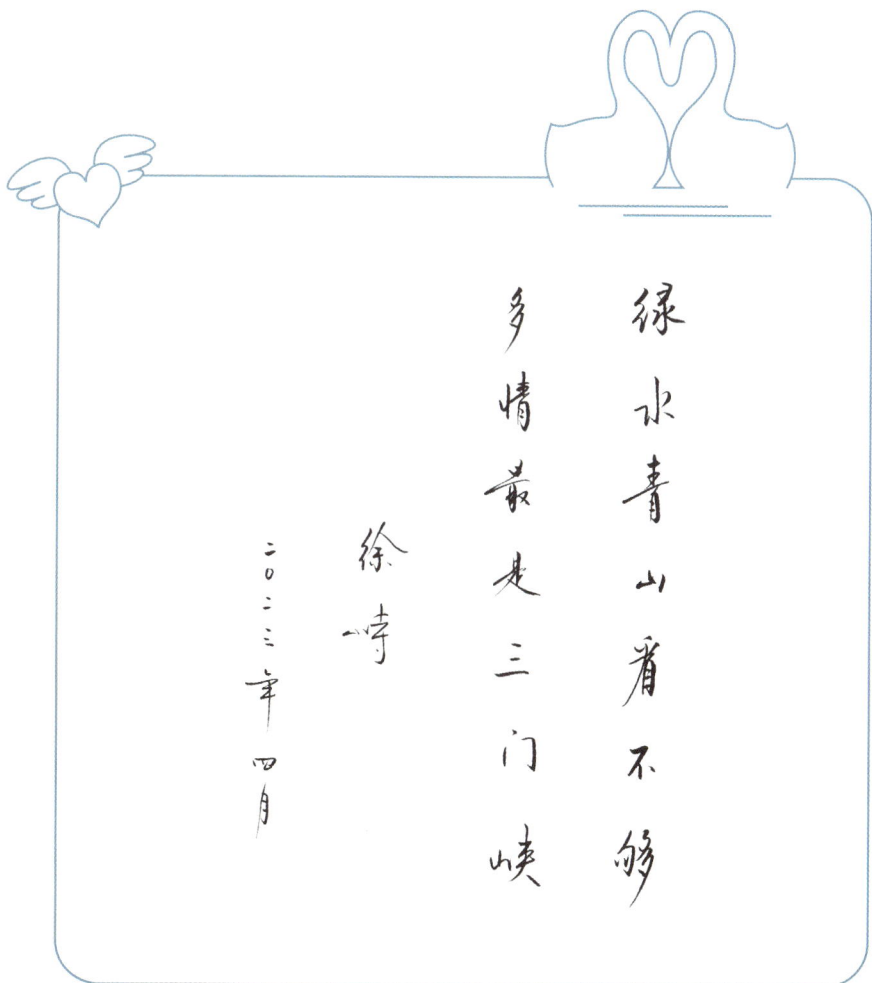

月映万川，文法自然。

——王燕

月映万川　文法自然

王燕

于三门峡

2023.4.27

古意，美景，唐诗，宋词之瑰
丽宝库，尽在崤函。

——葛一敏

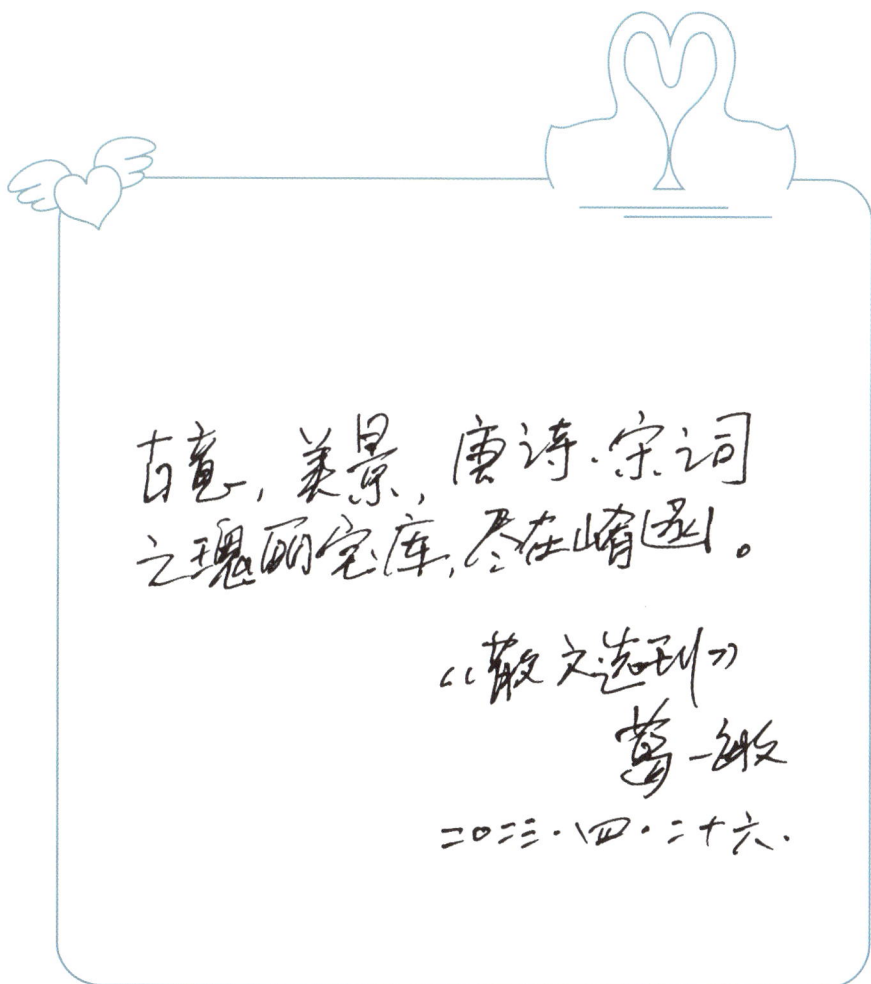

古意，美景，唐诗·宋词
之瑰丽宝库，尽在崤函。

《散文选刊》
葛一敏

二〇一三·四·二十六·

层层青山含碧，弯弯河水流清。人类文明的摇篮，天鹅向往的家园。

—— 刘慧娟

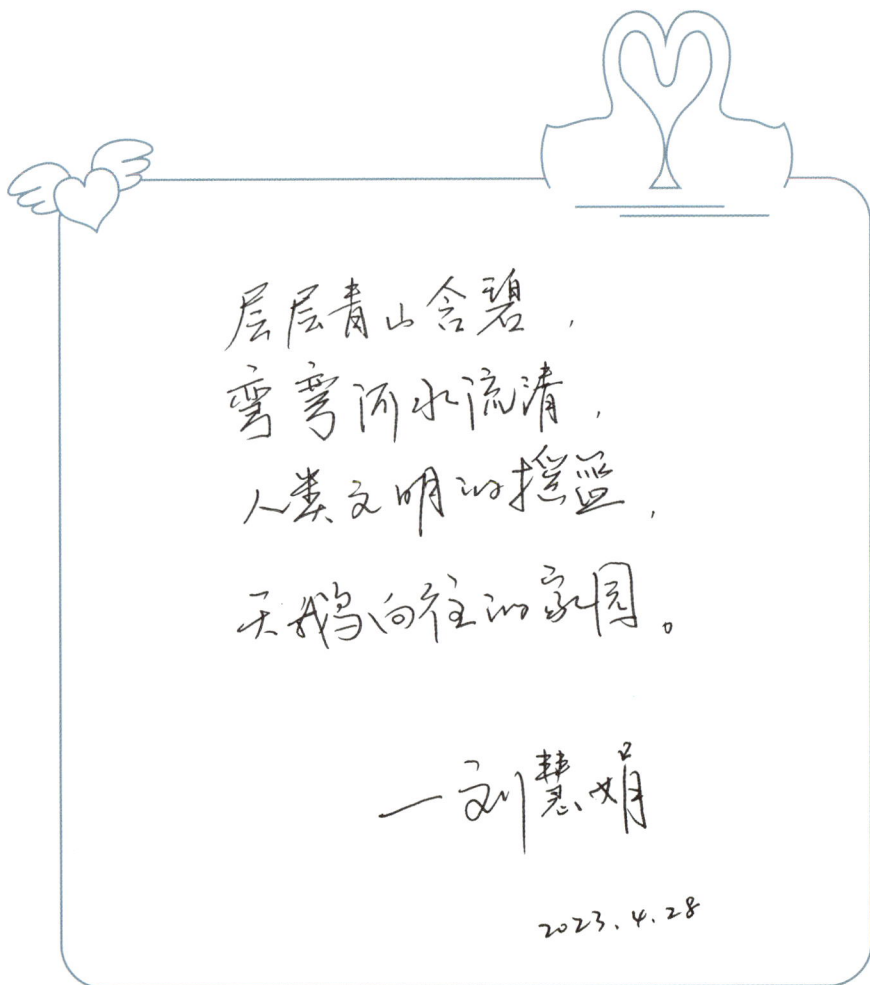

层层青山含碧，
弯弯河水流清，
人类文明的摇篮，
天鹅向往的家园。

—— 刘慧娟

2023.4.28

著名的黄河水，黄澄澄的，流到三门峡这儿，怎么就变清了呢？挑剔的白天鹅，在这里，为什么会越聚越多？哦，是勤劳智慧的三门峡儿女，继承了老一辈的光荣传统，坚持生态、科学、绿色发展观，坚定不移追求幸福生活的结果。向三门峡人民致敬！你们是好样的，为整个黄河流域树立了光辉的榜样！我们将用生态文学的笔，倾情描绘三门峡人民，在生态科学治理方面，取得的辉煌成就，让全中国、全世界人民看到，三门峡，是值得所有人羡慕的，黄河流域开得正艳的，一朵生态奇葩！

——冷杉

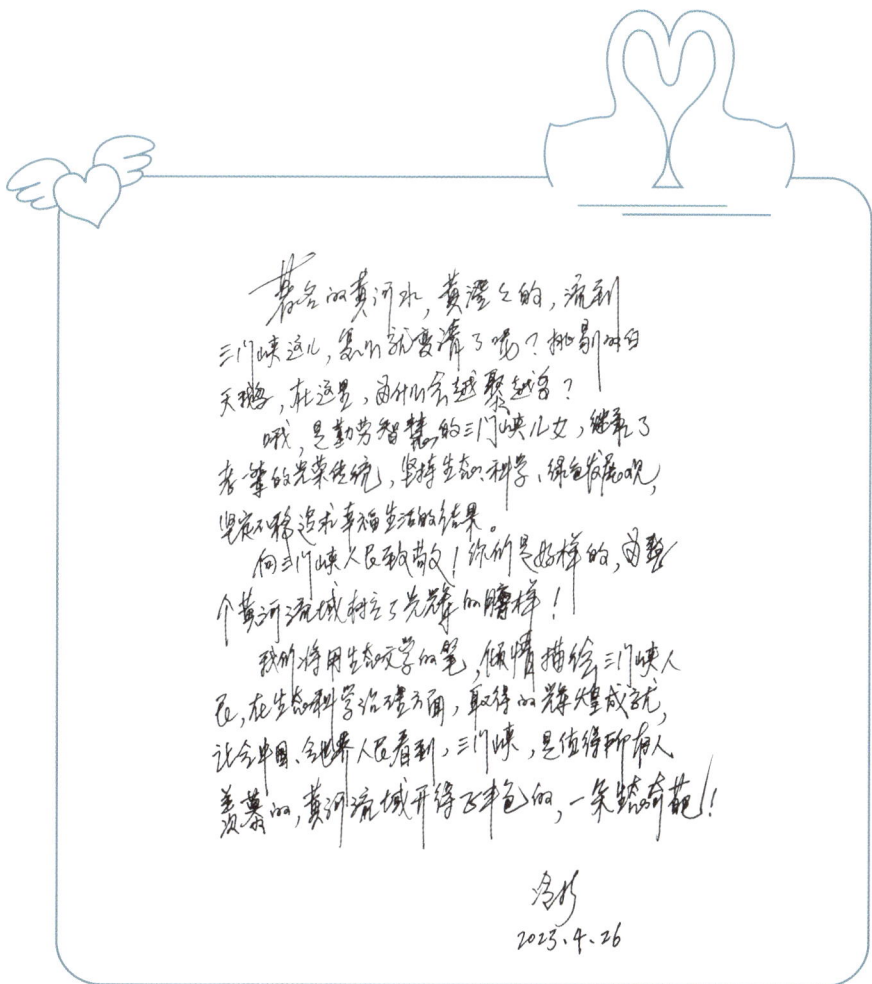

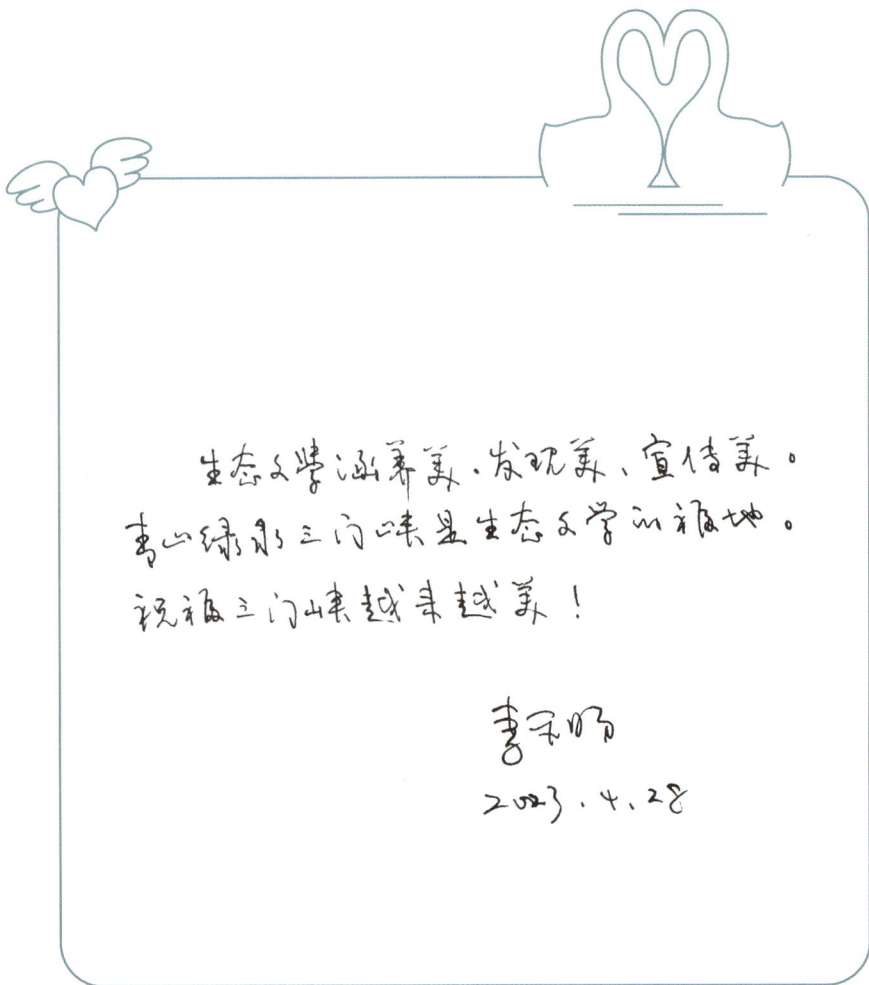

生态文学涵养美、发现美、
宣传美。青山绿水三门峡是
生态文学的福地。祝福三门
峡越来越美！

—— 李乐明

生态文学涵养美、发现美、宣传美。
青山绿水三门峡是生态文学的福地。
祝福三门峡越来越美！

李乐明
2003.4.28

三门峡绿水青山，天鹅湖福地洞天。小秦岭断臂重生，庙底沟仰韶异彩。靖华故居行师礼，陕州地院辣羡天颜。大自然鬼斧神工，后来人继往开来。

—— 王永武

三门峡绿水青山
天鹅湖福地洞天
小秦岭断臂重生
庙底沟仰韶异彩
靖华故居行师礼
陕州地院羡天颜
大自然鬼斧神工
后来人继往开来.

王永武
二〇二三年四月二十八日

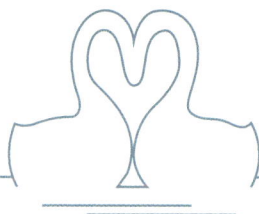

三门峡是美好生活的现场，也
是中国生态文学的理想现场。

——王朝军

三门峡是美好生活
的现场，
也是中国生态文学的
理想现场。

王朝军
2023. 4. 28

三门峡是个好地方。

—— 杨亚丽

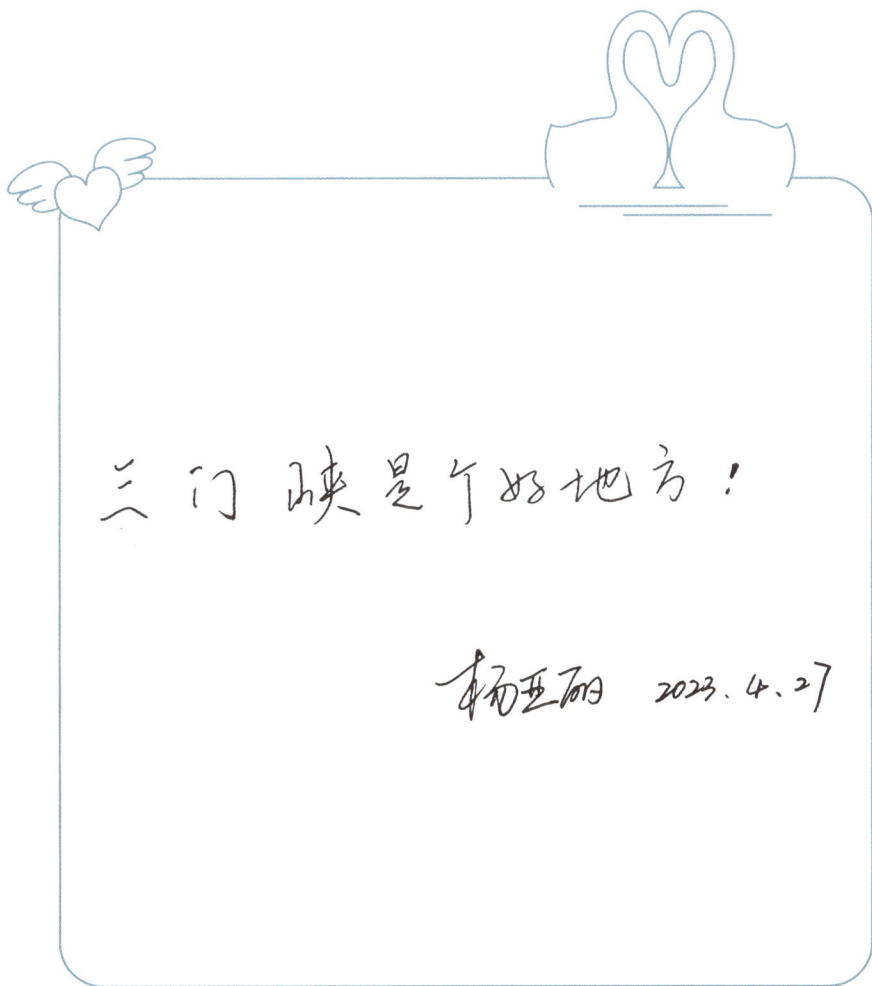

三门峡是个好地方！

杨亚丽　2023.4.27

一望黄河不到边，二望大坝雄伟岸，三望天鹅在水边，门里门外话青山，峡谷流畅道自然。

——王京涛

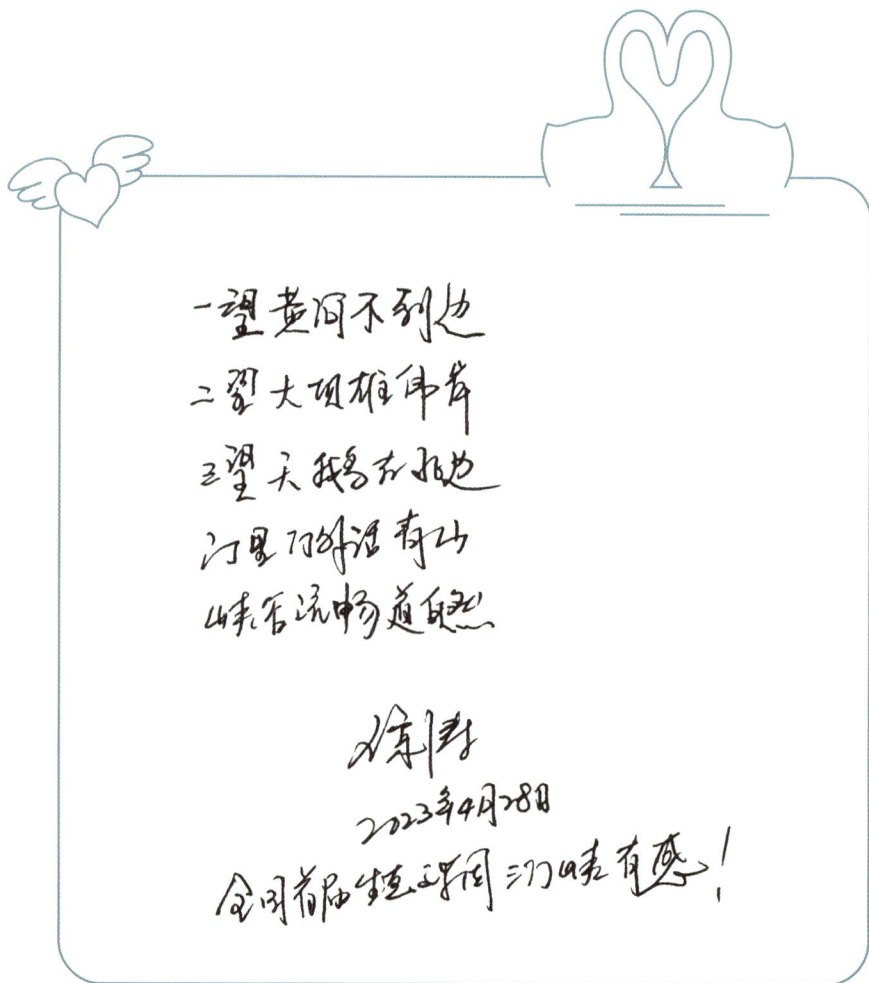

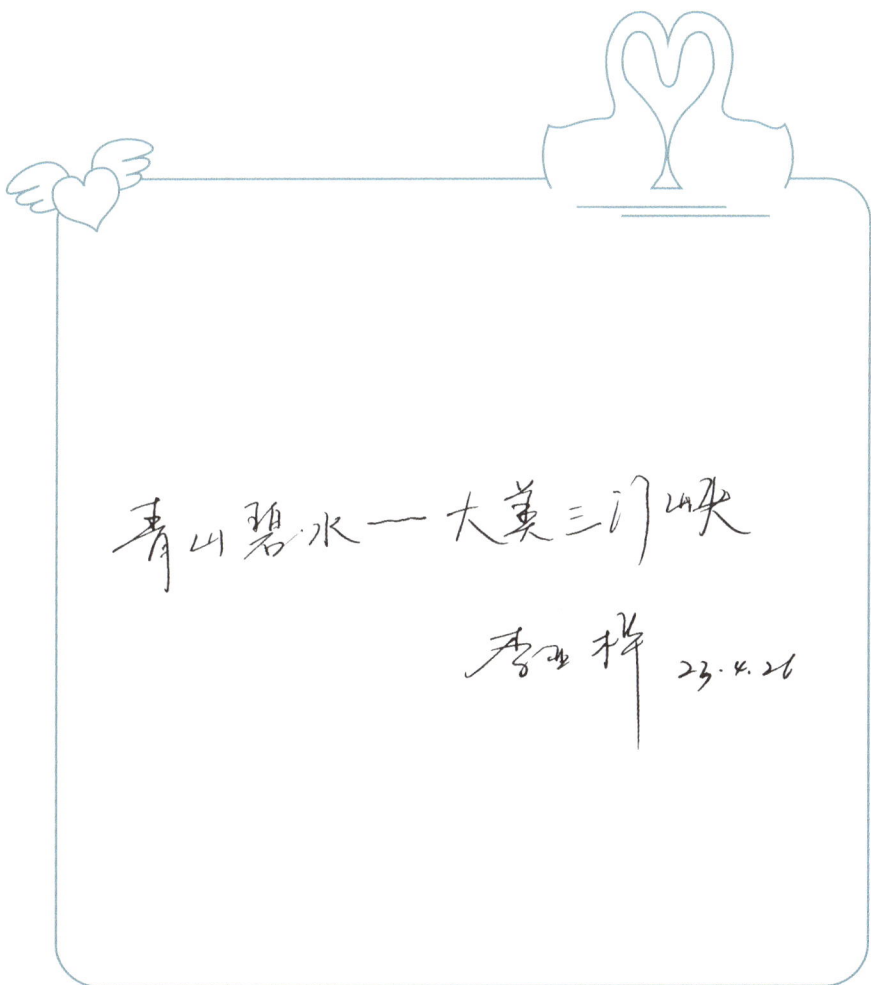

青山碧水——大美三门峡

——李亚梓

青山碧水——大美三门峡

李亚梓 23.4.26